PARAMOUR

HENRI GOUGAUD

PARAMOUR

roman

ÉDITIONS DU SEUIL
27, rue Jacob, Paris VIe

ISBN 2-02-030741-3

Longues et pénibles furent les étapes du voyage de l'Amour. J'ai parcouru une route immense qui d'un pays brumeux m'a conduit sous le ciel lumineux de la vie. Je porte en moi les trésors de la fidélité et me voici pourtant ainsi qu'un mendiant à la porte d'un Roi.

Hafez

1

Sainte Mère de nos errances, protégez des pestes du corps et de l'âme Angèle ma sœur cadette et mon compagnon Bernard Faidit. Où qu'ils soient, en ce matin où je prie pour leur sauvegarde, posez votre main sur leurs têtes. Amen.

Dame infinie si proche et attentive, nous avons été longtemps semblables à des enfants dans votre ventre, nous avons cherché partout l'amour, et nous avons souffert de le croire éloigné sans savoir que nous étions enclos en lui et qu'il nous abreuvait sans cesse. L'hiver dernier sur un chemin neigeux vous nous avez donné la vie. Et moi, Mathieu le Tremble, j'ai décidé de consigner sur parchemin solide ce que je saurai dire de ce pèlerinage que vous avez malaisément conduit et de vous offrir le fruit de mon ouvrage, si par bonté céleste il parvient à maturité, afin que vous soyez autant honorée qu'il se peut par un être ignorant de vos mystères véritables.

Tout est bien désormais. Les trésors abondent dans cette humble demeure où je m'exerce à l'art difficile d'écrire exactement ce que me dicte le bienveillant silence. Par la lucarne ouverte un rayon de soleil est entré tout à l'heure. Il visite à l'instant l'écritoire, et sa présence m'est un signe réconfortant de l'amitié du Ciel. Dehors, un rossignol s'évertue avec un entrain si volubile que j'entends le bruissement nonchalant des feuillages comme le doux rire de Dieu. Devant moi, près de l'encrier, une abeille bourdonne autour d'une écuelle de lait. Tandis que je me laisse envahir par ces merveilles au point d'oublier mon épaisse existence, le visage de ma bien-aimée apparaît à mon esprit. En ce matin de grâce et de crainte où mon cœur est si fortuné et ma parole si pauvre je n'ose dire qui elle est, de peur qu'après les lettres de son nom ma main ne veuille plus en tracer aucune.

Or, je ne suis encore qu'au seuil de ce récit où je dois maintenant entrer malgré mon épouvante, car je sais quelles horreurs et quelles rages il va me falloir réveiller. Sainte Mère, restez à la porte, je ne veux pas vous voir souillée par les fumées abominables qui obscurcissent déjà mes yeux écarquillés. Je reviendrai ce soir en votre compagnie. Quand la lumière du jour m'abandonnera, vous laverez ma mémoire. Pour l'heure, je prends mon souffle et gonfle bravement ma poitrine. Je ne suis pas aussi habile aux contes et aux chants anciens que Bernard Faidit mon frère de route, mais je connais par cœur ses tours et ses éloquentes façons. Que sa vigueur échauffe mon courage, car je crains l'erreur et ma voix grelotte comme un oiseau gelé à l'instant de me risquer au troublant devoir d'ensemencer les oreilles.

2

Avant que la peste n'arrive en Avignon, je croyais ma mère immortelle. Dieu la garde, je ne me souviens pas de son visage éteint, et je m'émerveille qu'après tant d'effrois soufferts, tant de déchirements, tant de désespérances, seuls demeurent aujourd'hui vivaces dans mes jardins intimes ces sortes de bonheurs que l'on croit éphémères parce qu'ils ont la fragile humilité des grâces quotidiennes. En vérité, nous soupçonnons parfois notre mémoire d'enchanter faussement le passé, alors qu'elle est fidèle à ce qui fut, et que seules sont trompeuses les mélancolies qui nous font douter d'elle. Seigneur, j'ai pressenti cela sur l'étrange chemin qui m'a conduit en ce lieu où j'ose vous parler sans crainte. Je ne doute pas maintenant que votre miséricorde nous offre tous les jours des bontés, que nous n'en voyons rien à l'instant où elles nous traversent, et qu'il les faut éloignées de nous pour que nous en percevions des lueurs, çà et là, dans la distance du temps.

Ma mère embaumait la fleur de saponaire. Elle était lavandière, et quand le vent s'engouffrait sous les draps mouillés qu'elle étendait à gestes amples parmi les buissons ensoleillés de la porte Eyguière, je me roulais dans leur ombre blanche comme un chiot turbulent, et m'apparaissaient un instant les hanches larges et les pieds nus d'une divine ouvrière du monde déployant un ciel immaculé sur ma tête affamée de songes plus vrais que l'apparence des jours. Le soir, à l'heure où nous venaient de la lointaine tour Campane les tintements du couvre-feu, elle frottait d'ail la croûte du pain rond et au milieu de nous posait le pot d'olives. Quand nous avions dîné elle allait fermer la porte, s'agenouillait dans le coin le plus obscur de notre cabane et recommandait à voix basse ses enfants à Dieu. Je me pelotonnais aussi près d'elle que possible, je retenais mon souffle pour m'assurer que mon nom était distinctement prononcé parmi ceux de mes frères et sœurs. J'éprouvais, à m'entendre ainsi désigné à la bienveillance de l'ombre, un soulagement et une volupté d'élu parmi les appelés. Sa prière dite, elle se couchait sur sa litière de foin, se tournait lourdement contre le mur et s'endormait aussitôt. Et tandis qu'elle ronflait comme une louve repue, je restais longtemps les yeux ouverts dans le giron de la nuit à délivrer des princesses captives avec mes anges familiers. Mon enfance fut ainsi, heureuse, pauvre et sans cesse traversée par ces exaltantes tempêtes qui avivent l'âme et réveillent en elle la nostalgie du Ciel.

La peste vint aux derniers jours d'un printemps pluvieux. Les premiers morts m'émurent à peine. Ils demeuraient au quartier des Abattoirs, et je logeais depuis un couple d'ans à la porte Aurose où l'épouse de mon frère aîné avait hérité d'un beau moulin aux ailes bleues. J'estimais désormais dérisoires les bonheurs que j'avais connus dans notre cabane de l'Eyguière mais j'avais encore en l'avenir l'arrogante confiance des enfants aimés, et je me croyais plus que jamais promis à d'éblouissantes et secrètes lumières parce que j'étais l'apprenti de maître Aventin, homme à mes yeux trop vénérable et savant pour n'être point dans les bonnes grâces de Dieu. Il était écrivain public. J'occupais avec lui une étroite boutique renfoncée sous le troisième arceau de la rue Fusterie. L'air y était sombre et les visiteurs n'y venaient guère malgré son enseigne avenante que tous les matins je lavais et cirais d'abondance pour attirer sur elle d'intermittents éclats de soleil. En vérité, le lieu était si encombré de fioles, de plumiers, de grattoirs, de feuillets épars et de boîtes poussiéreuses que nous pouvions à peine y tenir côte à côte. Mais aucun autre lieu ne me paraissait plus accueillant et désirable. J'y jouissais de l'enivrant parfum de l'encre où me semblait enclose l'essence même de toutes les philosophies, j'y savourais, quand je m'appliquais à écrire, le bruissement délicieusement acide de ma plume qui repoussait les mille rumeurs de la rue dans je ne sais quel négligeable au-delà. J'y goûtais surtout la joyeuse confiance de mon maître bienaimé. Il était si éloquent à railler les sottises du monde, si sûr que le savoir des sages surpasserait un jour la puissance des prêtres et des rois, si attentif à mes questions et si patient à guider ma main qu'auprès de lui je m'estimais inaccessible aux malheurs des gens ordinaires.

L'effervescence orageuse qui suivit, un matin, le roulement lent des tocsins sur la ville m'alourdit durablement le cœur. Le ciel et les hommes paraissaient tout à coup ensauvagés. Un péril imprécis m'apparut menaçant, mais assurément évitable. N'étions-nous pas amis de Dieu ? Vers la mi-journée, tandis que je m'échinais sur d'imparfaites lettres romanes, un envol de criaillements devant la porte de l'échoppe me fit soudain lever le front. Je vis quelques voisines occupées à houspiller un vieillard à barbe grise dont j'aperçus à peine le profil courbé, tant il mettait de hâte à s'éloigner. Dès qu'il eut disparu, ces matrones d'ordinaire insouciantes et volontiers dévergondées se mirent à brailler à la cantonade que des juifs avaient empoisonné l'eau du puits de la place du Change et que des hommes forts de leur connaissance avaient estourbi trois de ces maudits devant le portail de l'église Saint-Pierre. Elles en ricanèrent entre elles avec une effrayante férocité. Maître Aventin s'en trouva si offusqué qu'il sortit sur le seuil. Il leur cria que seules des servantes du diable pouvaient se réjouir de voir les malheurs de la ville aggravés par la brutalité de quelques insensés, puis il les dispersa à grands moulinets de bras en les vouant à l'enfer. Elles s'enfuirent comme une volée de corneilles. Alors il mit le vantail à la porte, et à grand-peine, tant il tremblait, il alluma une chandelle neuve à celle qui se répandait dans le bougeoir. L'ombre soudain fut partout, sauf sur nos visages, et dehors il était midi.

L'encre avait séché au bout de ma plume. Mon maître la tira d'entre mes doigts, l'abandonna sur l'écritoire et posa sa main sur la mienne. Je l'avais certes vu rogneux, certains jours d'automne, quand ses douleurs d'échine le tourmentaient, mais jamais il ne m'était apparu aussi gravement accablé. J'en fus tant ému que mes yeux s'embrumèrent. Il grogna :

– La peste dévore les âmes aussi goulûment que les corps, Mathieu, sache-le. Désormais tu te décrasseras tous les matins au lavoir de ta mère, et tu te tiendras à l'écart de tes semblables.

– Maître Aventin, on dit que le mal nous vient de la mauvaise humeur des astres. Ne sommes-nous pas nés sous une bonne étoile, vous et moi ?

Il resta un moment à pétrir si rudement mes phalanges que je craignis pour l'ordre de mes os. Il dit enfin :

– Peut-être un jour prochain le vent écartera les nuages, là-haut, et il n'y aura plus rien au-dessus d'eux, ni ciel, ni soleil, ni étoiles. Mathieu, je crois que nous vient un malheur inimaginable.

– Dieu ne peut nous abandonner, maître Aventin. Il connaît notre application à vivre honnêtement. Il nous protégera, n'est-ce pas ?

Le son de ma voix me surprit. Il était de ma grande sœur, quand elle s'effrayait des orages.

– On ne peut rien connaître de Dieu, mon fils, si ce n'est qu'Il est.

Il se mit à ranger les feuillets répandus. Je me dressai, ne sachant plus que faire.

– Va, me dit-il. J'ai besoin de paix aujourd'hui.

Avant que je ne me détourne il me baisa le front et fit un signe de croix entre mes sourcils. J'en fus plus alarmé que des vingt morts du jour, car cet homme lisait plus volontiers l'arabe que le latin, et ne se cachait point de détester les pratiques d'Église.

Certains disaient de lui qu'il était hérétique. Il en riait avec une fière malice. Et quand je le poussais à me dire le vrai, il prétendait avoir la flèche de sa cathédrale au sommet de son crâne et son autel planté dans sa poitrine étroite. Il affirmait s'y rendre tous les jours pour y faire le ménage aussi bien que le peut un serviteur aveugle. Quant à prier, il disait ne point savoir. Pourtant je jure Dieu qu'il ne fut jamais infidèle ni sorcier, bien qu'il ait su guérir les entorses et les brûlures. Son seul crime, je crois, fut d'aimer trop la langue sarrasine, et de la déclamer à qui voulait l'entendre avec l'innocence effrontée d'un enfant. Il avait sur son étagère un grimoire incompréhensible. La gourmandise qu'il mettait à le consulter me remplissait d'aise. J'avais le sentiment, quand il plongeait en lui, qu'il se baignait nu dans les secrets du monde. Il en revenait toujours avec des sentences qu'il estimait plus précieuses que les trésors du pape. Elles me laissaient perdu dans un ébahissement de plein ciel.

– Goûte, me disait-il.

Je goûtais sans comprendre. Je riais.

– Le paradis n'est pas un lieu de l'univers, mon fils, mais un état de ton être.

– Comment est-ce possible, mon maître ? Nous savons bien qu'il est au-delà de la mort, et que nous répugnons grandement au voyage !

– Ferme les yeux. Le paradis est là, à tout instant, en toi. Inspire, inscris ces mots derrière tes paupières. Expire et répands-les partout dans l'obscurité de ton corps. Vois maintenant. La vérité se reconnaît à ce qu'elle change ton sang en or.

Je faisais comme il disait. Une heureuse chaleur me baignait cœur et membres. Était-ce la vérité promise qui m'échauffait ainsi ? J'étais assez exalté pour ne point en douter. Je suppose pourtant que l'envie de contenter mon maître et l'affection joueuse que j'éprouvais pour lui suffisaient à soulever cette poussière d'étoiles qui illuminait obscurément mon corps. Mais je sais maintenant que seul le souffle de l'amour peut porter sans dommage d'un être à l'autre les nourritures de l'âme. Grâce à Dieu, je ne manquais ni de désir ni de disposition à l'émerveillement. Et pensant aujourd'hui à ces instants si lumineux et tendres, tandis que nous envahissaient le flot puant des cadavres et l'épouvante des brûlements, il me vient à l'esprit que peut-être maître Aventin m'ensemençait sans que je n'en sache rien et que j'accueillais vraiment, dans ma terre profonde, ses savoirs éblouissants.

Un matin, comme j'allais à mon travail, une charrette environnée de cris et de figures égarées me vint à grand fracas dessus. Je n'étais guère éloigné du carrefour de la Rappe où était une croix de pierre toujours ensoleillée à l'heure où je passais d'ordinaire par là. Je la vis soudain envahie de mauvaises ombres. Des gens agrippés à ses branches se mirent à insulter le Ciel, tandis qu'accourait à moi le tonitruant attelage. Il me parut d'une hostilité prodigieuse. J'en restai un instant fasciné puis, comme son déferlement menaçait de m'emporter, je m'enfonçai en hâte dans une encoignure de portail. Il me passa si près qu'une main noire effleura ma poitrine. Elle pendait nonchalamment hors de la bâche qui couvrait mal des pestiférés jetés là pêle-mêle. J'en fus horrifié. A peine délivré de ce convoi terrible, je me mis à courir, mille spectres aux trousses. Je me souviens d'avoir traversé des foules hébétées par le bourdonnement incessant des tocsins et de m'être empêtré dans une débandade de volailles affolées par d'épaisses nuées noires qui sortaient d'une maison incendiée. Les premiers arceaux de la rue Fusterie me semblèrent déserts. J'y revis le soleil. Il illuminait notre enseigne. J'en fus rassuré et remerciai Dieu. Je m'approchai de notre échoppe. Je vis alors des corps couchés sur des bancs le long des façades. Un prêtre les aspergeait d'eau bénite tandis qu'un enfant derrière lui trottait en agitant un encensoir qui fumait à l'excès et le faisait tousser. Des draps tachés d'humidités grises enveloppaient ces morts. Je ne pus voir qui ils étaient. Des femmes geignardes se pressaient autour d'eux et tentaient de retenir des hommes d'armes qui jetaient des torches dans l'ombre d'une porte ouverte. Ils avaient l'ordre, à ce qu'ils dirent, de brûler les maisons des morts. D'autres matrones s'étreignaient, tombaient à genoux et tendaient les bras au ciel parmi quelques porcs noirs qui leur flairaient la croupe. Comme je restais bouche bée à contempler cette débâcle, maître Aventin m'attira vivement dans la boutique et me dit qu'il y avait là, parmi les cadavres, le fils d'une des malotrues qu'il avait l'autre jour grondées.

La mère de ce jeune mort venait à l'instant de le maudire et de l'accuser publiquement d'accointance criminelle avec la juiverie. Il en était tant affecté qu'il n'osait pas me regarder. Il aventura ses mains tremblantes sur l'écritoire, rangea nerveusement grattoirs et encriers, fit s'envoler quelques parchemins dans l'ombre poussiéreuse, risqua dehors un coup d'œil craintif. Il dit enfin :

– J'ignorais que j'étais à ce point détesté. J'ai voulu consoler cette pauvre Pauline, je me suis approché d'elle pour la bercer un peu. Elle m'a craché au visage. Qu'ai-je fait pour mériter cela ? Le sais-tu, Mathieu ? Moi, je l'ignore. Il n'y a pas si longtemps nous plaisantions ensemble, nous échangions des fruits contre des écritures.

Il resta un moment à remuer la tête, sans plus pouvoir rien dire, puis il s'assit, le dos courbe. Il murmura :

– Mathieu mon fils, je ne suis plus pour toi un maître fréquentable. La haine m'effraie plus que la peste, et j'ai grand-peur qu'elle ne t'éclabousse, si tu restes en ma compagnie. Mieux vaudrait que tu cherches ailleurs du travail.

Mon esprit s'obscurcit. Je m'entendis affirmer hautement que je ne craignais pas la méchanceté du monde, car j'étais un bon catholique, et que je répondrais de lui si l'on se hasardait à le persécuter. Mon emportement l'amusa. Il avait cette étrange vertu de s'éclairer soudain comme un ciel délivré après un temps d'orage. Quand il riait, il ne laissait rien aux larmes et franchissait le pont de la peine à la joie avec cette agilité miraculeuse dont seuls sont capables les enfants et les giboulées. Il singea, d'un geste ample, ma grandiloquence et m'ouvrit les bras. Je fis de même, le cœur allégé. Comme il me prenait aux épaules une ombre envahit la boutique. C'était celle de ma sœur Angèle. Je n'y pris pas garde. Elle venait presque chaque jour s'exercer à la lecture de l'Évangile de Jean que mon maître et moi estimions comme l'œuvre la plus sacrée du monde. Elle demeura roidement immobile sur le seuil. Elle dit :

– Maître Aventin, Dieu vous garde. Viens, Mathieu.

Le bruit de sa voix me pétrifia. Il était d'une clarté de couteau. Le rêve qui m'avait réveillé au plus noir de la nuit passée me revint fugacement en mémoire. Elle n'eut pas à me dire que notre mère était morte.

Elle me prit brusquement la main et m'entraîna. Maître Aventin voulut nous accompagner, mais nous étions déjà loin quand il nous cria de l'attendre. J'ignore comment nous avons traversé la ville. Je ne me souviens que des flammes et des fumées qui sortaient de notre maison d'enfance et nous, dehors, qui regardions. Au soir, notre frère aîné vint nous rejoindre. Il était malade et ne voulut pas s'approcher de nous. Il avait appris je ne sais comment qu'une charrette passante avait emporté notre mère avec une voisine et un enfant agonisant.

Angèle et moi, cette nuit-là, avons dormi dans l'herbe de l'Eyguière où séchait un drap oublié. Je fus seul à pleurer. Ma sœur était d'une tendresse sûre mais passionnément retenue. Quand elle souffrait, elle paraissait étrangère à son corps, à ses gestes, et son regard noir quittait le monde alentour, s'en allait au loin non point chercher secours mais refuge, comme si quelqu'un l'attendait en un lieu qu'elle était seule à voir. Elle essuya mes larmes et me berça, bien qu'elle fût de deux ans ma cadette. L'aube nous trouva grelottants dans la rosée. Elle s'en fut au fleuve proche et resta sur la rive déserte à contempler les planches creusées par les genoux des lavandières. Je l'y rejoignis. Elle me regarda à la dérobée, revint à sa rêverie et dit, les yeux perdus dans la brume sur l'eau, que nous étions les derniers vivants de la famille. J'en eus le cœur poigné. Je lui répondis que notre aîné n'était point encore trépassé et que notre deuxième sœur, qui s'en était allée avec un marchand de passage, nous reviendrait peut-être un jour. Elle haussa les épaules. Elle me demanda tout soudain si j'avais connu notre père. Je ne savais rien de cet homme, sauf qu'il était toscan et batelier. Je fis un pauvre geste d'ignorance. J'étais glacé. Elle me sourit, eut un brusque frisson et se mit à me frotter le dos avec une vigueur teigneuse.

– Tu as encore maître Aventin, me dit-elle.

Il était en effet ma dernière lumière et il me paraissait inconcevable, tant j'avais foi en lui, que la peste l'éteigne.

Je priai le soleil, l'air bleu, les hauts oiseaux de bénir ce pré où j'avais tant de fois aidé ma mère à étendre ses lessives, puis je m'en fus sur le chemin de la ville. Angèle m'accompagna. Elle n'avait désormais aucun lieu où aller ni rien qui la retienne au monde, sauf l'amour dévorant qu'elle avait de la vie, et ma main qu'elle prit à nouveau fermement dans la sienne. Dès le rempart franchi, la ville nous apparut méconnaissable. Il faisait beau, nous nous sentions infiniment meurtris mais renaissants, à peine baptisés par la rosée de l'aube, et devant nous était le royaume des morts.

Le premier qui nous accueillit était assis contre une croix de pierre au milieu d'un carrefour désert. N'eût été le drap qui l'enveloppait, on aurait pu le prendre pour un ivrogne repu. Ma sœur voulut disperser les poules qui picoraient sans vergogne entre ses pieds et ses cuisses ouvertes. Elle leur vint dessus en agitant ses jupons. Un coq fuyant dans un grand froissement d'ailes se percha sur le bout de linceul qui coiffait le cadavre, se rengorgea et poussa son cri du matin. Elle bondit en arrière, demeura un instant immobile comme un animal circonspect, puis s'en revint vers lui, lentement, la figure tendue.

– Chante encore, mon roi, lui dit-elle. Tu as chanté pour moi, chante maintenant pour Mathieu. Chante pour lui. Chante, ou je te tue.

Deux fois encore il s'égosilla. Des hommes, au loin, nous voyant penchés sur le mort, nous houspillèrent. Angèle s'en fut en courant. Je m'efforçai de la suivre dans une bousculade de femmes qui remontaient la rue, agrippées à un prêtre et au long crucifix qu'il brandissait sur elles. Au-delà de la place du Change, bêtes et gens disparurent un moment dans d'irrespirables fumées où sommeillaient des fantômes aux suaires hâtivement jetés sur des têtes penchées. Plus loin j'en croisai trois qui allaient sans compagnie, bras et jambes ballants sur des échines d'ânes. D'autres attendaient sous des lucarnes pendant que des hommes d'armes, au pas des portes, fouillaient du bout des piques des matelas et des linges merdeux. Seigneur, comme tu paraissais indifférent à ces abominables misères, toi qui vivais pourtant si puissamment dans la chair de mes muscles et les battements de mes tempes ! Quelle fureur dans mon corps, tandis que je traversais ces pourritures que tu avais semées ! Dieu de la chaleur de mon sang, notre Père qui n'es point aux Cieux mais sans cesse à l'ouvrage dans le corps de tes créatures, nulle part ne sont plus vivaces ta force et ton enragé désir de vivre que dans ces bas-fonds où il te plaît parfois de nous perdre. Tu n'es pas bon, Seigneur, ni courtois, ni aimable, tu es charnu, indomptable, acharné à pousser tes sèves déraisonnables jusque dans les ténèbres infinies de nos douleurs. Et j'ignorais cela, et je maudissais ton absence le long de ces ruelles pestiférées où me poussait ton souffle.

Je retrouvai Angèle à l'entrée de la rue Fusterie. Je l'entraînai sous la niche de la Vierge des Charpentiers pour reprendre un instant haleine. Une troupe de gens vociférants armés de bâtons et de haches nous passa devant sans nous voir. Quand la poussière fut retombée j'aperçus maître Aventin à l'affût sous notre enseigne. Il était en souci de nous et guettait notre venue. Dès qu'il nous vit il trotta à notre rencontre, nous entraîna dans la boutique et nous prit ensemble dans ses bras en gémissant des tendresses éperdues. Angèle n'aimait guère les effusions. Je la sentis se raidir. A peine défaite de son embrassement elle recula jusqu'à l'étagère et toisa le vieil homme avec une joyeuse fierté.

– Ne soyez pas en souci de nous, lui dit-elle. Le roi des coqs a béni nos vies. Mathieu ne mourra pas, et je ne mourrai pas non plus.

Maître Aventin parut déconcerté. Il eut peine à sourire. Je pensai : « Ni elle ni moi, je sais. Qu'importe ce coq, j'ai toujours su cela. Notre vie est longue, infinie. » Je me surpris soudain à oublier mon deuil. Aussitôt je m'en fis reproche. Notre mère était morte d'hier, et je n'en éprouvais qu'un chagrin déjà vague. Ne l'avais-je donc point aimée ? Un rire menu me monta en gorge. Je l'avais chérie et je la chérissais au point de me sentir à jamais enceint de sa présence, mais dans ce cœur plus vaste que mon corps où était désormais sa maison elle se trouvait paisible et rassurée, sans rien qui pèse en elle et sans rien qui me peine.

Angèle s'en alla chez mon frère. Dès qu'elle eut franchi le seuil, maître Aventin se mit à ranger hâtivement ses affaires.

– Il y aura bientôt plus de morts que de vivants, me dit-il. On accuse les juifs de conspiration contre la chrétienté. On prétend qu'ils veulent asservir le monde, que le diable les assiste, et qu'ils ont par magie noire répandu dans nos rues le venin de la peste. On a toute la nuit massacré dans leur quartier. On ne tardera guère à traquer les mauvais catholiques. J'en suis, tu le sais. Tout à l'heure, comme je passais devant l'église des Doms, je me suis trouvé pris dans une foule à demi nue, pitoyable, revêche. Quelques-uns parmi ces gens m'ont agrippé et m'ont ordonné méchamment de me joindre à eux. Ils ont déchiré ma chemise. Tous s'étaient dépouillés de la leur. J'ai eu grand mal à fuir leurs griffes. Sais-tu ce qu'ils ont fait ? Ils se sont jetés à genoux sur le pavé et se sont fouetté les épaules de verges en braillant le nom de Jésus. Ils voulaient expier leurs péchés, et les nôtres. J'ai vu le sang ruisseler sur leur échine, leur face dévorer le ciel, et leurs yeux égarés par la peur, par la haine aussi, Dieu nous garde. La folie règne, Mathieu. Il nous faut fuir. Allons, ne reste pas la bouche ouverte. Prends cette boîte, range dedans tes pages mal écrites. Il faudra bien, un jour, les corriger, je ne sais quand, je ne sais où.

Je ne pus croire ces nouvelles. Elles étaient trop extravagantes. Je balbutiai :

– La peste est aussi chez les juifs, maître Aventin. S'ils avaient fait ce que l'on dit, n'auraient-ils pas épargné leurs enfants ? Et nous, pourquoi nous voudrait-on du mal ? Vous vous effrayez exagérément. Vous connaissez les gens de cette ville, ils sont pétris de bonne pâte. Ils ne peuvent être assez insensés pour tuer sans raison, dans nos malheurs présents.

Mon maître me prit à deux mains le visage et un moment me contempla. Je n'avais jamais vu d'aussi près ses yeux gris. Ils étaient d'une bienveillance si mélancolique que le désir me vint de les voiler, du bout des doigts. Je ne le fis point. Alors je vis son être véritable dans la lumière de son regard. Seigneur, comme il était touchant et démuni ! Il m'apparut soudain, et j'en fus ébahi, que cet homme aimé avait toujours erré à la recherche d'un Dieu fréquentable, qu'il ne l'avait pas trouvé, mais qu'il s'était toujours efforcé de me cacher ses lassitudes et de me nourrir de ses seuls élans, de ses seules espérances, par amour de moi.

– Plus aveugle que la colère de Dieu est celle des hommes, mon fils, me dit-il. Je ne veux pas qu'elle t'atteigne. Nourrir une âme, lui donner force, la hisser assez haut pour qu'elle soit, parfois, à portée de nos anges est un travail patient, minutieux, difficile. La tienne est prompte à s'élever, mais elle est encore fragile. Elle sera bientôt brisée si tu l'exposes aux bassesses des malfaisants. Obéis-moi, fais ton bagage. Ce soir tu iras chercher Angèle. Demain matin nous partirons.

Ce furent les derniers mots affectueux que j'entendis de lui. Une heure avant midi, Pauline que ce vieux père avait imprudemment morigénée, Pauline qui avait perdu son fils, Pauline que j'avais autrefois naïvement aimée pour sa manière de babiller en croisant les mains sous ses seins débordants, Pauline notre voisine aux yeux bleus ouvrit d'un coup de pied la porte. Elle me parut, sur notre seuil étroit, d'une carrure d'ogresse. Avec elle étaient d'autres femmes, deux moines et des hommes armés de bûches. Elle empoigna maître Aventin par les oreilles et dans un meuglement d'enragée le jeta parmi ces gens. Je me ruai derrière lui pour le délivrer des bâtons et des insultes qui s'abattaient sur son dos. Une énorme gifle tombée je ne sais d'où fit s'envoler ma tête. Je la retrouvai dans la poussière, à trois pas de l'échauffourée. Je voulus à nouveau bondir. Mes jambes se dérobèrent. Comme je me traînais à genoux, les mains devant, je vis s'agiter les bras de mon maître entre les pieds et les gourdins qui s'acharnaient à le briser. Son front saignait si dru qu'il en était aveuglé et cherchait à tâtons refuge dans les jupons des femmes. Je me mis à brailler des supplications mêlées d'insultes dérisoires. J'entendis un moine demander à Pauline qui j'étais. Je ne sais ce qu'elle lui répondit. Elle vint vivement à moi. Elle me lança :

– Sauve-toi, petit. Notre quartier a besoin d'un grand ménage. Nous ne voulons ici que des gens propres.

Elle était d'un aplomb terrible et répugnant. Elle s'en alla d'un pas, me revint brusquement dessus, et désignant derrière elle les gens qui s'éloignaient, traînant leur proie souillée, sanguinolente, inerte :

– Mon fils était fort comme un arbre. Qui l'a tué ? Qui a craché sur lui la peste ? Qui donc, sinon ce trousseur d'arabesques ? Je le connais, il a des amis chez les juifs. Ose dire que je mens.

– C'est vrai, Pauline, mais ce sont des savants, des lettrés, certes pas des sorciers, Dieu garde !

Elle me saisit au col, me poussa au large, se retourna, vit que sa troupe était presque au carrefour.

– Je ne suis pas une mauvaise femme, Mathieu, me dit-elle. Je sais que tu n'es pour rien dans le malheur que je souffre. Mais ne t'avise pas de troubler notre lessive, car tu risquerais de finir au même feu que ton maître, et je n'aimerais pas cela.

Elle s'en fut en courant. Je la suivis. Des gens quittèrent leur pas de porte et firent avec moi escorte à ce lambeau d'homme que l'on amenait. Certains murmuraient que c'était pitié, d'autres affirmaient fièrement que c'était là de l'ouvrage salubre, qu'il était grand temps de remettre en ordre nos vies et nos mœurs et que la paix nous reviendrait quand on aurait brûlé ces empoisonneurs d'âmes qui avaient empesté la ville.

On traîna maître Aventin jusqu'au champ de Notre-Dame-du-Miracle où était, Mère Vierge, l'une des églises élevées autrefois pour l'amour de vous. Elle me fut, ce jour-là, autant haïssable que le château du diable, et après si longtemps passé, à cet instant où je me souviens d'elle dans ma maison de bois bénie par les oiseaux, douleur et tremblement m'envahissent encore. A l'ombre de ses murs était un cimetière qui se perdait parmi les herbes et les cailloux d'une friche tant inhospitalière que les quelques cabanes dressées à sa lisière n'abritaient plus, depuis longtemps, personne. On avait brûlé là des hérétiques, en des temps que mon maître m'avait dit révolus. Le portail de votre demeure, Sainte Dame, était béant, et l'on avait sorti votre statue sur le seuil. Vous étiez comme une belle et bonne femme aux bras ouverts accueillant ses invités sur le pas de sa porte. Vous aviez la face au soleil et les épaules dans l'ombre. J'imagine aujourd'hui que votre Fils devait se cacher là, au fond de cette obscurité où brûlaient quelques cierges, les yeux fermés, les poings sur les oreilles pour ne plus rien voir ni rien entendre que sa folle espérance en nous, tandis que vous-même n'aviez souci que de le protéger de la méchanceté des hommes. Car en vérité qui étaient ces gens à qui vous n'aviez à offrir qu'un imperturbable sourire, et qui s'affairaient dans l'heureuse lumière du printemps ? Des ouvriers simples et terribles. Des âmes mortes.

Les plus placides entassaient des cadavres nus sur des amas de branches, d'autres fouillaient les habits de ces trépassés et les abandonnaient au vent, ou couraient parmi les caillasses, armés de torches échevelées. Quelques-uns parmi eux s'en vinrent empoigner mon pauvre maître jeté contre leurs bottes comme une charge d'âne. Ils le dressèrent debout et le dévêtirent à grands gestes de dépouilleurs de bêtes tandis que les moines qui nous avaient accompagnés accouraient à vos pieds, Mère Vierge, et courbaient le dos, et se signaient, et vous priaient de les bénir. Je leur ai disputé ma place auprès de vous, je me suis entre eux agenouillé, je vous ai crié d'avoir pitié des innocents et vous m'avez sottement souri comme vous ne cessiez de sourire à ces assassins qui saccageaient autant mon cœur que ma raison et martyrisaient cet homme qui m'avait si souvent dit tant de bien de vous. La souffrance et la fureur m'ont submergé, bonne Mère, je vous ai secouée, je vous ai suppliée de vous réveiller, de me regarder, de me répondre. Les moines ont cru que je voulais renverser votre statue. Ils m'ont arraché à vous, ils vous ont dit que je ne savais pas ce que je faisais et vous avez souri encore tandis que je me défaisais de ces enfroqués et que je courais à mon maître qui geignait sur les fagots où il était couché. Il n'avait rien sur lui que souillures de sang et de poussière. Quand il m'a vu, sa main a rampé sur son ventre, il s'est couvert le sexe et il m'a regardé comme un enfant éperdument honteux et démuni. Entendez cela, Sainte Dame. Le feu crépitait déjà sous son crâne, et il grelottait, et il n'avait souci que de préserver sa pudeur de vieil homme. Où étiez-vous, Mère des offensés ? Vous êtes-vous penchée sur lui quand il a tendu ses bras au ciel, les yeux grands ouverts, en criant votre nom ? Je le crois aujourd'hui, mais j'étais alors tant aveuglé par la douleur que je ne pouvais l'espérer. J'ai hurlé moi aussi, je lui ai demandé ce qu'il voyait, mais il ne m'a pas entendu. Le bûcher s'est effondré sous son corps.

Une bouffée de fumée noire a soudain empuanti l'air tandis que s'élevaient de hautes flammes. J'ai reculé, sans doute suis-je resté un moment hébété, sans savoir où aller ni que faire. Comme j'allais partir au hasard, j'ai senti que l'on me prenait par l'épaule. C'était Pauline. Elle m'a serré contre elle et m'a baisé la tempe. Je me suis laissé aller à son étreinte et nous sommes restés un moment ainsi, elle me berçant et moi la bouche enfouie dans la chaleur de ses seins. Dieu me pardonne, je n'avais pas la force de la repousser, pas même celle de détester son étrange bonté. Elle m'a demandé si je voulais aller prier avec elle dans l'église. Alors m'ont à nouveau envahi l'horreur que j'avais d'elle et la haine du monde. J'ai bondi à trois pas de sa figure et je lui ai répondu que s'il était un Dieu, là-bas, dans l'ombre noire, derrière cette Vierge au sourire ignoblement béat, il était désormais mon ennemi juré. Je me suis enfui.

J'ai couru longtemps sous les tocsins, parmi des gens fantomatiques, des cavalcades infectes, des brouillards d'incendies. Un rayon de soleil au seuil de la rue Fusterie m'a dit qu'il faisait beau, là-haut, dans le ciel. Notre boutique était intacte. personne ne l'avait pillée. Je m'y suis enfermé. Au soir, Angèle est venue frapper à la porte. Elle m'a longtemps appelé. Je l'ai entendue parler avec un homme à la voix sonore et joyeuse. Je suis resté muet dans le noir. Je me sentais d'une force indomptable et j'avais décidé de mourir.

3

Je suis resté jusqu'à l'aube accroupi sous l'écritoire, le front sur les genoux, l'esprit tourmenté par des foules criardes, des grimaces de feu, des visions de mon maître tantôt vivant, rieur dans ce refuge étroit où il ne pouvait être, tantôt croulant dans son brasier, les bras tendus au ciel indifférent et noir. Je me souviens d'avoir entendu tinter des cloches, au loin, dans le désert nocturne. Sans doute m'ont-elles apaisé, car j'ai bientôt plongé dans un sommeil profond où m'attendait un rêve. Il m'apparut que j'étais au chevet d'un enfant sous des nuées crépusculaires. Il gémissait. J'avais froid, je me plaignais aussi. J'ai posé mes mains sur sa bouche, sur ses joues blanches, et je lui ai parlé, je l'ai béni malgré la peur qui m'oppressait. Il a voulu me répondre, il m'a souri avec un bon vouloir éperdu. Alors j'ai vu que son regard et son visage étaient semblables aux miens. Un étonnement prodigieux m'a brusquement ramené à la pénombre familière de l'échoppe. Je me suis dressé à demi, haletant, le cœur emballé, j'ai ouvert grands les yeux. Les plaintes ne se sont pas éteintes. Elles me venaient de la maison voisine. Le fils du drapier se mourait. Des voix priaient sur lui à longs souffles obscurs. J'ai écouté, priant aussi peut-être, confusément. Ses menus cris d'oiseau se sont faits de plus en plus lointains dans cette rumeur de bercement pareille au flux et au ressac de la mer. Quand il a cessé de geindre et de respirer la prière des gens qui l'environnaient s'en est allée avec lui, et me sont parvenus des bruits de paroles, des remuements de réveil, comme si c'était l'aube et qu'il fallait en toute hâte se lever et partir, sans savoir où. Le père du petit mort est sorti devant sa porte, il a bougonné je ne sais quoi, j'ai entendu ses pas s'éloigner dans la rue et derrière le mur de la boutique sa grosse femme s'est mise à divaguer, à gronder grossièrement des filles qui pleuraient. Rien de tout cela ne m'a effrayé. Je n'ai pas bougé. J'étais ivre de trop de peines, je ne pouvais souffrir ni m'émouvoir encore. Seule mon âme savait que je venais moi aussi de quitter l'enfance et que s'ouvrait désormais une nouvelle vie aux jours inconcevables.

Le roulement de la charrette des morts de grand matin m'a réveillé du sommeil de bas-fond où j'avais fini par sombrer. Elle s'est arrêtée devant la porte. Des ombres ont traversé la fente du volet, des voix fiévreuses et des piétinements ont un instant empli la lumière, dehors, puis un fouet a claqué, un cheval a henni, et à nouveau le bruit du convoi ferraillant a fait trembler les murs. Dans la maison voisine il n'y avait plus personne. J'ai plongé la figure dans la bassine d'eau puis j'ai pris le manteau de maître Aventin, sa ceinture verte, son sac et je m'en suis allé. Le soleil et le vent, dans la rue, m'assaillirent si effrontément que j'en eus le vertige. Je m'entendis appelé par une voix familière. Angèle fut sur moi avant que je l'aie vue. Elle me prit aux cheveux et me baisa la bouche avec cette passion furibonde qui vient parfois après les grandes peurs. Elle avait appris le martyre de mon vieux maître. Elle avait craint que ma colère et mon désespoir ne m'aient poussé à je ne sais quelle extravagance mortelle. Elle m'avait cherché toute la nuit. Un homme était avec elle. Ses bottes éculées étaient d'un voyageur. Elle m'étreignit encore, puis s'écarta de moi et lui dit fièrement :

– C'est mon frère Mathieu.

Elle nous examina l'un et l'autre, l'œil affûté déjà, jugeant nos méfiances et notre hésitation à nous tendre la main.

– C'est Bernard Faidit, me dit-elle. Il a bon cœur. Il m'a aidée quand je t'ai cru perdu.

Il était d'une carrure de fier-à-bras et plus haut que moi d'une demi-tête. Ses yeux bleus riaient sous sa tignasse de mouton noir. Je lui trouvai l'air franc, quoique vaguement moqueur.

Angèle l'avait rencontré après être passée chez notre frère aîné qu'elle avait trouvé mort et seul dans son moulin. Elle avait un moment en vain cherché son épouse. Elle n'avait pas pu s'attarder car les ramasseurs de trépassés et les gens d'armes s'en venaient par la ruelle montante avec leurs torches incendiaires. Elle avait donc en hâte rassemblé quelques menus objets et vêtements qu'elle voulait sauver du feu et s'en était retournée à la boutique où elle pensait me trouver à l'ouvrage. Or, comme elle traversait le marché du cimetière Saint-Pierre, elle avait vu de loin cet homme perché sur un tonneau parmi les tombes, les volailles et les chèvres à vendre. Il contait une histoire à des badauds aux bouches bées. Je ne sais comment ils en étaient venus à se parler, ni l'un ni l'autre ne me le dirent. Mais à les voir me regarder ensemble, au milieu de la rue, dans la bourrasque ensoleillée amoureuse de leurs visages, je pressentis entre eux cette mystérieuse amitié qui semble, à peine née, plus vieille que nos ans, plus sûre que nos vies. Leurs âmes étaient jumelles. Je vis cela. Je m'en trouvai amer, et plus seul tout à coup qu'un ermite sans Dieu.

J'en souris aujourd'hui et je m'émerveille au souvenir de leur figure immobile dans la lumière de ce matin-là. D'où leur venait cet air de parenté que devinait je ne sais quel saint animal au flair infaillible à l'affût derrière mon regard ? Seigneur, j'ignore presque tout de tes chemins. Mais à cet instant où j'écris, je te cherche. Et comme je m'aventure dans ta bienveillante obscurité il m'apparaît que nous sommes tous des voyageurs, tant ici-bas qu'au-delà de nos jours, que nous nous séparons et rejoignons sans cesse, dans telle auberge de ce temps, sur tel chemin d'entre deux vies, et que nos rencontres apparemment hasardeuses ne sont jamais que des retrouvailles. Nous ne sommes pas oublieux, nos mémoires sont vigilantes et fidèles, mais nous sommes perdus dans l'opacité du monde, et nous n'en croyons pas nos élans, et nous suivons en aveugles ce parfum inconcevable et familier qui nous attire vers ceux que nous avons autrefois aimés. Bernard Faidit et mon Angèle étaient encore, ce jour-là, dans cette sorte d'ignorance où sont les arbres. Leurs feuillages se croyaient étrangers, tandis que leurs racines se mêlaient et s'embrassaient en secret. Ils s'étaient jadis rencontrés mais ne savaient pas où. Ils se reconnaissaient mais n'osaient l'avouer. Et certes ils pourraient se séparer ce soir même sans que leur reste rien qu'un étonnement, une lueur touchante aussitôt vue, aussitôt perdue dans la fuite du temps. Mais, me disais-je, s'il est vrai que nous pousse sur les mêmes chemins un désir plus constant que nos vies passagères, leur éloignement ne durerait guère. Ni le diable, ni moi, ni personne en ce monde, assurément, ne pourraient empêcher qu'ils reviennent un jour l'un vers l'autre.

Voilà ce que mon cœur murmurait sans plaisir, tandis qu'Angèle me disait encore son inquiétude d'avoir été sans nouvelles de moi, et son effroi de ne pas me revoir vivant. Mon douloureux orgueil et sans doute aussi l'amour que j'avais d'elle me retinrent de lui annoncer que j'exécrais désormais ma vie et que j'avais décidé de la fuir. Je lui répondis sèchement qu'elle devait quitter la ville et me laisser à mon travail. Elle me demanda, ébahie, quelle nécessité me forçait à rester dans la puanteur des pestiférés, parmi ces insensés qui avaient assassiné mon maître. Je me détournai d'elle, la bouche close. Comme je m'en allais, elle devina que j'endurais une souffrance insupportable. Elle me trotta derrière. J'entendis Bernard la prévenir qu'avec ou sans son frère il partirait ce soir même. Je leur criai :

– Laissez-moi donc en paix et fuyez à l'instant ! Pourquoi attendre la nuit ? Avez-vous quelque chose à cacher, pauvres gens ?

Je m'éloignai à grandes enjambées d'assaillant, la tête basse dans le soleil poussiéreux. Un moine me vint droit devant. Sa face était enfouie jusqu'au nez sous sa capuche noire, il portait sur l'échine un panier de légumes. Sans doute était-il lui aussi perdu dans ses ruminations. Il me buta dessus. Je le pris à deux poings au col et le jetai rageusement hors de mes pas. Il s'en fut de guingois, sautillant sur un pied. Son crâne ouvrit à grand fracas une porte d'auberge. Il s'affala dans l'ombre parmi ses navets et ses choux. Bernard partit d'un rire énorme. Angèle me retint par un pan du manteau de maître Aventin que je portais sur l'épaule. Je lui abandonnai tout, le sac aussi, et la ceinture verte. Je me mis à courir, cœur et corps débridés. J'avais, la nuit passée, entre deux cauchemars, décidé de monter à l'église Notre-Dame-des-Doms et de proclamer devant le peuple assemblé sous les voûtes sonores ma haine définitive de ce monde et de ces serviteurs de Dieu qui caressaient la nuque des colporteurs de calomnies et lavaient d'eau bénite les meurtriers d'innocents. J'estimais que l'on ne manquerait pas de me saisir, de me lier les poignets dans le dos et de me conduire au bûcher. J'étais tant enragé que je ne doutais point d'y marcher sans faiblir.

Je rougis aujourd'hui de ce sot pompeux que je fus. Je m'espérais sans doute d'une éloquence assez tremblante pour faire honte à mes assassins, les forcer à baisser le front et peut-être même les désigner à la vindicte des siècles. J'avais dix-sept ans d'âge. Je ne savais rien du dénuement des œuvres saintes, rien du silence où vient la voix ténue du maître véritable, rien de ma débordante vanité. J'aimais les paroles parfumées et les actes mémorables. Et pourtant, Seigneur, béni soit cet enfant qui voulut mourir de la sorte. Il ne désirait rien que s'offrir au Ciel comme un cheval sauvage s'élance dans l'espace sans chemins, sans cette retenue qui lui est venue à l'approche de votre incompréhensible bonté, de vos ruses, de votre misère. Peut-être savait-il ce que je ne sais plus, lui qui croyait aux anges chevaliers, aux Jésus amoureux et aux Vierges aimablement vêtues.

Deux foules d'évêques et de prêtres sous des fumées d'encens se tenaient de part et d'autre du portail de l'église cathédrale. Tous chantaient si puissamment leurs psaumes sous un glas tant envahissant que j'aurais à peine entendu le bruit de ma propre voix si j'avais osé ouvrir la bouche. Des pénitents en long cortège entraient dans l'ombre du dedans. Ils portaient des cercueils sur leurs épaules. Des gens étaient autour de la place, au pas des portes et aux lucarnes hautes. Quelques femmes à genoux priaient. On avait chassé les mendiants hors de l'abri du porche où ils se tenaient d'ordinaire. Comme je me mêlais à leur horde remuante que des hommes d'armes maintenaient sous le feuillage du grand orme, un aveugle me dit qu'il n'y avait plus de moines au couvent des augustins, qu'ils étaient tous morts de la peste et qu'ils allaient ce jour à leur dernière messe.

Angèle et Bernard eurent tôt fait de me rejoindre. Ils voulurent m'entraîner au large de ces lieux où l'écrasante solennité des hommes s'évertuait en vain à émouvoir le Ciel. Je me moquai d'eux, les désignai aux railleries des mendiants, et bondissant entre les piques et les casques des gens d'armes je lançai des quolibets et des malédictions à ces prêtres et prélats qui s'égosillaient sous les statues peintes du grand portail, la figure enfoncée dans leurs longs habits raides. Quelques loqueteux autour de moi m'encouragèrent à coups de coude furtifs et clins d'œil hypocrites. Les soldats se mirent à gronder. L'un d'eux me repoussa d'une telle butée que je tombai dans les bras d'un colosse difforme. Il me précipita sur d'autres qui me bastonnèrent et me bousculèrent hors de leur compagnie en ricanant abondamment. Je me retrouvai rejeté à l'écart de la place, haletant, courbé sur un abreuvoir. Je vis dans l'eau venir la figure d'Angèle. Elle murmura à mon oreille, tendrement, comme elle m'eût proposé un jeu secret d'enfance :

– Veux-tu que je meure avec toi ?

Je lui répondis, effaré :

– Dieu garde, je te l'interdis.

L'ombre de Bernard se pencha sur nous. Sa large main saisit ma nuque.

J'eus à peine le temps de croire à un geste compatissant. Avant même que j'aie pu prendre souffle je me trouvai sans air ni jour, la tête violemment plongée dans son reflet. Je suffoquai, battis des bras, tentai de m'arracher au poing qui m'enfonçait jusqu'aux épaules, poussai un braillement étouffé, bouillonnant. Je bus un tonneau d'épouvante. Je jaillis enfin, ruisselant, revis le jour, toussai à m'en exorbiter, crachai, rotai, respirai à longs râles.

– Je savais bien que tu ne voulais pas vraiment quitter ce monde, dit au-dessus de moi la voix lente de mon bourreau. Je l'ai dit tout à l'heure à ta sœur. Un homme qui fracasse une porte d'auberge d'un coup de moine maigre ne peut qu'aimer la vie.

Je levai le front, regardai droit aux yeux ce bel escogriffe qui me narguait encore. Je me jurai de le tuer avant la fin du jour. Je me faisais souvent, autrefois, de ces promesses excessives. Qu'elles soient méchantes ou sacrées, je fus toujours parjure. Je suis un homme de pauvre courage, mais je sais que Celui qui m'attend au bout de mon chemin ne m'en fera point reproche et qu'à mon heure il m'accueillera dans sa maison, même si mille fois j'ai violé mes serments.

Angèle me prit par le bras et ne fut plus qu'à moi. Elle tremblait. Elle était frileuse comme lorsqu'on est las et triste. Il me parut que Bernard s'inquiétait d'elle, à coups d'œil brefs, tandis qu'il me parlait avec son agaçante nonchalance d'homme fort. Il m'apprit qu'il avait lui aussi subi l'épreuve de l'eau. Son grand-père, me dit-il, l'avait à demi noyé dans la rivière d'Aude un jour lointain où il avait imprudemment médit de l'existence. Cette nouvelle alluma dans mon regard une soudaine lueur d'intérêt. Il sut la voir avant que je la dissimule. Alors il s'assit sur une borne et se mit à discourir à la manière rocailleuse de son puissant aïeul, le poitrail élargi et les poings sur les cuisses.

– « Ton cœur, ta chair, ton sang, voilà tes maîtres véritables, fils de ma fille aînée ! (Ainsi le désignait le vieil homme, autrefois). Quand l'esprit vagabonde, effraie ton corps et mets-le en danger. Il te ramènera sans détour à l'amour de la vie. Ainsi donc, la prochaine fois que te viendra l'envie saugrenue de regretter ta présence ici-bas, prive ta poitrine de souffle. Elle te fera savoir à l'instant en quelle estime elle tient cet impudent malotru qui préfère la compagnie des fantômes à celle des êtres palpables ! »

Puis dressant l'index devant son nez, exagérant encore sa pose noble et les grondements de sa gorge :

– « N'oublie jamais ceci, mon fils. Tu peux vivre sans Dieu, mais point sans air. Dieu est dans l'air que tu respires plus que dans tes prières et tes malédictions ! »

Il rit, content de lui et de sa singerie d'ancêtre. Je pensai : « C'est un fat, un perroquet grossier qui se prend pour un sage. Les sentences de maître Aventin étaient autrement lumineuses. » Je haussai les épaules. Angèle posa sa main sur mes cheveux, me sourit pauvrement et me baisa la joue. Elle avait grande envie que cet homme soit mon ami, mais je n'en voulus rien savoir et restai renfrogné à ruminer mes rancunes.

Bernard Faidit était bateleur. Il se plaisait infiniment à captiver ses auditoires. En vérité il savait être courtois, subtil, beau chanteur et conteur sonore, mais il avait hérité d'une vieille lignée enracinée profond dans les forêts d'Ariège une force sauvage qui le poussait parfois à des débordements tonitruants. Je l'aime aujourd'hui autant pour ses colères jubilantes que pour sa bonté, mais sans doute n'aurais-je pu entrer dans son amitié si son cœur n'avait ouvert le mien. En vérité, il n'a jamais puisé les nourritures de son âme ailleurs que dans les joies et les consolations qu'il pouvait offrir à ses semblables. Mais Dieu qu'il m'a parfois effrayé ! Il tenait son nom de son grand-père chevalier qui avait en son temps régné sur un château de plein ciel, aux confins des Corbières et du comté de Foix. Bernard, quand notre chemin commun eut délié nos langues, me parla maintes fois de lui. A ce qu'il put m'en dire, ce père de sa mère était demeuré jusque dans son grand âge d'une vigueur et d'une beauté sans pareilles. Il avait fréquenté de nombreuses femmes et sans doute ne s'était-il point privé de jouir d'elles, mais il n'avait eu de souci plus tenace que la sauvegarde de sa famille. Et si l'on ôtait de son rude chemin les rencontres subalternes, force était d'estimer que cet homme rare n'avait eu que peu de passions. Seuls dignes de son amitié avaient été sa vie durant les ours des vallées abruptes qui environnaient ses domaines, seul digne de sa vénération le troubadour Peire Cardenal dont il parlait, la voix nouée, comme d'un être sacré entre tous les poètes, et seuls dignes de sa haine, autant ardente que ses amours, les moines de tous ordres et les inquisiteurs. Il avait un hiver hébergé une petite troupe de ces hérétiques qui subsistaient encore à l'écart des chemins passants, après que les Croisés en eurent brûlé beaucoup sur les terres du Midi. On lui avait pour ce crime confisqué tous ses biens. Il était allé s'établir en Lombardie avec sa famille. Bernard avait si passionnément aimé cet homme qu'en son honneur il avait pris pour sien le nom que l'on donnait en ce temps-là aux seigneurs dépossédés : Faidit.

Outre son farouche appétit de vivre, il avait hérité de lui les chants d'amour et de colère du vénérable Cardenal et nombre de ces contes dont les parfums tiennent l'âme en éveil dans la monotone mélancolie des jours. En vérité, Bernard n'avait jamais eu d'envie plus constante que de leur donner force vive, de les orner sans cesse et de voir devant lui s'ouvrir grands les yeux et les bouches. Dès que l'avait quitté la peur de se perdre sur les chemins du monde il s'en était donc allé par les villes, laissant ses père et mère à leur commerce de drap, convaincu que s'ouvrait devant lui la plus libre existence qui se puisse vivre. Une brèche imprévisible était pourtant apparue dans son cœur. Il s'était un jour aperçu qu'il n'était pas, comme il l'avait cru, un insouciant marchand de rêves, mais un pèlerin sans étoile. Il était amoureux mais ignorait de quoi. Il souffrait d'une soif qu'il ne savait pas dire, et qu'il prenait pour un désir d'espace sans cesse plus lointain. Ces histoires déraisonnables qu'il racontait à qui voulait l'avaient sournoisement amené au désir d'atteindre une Jérusalem où n'allait nulle route et dont personne, apparemment, n'avait entendu parler.

J'appris cela de lui le soir même de ce jour où il m'enfonça dans l'abreuvoir de la rue Ferruce, mais je ne pus le comprendre qu'après longtemps de voyage. Je le détestais. Il était de carrure trop large et marchait d'un pas trop assuré. Je ne voyais en lui qu'un malandrin infatué de sa faconde. De fait, il portait sur les choses et les gens alentour le regard neuf, curieux et pourtant vaguement distant des voyageurs perpétuels. Il semblait indifférent à l'infection des cadavres qui encombraient le pas des portes, aux humbles et précieux objets de ces morts que les vivants se disputaient, aux fumées noires emportées par le vent. Il était dans la peste comme dans une ville étrangère, cheminant au milieu des rues, devant Angèle qui me tenait ferme et qui croyait n'avoir souci que d'assurer mes pas, quand ses regards n'avaient crainte que de le voir s'éloigner d'elle.

Je m'étais quelque peu apaisé, mais je n'avais pas renoncé à me perdre seul dans cette vieille cité décomposée aux humeurs répandues, aux puanteurs obscènes que traversaient déjà, çà et là, des pillards. Je ne voulais certes plus y vivre, mais plutôt que de fuir par les chemins terrestres avec mon accablant fardeau de peines et de détestations, « m'envoler, me disais-je, m'évader par le haut comme maître Aventin, souffrir ce qu'il souffrit et retrouver cet homme aimé loin des miasmes d'ici, dans le ciel vide et pur ». Rêvant ainsi, trébuchant sans les voir aux mille malheurs des ruelles je me laissai mener jusqu'à l'auberge du Gal où Bernard avait sa mule et son bagage. Il y avait une cour derrière l'écurie. Elle me parut d'une tranquillité miraculeuse. N'étaient là qu'un vieux chêne et des roues de chariots dans les herbes vivaces, un puits à la margelle à demi effondrée. Bernard prit dans son sac un pain, quelques fromages et des oignons nouveaux.

J'en refusai ma part et restai à l'écart. Il déjeuna, assis à l'ombre auprès d'Angèle, après quoi il poussa un long soupir d'aise, essuya son couteau sur sa cuisse et me dit :

– Nous partons, Mathieu. Es-tu prêt ?

Je répondis :

– Adieu.

Sans autre mot il se leva et s'en alla seller sa bête.

Angèle me bondit dessus, griffue, grinçante.

– Ne compte pas que je m'en aille seule avec Bernard, me dit-elle. Et sache bien, Mathieu, que de nous deux je ferai en sorte de mourir la première, que tu en aies honte et mal jusqu'à la fin des temps.

Je répondis, la tête basse, la voix sonnante dans les tempes :

– Comprends, Angèle. Notre mère est morte de la peste de Dieu. Maître Aventin est mort de la méchanceté du monde. Que reste-t-il dans cette ville où nous sommes nés, toi et moi ? Un pape, au fond de son palais, qui contemple ses fresques neuves, des évêques enfermés dans les jardins de leurs maisons fortes, et partout ailleurs des cadavres, des fous, des ruines et la souffrance brute. Ici le diable, au ciel le vide, ou peut-être la paix. J'espère la paix. J'espère revoir, dans je ne sais quel corps, ma famille, mon frère, notre mère et mon maître écrivain qui savait tant de choses. Je veux apprendre de lui pourquoi nous sont venues ces douleurs insupportables, pour quel péché, ou pour quelle métamorphose. S'il ne peut rien m'en dire, ou si je ne trouve rien là-haut, ni moi-même ni ceux qui tant me manquent, au moins je n'endurerai pas ce que j'endure, et puisque rien ne sera, tout sera bien. Va ta route, Angèle. Par pitié ne m'empêche pas de suivre la mienne. Ne tourmente pas ton Mathieu.

J'aurais aimé qu'elle me bénisse, mais elle resta un moment appuyée au vieux chêne à regarder ses pieds, puis elle s'en alla sans un regard à ma figure. Je l'entendis dans l'écurie demander vivement à Bernard de m'assommer, de me ligoter sur sa mule et de m'emporter n'importe où. L'autre gronda qu'elle déraisonnait, que la route à venir serait fort incertaine et qu'il ne s'embarrasserait certes pas d'un fardeau de ma sorte. Je décidai soudain de retourner au champ de Notre-Dame-du-Miracle où l'on brûlait tous les jours, désormais, des juifs et d'autres gens que l'on croyait au diable. Je sortis à grands pas de la cour. Je m'attendais à trouver Angèle dans l'écurie, mais je ne la vis point. Bernard encombrait le passage. Il me tendit la bride de sa bête, et tandis qu'il chargeait son double sac sur la croupe :

– Il me vient une histoire, me dit-il.

J'hésitai à m'enfuir. Je voulais embrasser ma sœur, lui dire un dernier mot, ne point la quitter sans tendresse. Il me vit désemparé. Alors il me prit par l'épaule, à nouveau m'entraîna sous l'arbre à l'abri du vent et se mit à parler comme on parle à un frère, à voix basse et robuste.

– Il était une fois, dit-il, un voyageur perdu dans un désert de neige. La tempête soufflait en rafales aveuglantes. Il avait froid, il avait faim, il claquait des dents, grelottait de l'âme. Il ne pleurait pas, il ne savait plus. Il avait marché trop seul, trop longtemps. Il vit venir un loup dans les tourbillons blancs. S'en effraya-t-il ? Il n'avait plus rien. De l'espoir ? Aucun. De la peur ? Aucune. Il marcha vers lui jusqu'à son museau qui soufflait des brumes et les bras ouverts, tombant à genoux, il dit à la bête : « Te voilà enfin, vieille Mort ! Dîne donc de mon corps, qu'au moins ce soir il trouve une maison où prendre son repos ! » Le loup ouvrit la gueule, point pour le dévorer, mais pour grogner ces mots à rude voix humaine : « On ne meurt qu'à son heure. La tienne, à mon idée, n'a pas encore sonné. Mon esprit est obscur, mais mon œil est aigu. Sais-tu ce que je vois ? Un bosquet, là-bas, vers le couchant, et sous les arbres noirs une lueur de feu. Monte sur mon échine et je t'y conduirai. Peut-être mourras-tu demain, mais cette nuit, bonhomme, tu dormiras au chaud. » L'homme chevaucha donc la bête. Il parvint bientôt dans le bois où était le feu rougeoyant. Le loup s'en revint à la steppe. Il aimait la neige et le vent. Le perdu ranima les braises et se pelotonna devant. Au matin, quand il s'éveilla, il se sentit revigoré. Le feu était éteint. Il enfouit ses mains dans les cendres. Il palpa, trouva une clé. Il la frotta contre sa manche. Il s'étonna. Elle était d'or. « Une porte peut-être est cachée là-dessous », se dit le voyageur. Il creusa la terre. Il trouva un coffre, le hissa au jour, chercha la serrure. Il ne vit rien qu'un trou aussi menu qu'un chas d'aiguille. La clé pourtant le traversa sans peine, tourna deux fois, trois fois encore. Les gonds rouillés grincèrent. Le coffre s'entrouvrit comme un œil d'endormi.

Bernard se tut, me regarda et resta à l'affût de ce que j'allais lui répondre. Je ricanai, la bouche arquée. Son histoire était trop naïve. Me prenait-il pour un enfant ? Je marmonnai :

– Je connais ces sortes de contes. Ton homme a trouvé un trésor caché là par quelque brigand. Que m'importe, il n'est pas mon frère.

Il me répondit :

– Un trésor ? Comment savoir ? Le couvercle n'est pas encore soulevé.

Je n'étais pas d'humeur à l'écouter plus avant. Je lui demandai s'il savait où était Angèle. Il fit mine de ne pas m'entendre. Il me dit :

– Je peux te mener jusqu'au bois. Ce que tu trouveras sous le feu qui t'attend, Dieu le sait. Pas moi. Mais si tu es un homme véritable et point un geignard au berceau, tu remercies le loup qui t'offre son échine et tu fais le voyage.

Je me plantai noblement devant lui. Je répondis, la nuque raide :

– J'ai mon chemin, Bernard Faidit, et je le suivrai seul. Je ne sais s'il conduit au Ciel ou à l'oubli, mais c'est celui que j'ai choisi. La paix sur toi, sur ta clé, sur tes cendres et ton coffre.

Il rit. Il dit :

– Sais-tu ce qu'il contient ?

Je haussai les sourcils, demandai, goguenard :

– Est-il enfin ouvert ?

– Il ne le sera pas avant ta dernière heure. N'as-tu donc rien compris ? Dans ses flancs sont mille chemins, des haltes d'auberges, des battements de cœur, des amours, des rencontres, des froidures d'hiver, des parfums de printemps, tout le temps que Dieu t'a donné, la vie qui veut être vécue, ta vie, ton seul trésor, mon âne.

Je me détournai. Je lui répondis avec une sombre violence que ma vie était derrière moi.

– Je n'espère que le repos, lui dis-je. Il est proche et j'en suis content.

Il m'empoigna le bras, furieux et jubilant.

– Au diable l'espoir, c'est un rêve. Prends ce qui t'est donné, une main tendue, une femme, encore un jour et une nuit, un pas de plus, un souffle encore. Tant que tu peux vivre, tu dois.

Je lui criai, exaspéré :

– Je ne veux plus ! Pourquoi servirais-je la vie, si elle n'a pas pitié de moi ? Quand l'âne est trop chargé il tombe, il se couche au bord du fossé. Et si personne ne vient l'inviter au paradis, au moins il dort, il se repose, sans plus de rêves qu'un caillou. Je ne suis pas un voyageur. Tu en es un. Va donc, bon vent !

Les sanglots m'étranglaient. Je me torchai le nez, et marchant çà et là :

– Moi, j'étais étudiant. Je voulais apprendre à mettre au monde des vérités émouvantes, je voulais les offrir aux gens, je voulais pouvoir regarder le ciel et dire : « Voyez, Seigneur, soyez content. » Avec quel bonheur j'ai travaillé, avec quel désir de bien faire, vous le savez, maître Aventin ! Qu'ai-je trouvé ? Un diable sourd, aveugle, idiot qui sème la peste et le meurtre. Qu'ai-je à faire dans cet enfer ? La tâche est trop rude pour moi. J'abandonne. J'en ai le droit, si Dieu s'en moque.

Bernard ne me répondit pas. Il resta assis contre l'arbre à contempler rêveusement la porte en mâchonnant un brin d'avoine. Je lui dis enfin :

– Ta mule est sellée. Va-t'en. Dieu te garde.

Il me répondit :

– Angèle te veut avec elle.

Je m'assis près de lui. Nous sommes restés là, sans rien dire, longtemps.

Quand ma sœur s'en revint, le soleil déclinait. Elle portait un torchon noué où étaient des galettes et du poisson séché. Elle se planta droitement devant nous. Elle dit, joyeuse :

– Allons, les hommes.

Je me levai, la serrai dans mes bras, fis trois signes de croix sur son front, sa bouche et sa poitrine. Elle me regarda, soudain hagarde, balbutia des questions indistinctes. Mon crâne bouillonnait. Je m'éloignai d'elle aussi droit que je pus. J'entendis derrière moi une violente bousculade de voix. Comme j'allais sortir de l'écurie, la main de Bernard Faidit s'abattit à nouveau sur mon épaule. Il me dit :

– Ce n'est pas que je te veuille du mal, mais comprends-moi, garçon, notre Angèle est une diablesse, et chance pour toi, je ne peux passer mon chemin sans tout tenter pour sauver un homme de la mort.

Il me sembla que ma tête se fendait comme une noix et que mon esprit s'en allait divaguant dans de vertigineuses ténèbres. Bernard me dit un jour que son poing seul m'avait assommé. Dieu me pardonne, j'en ai toujours douté. Un sac de blé dur tombé d'une grange céleste ne m'aurait pas plongé dans une nuit plus grave. Je me réveillai ligoté sur le dos de la mule, couché par le travers et bringuebalant sur la pente pavée de la porte des Lépreux.

4

On raconte qu'un jour un saint ermite s'en fut prier dans une clairière proche de sa demeure. Il s'assit au pied d'un arbre et dans son âme silencieuse invita le soleil et les feuillages, les chants d'oiseaux, l'odeur de l'herbe, les caresses du vent, la chaude saveur de midi. C'était ainsi qu'il s'abandonnait à l'amitié du Créateur. Or, comme il s'alanguissait dans sa béatitude, la voix d'En-Haut soudain le réveilla. Elle était sombre mais légère, tranquille, presque imperceptible. « Tu aimes que l'on t'aime, dit-elle, je le sais. C'est un vice mineur, n'en faisons pas un drame. Mais si je disais aux gens comme parfois tu les oublies et te complais en distractions futiles, crois-tu qu'ils t'estimeraient encore assez pour venir tous les jours te nourrir de légumes et te baiser dévotement les doigts ? » L'ermite entendit ces paroles. Il s'émut, puis plongeant à nouveau dans la beauté du monde : « Seigneur, il est bien vrai que je suis imparfait. Mais si je disais aux vivants l'étendue de ton amour et la démesure de ta miséricorde, ne seraient-ils pas à jamais rassurés, et craindraient-ils encore de s'éloigner de toi ? » Vint un silence long. Dieu répondit enfin : « Certes, tu as raison. Ne leur dis rien, ami. Je me tairai aussi. »

Maître Aventin, aux temps insouciants, m'avait souvent conté cette histoire. Une malice si joyeuse éclairait son visage, à l'instant où il en disait la fin, que les parfums de l'air et les couleurs des choses, dans notre humble boutique, en paraissaient miraculeusement ravivés. Pourquoi ce souvenir si tendrement heureux, quand je revins au monde, fut-il le premier à poindre dans les ténèbres douloureuses de mon crâne ? Comment, Seigneur, ces paroles plaisamment sacrées avaient-elles pu faire leur nid dans mon corps nauséeux, cahotant et plaintif tandis que nous cheminions, environnés de cris et de piétinements ? Qui était à cet instant au cœur secret de mon cœur à me conter cette conversation rêveuse sous les arbres ensoleillés d'un paysage imaginaire, alors que je n'aurais dû rien entendre que le tumulte impitoyable qui m'emportait ? Maître Aventin ? Assurément, il ne m'avait guère quitté depuis sa mort. Mais dans la lumière de son regard était une présence plus proche encore de mon âme. Je connais aujourd'hui ce lieu de l'être où n'est rien qu'une source tranquille. En ces jours tourmentés je croyais qu'il fallait grand temps et grande peine pour le rejoindre, et le cherchant, je m'éloignais de lui. Il ne fut plus bientôt qu'une lueur engloutie dans une bruyante forêt de malédictions.

Nous traversions la cohue du pont Saint-Bénezet. Angèle fouettait la croupe de la mule d'une branche feuillue volée au premier saule après le mur d'enceinte, Bernard tirait la bride et moi, lié serré au travers de la selle, j'enrageais comme une bête fauve arrachée à sa tanière. Ma sœur et son ami avaient choisi la route la plus simple pour sortir de la ville. Ils n'avaient aucun lieu où se rendre, ni d'autre espoir que de vivre. Seul les poussait un désir éperdu de grand large, et nous étions pour l'heure bousculés, ralentis, embarrassés par les chariots marchands, les hottes des portefaix, les courses criardes des enfants perdus, les chevauchées des routiers qui trouaient les troupeaux de chèvres et mêlaient dans la même houle ceux qui venaient, ceux qui fuyaient. Et tandis que j'accablais d'invectives et de plaintes sauvages le ciel, la vie, le sort contraire, « tout est bien, Mathieu, tu vas vivre », me répétait le doux fantôme de mon maître. Et je n'en voulais rien entendre, et je m'acharnais à dévorer les cordes qui m'entravaient, et je criais qu'on me délivre. Seigneur, comme j'étais rétif ! Aujourd'hui que je sais où tu nous as menés, comme m'émeut le souvenir de notre errance dans la brume du crépuscule !

Nous parvenions en vue de l'autre rive quand deux soldats ivres quittèrent une troupe braillarde que nous venions de croiser et se mirent à nous suivre en contrefaisant les benêts, leur gourde flasque entre les dents et les pognes tendues à la croupe d'Angèle. Ma tête ballottait sur le flanc de la monture, je voyais la terre à l'envers, la foule tanguait, chavirée. Ces deux pendards m'apparurent pareils à des démons extravagants. Ils firent mine de se disputer ma sœur à rudes coups d'épaules, puis ils la prirent l'un et l'autre aux hanches et poussèrent leur mufle contre sa nuque en grognant comme des porcs. Je me redressai autant que je pus, je leur lançai des menaces absurdes. Ils durent se pencher pour les entendre, tant le vacarme alentour était assourdissant. Ils en rirent énormément. Ils me saisirent aux cheveux et me rotèrent au visage, après quoi ils tentèrent d'entraîner ma frêle cadette dans leur bordée titubante. Elle rua, et se débattant avec une hargne de chat sauvage, elle leur cingla la face d'une si furieuse volée de branche qu'ils reculèrent, butèrent contre un chariot passant et s'affalèrent pêle-mêle sur le pavé. Des enfants haillonneux les raillèrent de loin avec une surprenante grossièreté. Ils ne s'en soucièrent pas. Ils se relevèrent, et sans plus tituber revinrent à la charge en s'essuyant méchamment la joue. Je vis luire un couteau prestement sorti d'un fourreau. Tandis que ma sœur lançait pieds et poings en désordre j'appelai Bernard au secours. Il n'entendit pas. Il allait devant, il n'avait rien vu. Je m'égosillai. Il accourut enfin à l'instant où un éclat de lame s'enfonçait entre les vêtements en bataille. Angèle tomba à genoux contre le parapet du pont. Les soudards s'enfuirent en louvoyant parmi la foule. Le combat avait été bref. Personne autour de nous ne s'en était mêlé, au contraire. Les gens s'en étaient écartés sans guère ralentir leurs pas. Bernard hésita à courir aux trousses des deux hommes déjà presque perdus parmi les corps mouvants. Il leur cria des insultes, le poing brandi, puis s'en retourna vers ma sœur. Dieu merci, elle s'était relevée. Elle se tenait appuyée sur la croupe de la mule. Elle haletait. Il la prit par l'épaule et lui demanda si elle était blessée. Elle le repoussa. Elle lui répondit :

– Allons, ce n'est rien.

Comme il s'en revenait tirer notre bête, je le suppliai de me détacher et de hisser Angèle à ma place, mais la bousculade était pressante, et il n'avait de hâte que de nous en sortir. Il ne voulut pas m'entendre.

La nuit tombait. Les morts blafards que les courants du Rhône charriaient et qui tournoyaient un moment contre les piles du pont avant de reprendre leurs errances n'étaient plus que de vagues fantômes. A force de contorsions, j'étais parvenu à m'asseoir de guingois sur le dos de la mule. Un vent frais m'annonça que nous quittions le pont. Je savais que nous devions au plus vite trouver un lieu où faire halte à l'abri des pillards qui couraient la campagne et ravageaient les hameaux abandonnés. La brume se dispersa dès que nous fûmes éloignés du fleuve. La lune apparut au flanc d'une colline, l'ombre se fit accueillante, les rares passants nous saluèrent, comme il est de coutume sur les routes désertes. Aucun ne s'aperçut que j'étais attaché. Nous fûmes bientôt seuls à cheminer dans le froid piquant de la nuit parfumé de terre humide et de genêts. Après longtemps de marche obscure Bernard fit halte au milieu du chemin et désigna une ruine de bergerie à demi enfouie dans la lande, au bas d'une pente pierreuse. Il y entraîna la mule en grande hâte. J'entendis Angèle gémir. Elle s'agrippa à ma ceinture. Depuis que nous avions quitté l'encombrement du faubourg elle n'avait cessé de boitiller en se tenant la hanche. Je vis qu'elle saignait, mais elle se mit à trotter si vaillamment que je ne m'en inquiétai guère, et je ne pensai plus qu'à ma prochaine délivrance.

Elle s'abattit la face dans l'herbe à quelques pas du mur éboulé qui entourait le refuge, et là resta sans plus bouger qu'une morte. Je prévins Bernard. Il courut à elle, la souleva, la prit contre sa poitrine, ouvrit sa jupe empoissée de sang. La mule s'était écartée. Ma lutte forcenée contre les cordes qui me tenaient à ses flancs l'avait sans doute effrayée. Je hurlai encore, enragé par mon inquiétude et mon impuissance à secourir ma sœur. Notre frère de route la porta dans la bâtisse. Comme elle traversait dans ses bras un bout de champ vaguement éclairé par la lueur lunaire, j'aperçus ses mains et ses jambes inertes, sa tête renversée, sa chevelure répandue. Je criai son nom. Tous deux disparurent dans les ténèbres au-delà du seuil. Je me sentis alors aussi seul sous les étoiles qu'un perdu dans le désert. D'un long moment ne me parvinrent que des bruits de ferraille et de bois, des chuchotements de paille remuée, des murmures. Je tentai d'apaiser mon souffle et les battements de mon cœur. J'appelai encore Bernard, et m'efforçant à la rudesse sèche je le priai d'accourir sans tarder à mon aide. Il vint enfin, sans hâte. Tandis qu'il dénouait mes liens il me dit qu'il fallait faire du feu, qu'Angèle avait une méchante plaie au bord du ventre et qu'elle semblait gravement fiévreuse. Mes membres étaient tant engourdis que je titubai comme un ivrogne et tombai deux fois avant de parvenir à la litière où elle était couchée.

Elle ouvrit les yeux. Ils m'apparurent plus grands, plus lumineux et beaux qu'à l'ordinaire. Elle était pâle, elle grelottait. Elle me prit aux poignets. Ils étaient profondément éraflés par les cordes. Elle les serra avec une vigueur qui me fit geindre. Je ne l'avais jamais vue si démunie et pourtant si farouchement éveillée. Son regard riait. Elle me dit :

– Nous avons bien marché.

Puis :

– Tu n'as plus envie de mourir, n'est-ce pas ?

Dieu garde, je ne voulus pas la tourmenter. Je fis « non » de la tête. Alors elle me demanda si j'aimais cette bergerie, son parfum de terre et de foin. Je lui répondis que oui. En vérité, il m'enivrait tant que les puanteurs et les souffrances de ces jours derniers me paraissaient d'un monde aussi lointain qu'un vieux songe. Bernard s'en revint de la nuit avec un fagot de branches. Elle se tourna vers lui, le regarda s'affairer dans la pénombre pâle qui tombait des étoiles par un pan de toit effondré. Je lui vis cet air confiant et faussement distrait des femmes depuis longtemps aimantes, depuis longtemps aimées. Elle murmura :

– Mes hommes.

Elle se mit à me caresser les mains et les bras, comme pour mieux sentir son enfance présente, palpable, rassurante, à l'instant où l'amour qu'elle n'ignorait plus en elle la poussait à entrer sans crainte dans ses labyrinthes plus vastes que le monde. J'examinai sa blessure à la lumière des premières flammes envolées. Elle était large mais peu profonde. Bernard me demanda de la laver avec le vin d'une gourde qu'il me tendit, puis il se pencha sur Angèle et lui dit qu'il connaissait les herbes qui réparaient les chairs, et qu'elle serait bientôt guérie. Elle lui caressa furtivement la joue. Sans doute en fut-il surpris car il sursauta, puis se frotta les mains avec une fière vigueur et s'en alla en chantonnant.

J'attendis qu'il soit éloigné pour dire à ma sœur que je la savais amoureuse. Je fis en sorte d'en sourire comme d'une innocente malice, mais mon cœur bouillonnait. Elle avait à nouveau fermé les yeux. Elle fit semblant de ne pas m'avoir entendu. Comme elle ne me répondait rien je m'en fus chercher une couverture dans notre bagage, l'étendis sur elle et me tins silencieux à contempler son visage. Je laissai le feu s'épuiser. Il n'était plus que braises quand notre compagnon revint. Il le ranima, puis s'assit à mon côté et sortit de ses poches quelques fleurs de lavande et des feuilles de lierre. Il les trancha menu à coups d'ongle et de dents, les mâchonna longtemps et les nourrit d'assez de salive pour en faire une pâte qu'il appliqua sur la blessure, du bout du doigt, avec un soin de calligraphe. Quand ce fut fait, il présenta un brin de buis à la bouche d'Angèle. Il lui dit que selon son grand-père Faidit c'était là le plus puissant remède du monde contre la fièvre, mais qu'il était amer. Il lui ordonna de le manger. Elle le reçut de lui comme une sainte hostie.

Il resta près de moi à l'écouter respirer. Dès qu'elle fut endormie, l'envie me vint de lui demander quels sentiments exacts il éprouvait pour elle. J'avais le devoir de m'en soucier, elle était ma sœur cadette. Plusieurs fois je pris mon souffle pour l'interroger, mais je sus que je ne pourrais le faire posément, et je ne pus m'y résoudre. J'étais trop timide et passionné. En vérité, je craignais qu'il ne soit épris d'elle, et plus encore qu'il ne la fasse souffrir s'il ne l'aimait point. Comme j'assemblais encore dans mon esprit les mots d'une question que je voulais légère, quoique précise, il sourit, et contemplant rêveusement le visage apaisé d'Angèle :

– Lorsque j'étais enfant, dit-il, j'avais peur de m'abandonner au sommeil. Je redoutais de ne plus jamais revoir le matin, ni ma mère. J'exigeais des assurances infinies, des pactes avec le soleil couchant, des promesses solennelles que l'on viendrait avec tambours et lanternes me chercher dans le néant, si je m'y perdais.

Je le regardai, les sourcils hauts, la bouche ouverte. Je lui répondis que je ne me souvenais pas d'avoir moi-même enduré ces étranges épouvantes. Son œil jubila. Il s'en fut jeter une branche au feu, et revenant accoler son épaule à la mienne, tandis que s'élançaient des flammes neuves :

– As-tu jamais tenu la main d'un mourant, Mathieu ? Mon grand-père Faidit, à son dernier instant, fit ce que j'avais fait si souvent quand mes yeux se fermaient, et que je l'implorais de ne point souffler la chandelle. Il m'a regardé avec la tendresse abandonnée d'un petit enfant, et il m'a demandé une dernière histoire.

– Qu'as-tu fait, dis-moi ?

– J'ai pleuré. Non point de chagrin, mais d'amour et de gratitude. J'ai appris ce jour-là quelque chose sans quoi je me serais perdu.

A nouveau je le contemplai, le regard allumé. Je voulus le pousser à parler, mais la crainte me vint d'abîmer l'intime attention qui nous tenait ensemble au bord de sa mémoire. Il resta si longtemps songeur que je me crus oublié. Il dit enfin :

– J'étais un enfant comme tu as dû l'être, fragile et sans doute trop sensible. Je devais avoir six ans d'âge quand nous nous sommes établis en Lombardie. Chaque soir je m'imaginais comme une rivière parvenue à l'immensité de l'océan, chaque soir je croyais mon histoire finie, et pour la prolonger je demandais un conte, et un autre, et encore, et je m'endormais rassuré par les paroles du vieux Faidit. Elles étaient comme un bon feu, elles tenaient mon corps ensommeillé dans la proche présence de la vie. Bien sûr, j'ai peu à peu appris que la nuit et le jour n'étaient que les sandales du temps sur un chemin sans fin, qu'après l'une venait l'autre, et j'ai souri de mes vieilles terreurs, et je les ai crues évaporées. Elles ne l'étaient pas, au contraire, elles avaient pris force. Elles avaient grandi avec moi. Je n'avais plus peur de la nuit, j'avais peur de la mort. Mon inquiétude pourtant me paraissait nouvelle. Elle était à hauteur d'homme, mais elle n'était guère plus justifiée que mes frayeurs d'enfance. Quand je suis entré dans la chambre où se mourait mon aïeul tant aimé, j'ai su cela en un instant. J'ai su que la peur du sommeil et la peur de la mort étaient semblables, j'ai su qu'elles étaient nées du même diable, que ce diable-là était un fourbe raisonneur et que pour nous guérir de ses mensonges nous avions besoin du même remède, une légende, un conte, une fable qui ranime dans notre âme la lampe de la vie. Mon grand-père mourant, quand il m'a pris la main, était pareil à moi au temps où je le suppliais de me dire encore une histoire avant l'obscurité redoutable. Il avait peur, lui aussi, que le jour ne revienne pas, il avait peur de l'oubli, il avait peur de ne plus revoir mon visage qu'il regardait comme un soleil. Sa bouche ne pouvait plus guère parler, mais tout était dans ses yeux. Ils me disaient : « Garçon, fils de ma fille aînée, sois maintenant celui qui sait. Je t'ai dit autrefois la vérité. Je t'ai dit que tu n'avais pas à craindre la nuit, qu'elle n'était pas éternelle, et que demain je poursuivrais le conte commencé. Rends-moi la pareille, mon fils, j'en ai besoin. Dis-moi que le voyage se poursuivra dès le prochain matin. Maintenant que te voilà assis au bord de mon lit, nourris-moi de vérité comme je t'ai si souvent nourri quand je m'asseyais au bord du tien. »

Bernard se tut. Il se pencha sur Angèle pour remonter la couverture qui avait glissé de ses épaules. Je grelottais. Je n'avais pas froid pourtant, mais j'étais ému d'amitié. Il rit en silence, puis m'empoigna aux cheveux, poussa son front contre ma tempe et dit encore :

– Mathieu, ne gaspille pas tes forces en jérémiades, ta vie véritable est longue, plus longue que ce bout de temps étroitement serré entre ta naissance et ta mort. Elle est faite d'intempéries, de soleils et de ténèbres, de découvertes et d'accomplissements. Va ta route. Ton maître Aventin, désormais, va la sienne sans toi. Qui sait ? Peut-être qu'à cette heure il voyage avec mon vieux Faidit, comme toi et moi voyageons ensemble.

Je lui demandai, le cœur bondissant :

– As-tu vraiment raconté une histoire à ton grand-père sur son lit de mourant ?

Il baissa la tête, hésita un instant.

– Je l'ai dite pour lui, pour moi, pour nous ensemble. Ce n'était qu'une invention sans valeur. En elle était pourtant tout l'amour que je n'avais jamais pu lui avouer, parce qu'on ne parle pas de ces choses entre hommes.

Son visage s'illumina.

– Sais-tu ce qu'il me disait quand ses histoires s'envolaient trop haut pour ma crédulité et que je l'accusais de mensonge ?

Il dressa l'index devant le nez, et tout à coup gonflant la voix :

– « Fils de ma fille aînée, les contes sont des femmes enceintes, ils portent la vraie vie en eux, l'oreille est le berceau où ils la mettent au monde, et qui ne les croit pas est plus fou qu'ils ne sont ! »

Sa moue faussement noble et ses sourcils froncés me plurent tant que me vint en gorge un sanglot rieur. Je risquai, du bout des lèvres :

– Est-ce pour cela que tu t'es fait conteur d'histoires ?

Il resta un moment pensif, le menton sur les genoux, le regard perdu.

– Peut-être, dit-il. Non point par désir d'enseigner les gens, mais par nécessité de m'instruire moi-même et de me rassurer sans cesse, car je n'ai guère confiance dans la bienveillance divine, et je sais bien que là où la foi n'est pas, les diables sont chez eux. Les contes sont les seules armes qui me furent données pour les tenir à distance.

Il déploya soudain son grand corps, me dit que notre sac était plat, et que dès le prochain matin il nous faudrait trouver une ferme où voler quelques provisions. Puis il s'en alla attacher la mule à l'anneau de la porte et revint jeter au feu les dernières branches du fagot. J'étais déjà enfoui jusqu'au menton dans un vieux tas de paille. Il se coucha près d'Angèle, prit soin de remonter la couverture sur ses épaules, me souhaita le bonsoir et rabattit sur son visage le capuchon de son manteau. Quelques étoiles luisaient, là-haut, entre deux poutres où l'on voyait le ciel. Je voulus les prier de veiller sur nos vies, mais à les contempler dans leur désert il me vint à l'esprit qu'elles étaient sans doute infiniment plus seules et démunies que nous. Alors je me mis à les consoler comme aurait fait un moinillon de bonne volonté. Bernard m'ouvrant son cœur avait entrebâillé le mien, et je m'en trouvais inondé de bonté. J'écoutai un moment sa respiration lente mêlée à celle de ma sœur dans l'odorante pénombre. Je me plus à nous imaginer cheminant ensemble sur une route sans fin et sans obstacles. J'étais rompu de fatigue et de douleurs, mais je m'endormis dans la main de Dieu, sans que m'effleure la tentation de la mort.

Je fus réveillé par un brusque froissement d'ailes au-dessus de ma tête. Quelques grains de poussière me tombèrent dessus. Un oiseau s'envola par le trou dans le toit. Le jour se levait. J'entendis Angèle et Bernard remuer, mais ils se rendormirent aussitôt. Je sortis sans bruit dans la rosée froide. Les rochers, les herbes timides, la brume au fond de l'est, la terre et le ciel renaissants me parurent accueillants. Je courus jusqu'au bout de la friche pentue. J'y découvris un creux de vallée qui s'ouvrait en vaste plaine dans les vapeurs bleues de l'aube. J'aperçus au loin un hameau de trois maisons accolées. Il me sembla vivant, il y avait alentour une vigne, des murets et des champs aux sillons droits. L'envie me prit d'y aller seul acheter des vivres et de m'en revenir chargé comme un voyageur providentiel. J'avais quelques sous d'argent dans une bourse que maître Aventin m'avait offerte et qu'il avait ornée, en lettres bleues, de cette amoureuse sentence : « L'aumône est prière sans mots. » Je retournai chercher la mule. Je trouvai Bernard près du seuil, assis sur un tas de cailloux. Il m'apprit que ma sœur avait encore la fièvre et qu'elle ne pourrait pas quitter ce lieu avant plusieurs jours. Il s'en alla chercher de nouvelles pousses de lavande et feuilles de buis parmi les cailloux. Angèle m'appela. Elle me dit qu'elle avait quelque chose à me montrer. Je lui répondis que j'avais à faire, et que cela pouvait attendre. Je grimpai sur notre bête et je m'en allai au petit trot à travers la lande.

Au bas de la pente était un ruisseau. Je mis pied à terre, m'y lavai, puis je restai agenouillé parmi les herbes, la figure ruisselante, à contempler l'eau vive, les galets, les avoines jaunies sous les nuages lents, les rares oiseaux dans la tranquillité de l'air. Tout alentour m'apparut si proche, si indifférent aux peines humaines et pourtant si intimement accordé aux musiques de mon âme que me vint le désir de rendre grâces à cette vie offerte. Alors il me sembla que ciel et terre venaient à moi et me regardaient, dans leur sainte ignorance, avec une tendresse trop émouvante pour les pauvres forces de mon cœur. Ma poitrine se gonfla, mes yeux s'emplirent de larmes. La paix m'était offerte et je m'effrayais de la prendre. Seigneur, je sais que j'aurais pu jouir d'elle à l'instant. Mais les malheurs qui m'avaient conduit en ce lieu béni étaient encore ardents, et voilà qu'ils se plaignaient d'être délaissés, m'accusaient d'être infidèle, m'accablaient d'étranges remords. « Quoi, me disait leur foule teigneuse assemblée au seuil de mon esprit, crois-tu que tu puisses nous congédier ainsi ? Les puanteurs de la peste, les chariots de cadavres, ta maison d'enfance brûlée, le feu où tu as vu sombrer le corps martyrisé de ton maître, nous, les grands et terribles fantômes qui hantent ta mémoire, sommes-nous si méprisables que tu oses nous abandonner pour la simplicité de ces cailloux, de ce rivage et de ces fleurs impertinentes qui se frottent à tes genoux ? » Or, tandis que mon esprit errait dans ces méchants embarras, un chant de rossignol émerveilla soudain un amandier sur un rocher. J'en fus aussi surpris que d'un rire envolé. Un souffle frais me traversa. J'eus le sentiment que cet arbre venait d'entendre les pesantes questions qui me tourmentaient et s'amusait d'elles, allègrement. Je m'essuyai le visage en deux coups de manche et me remis en route, le front bas dans le soleil vif.

Les abords du hameau étaient déserts. J'entendis renâcler des bêtes dans une étable. J'appelai, nul ne répondit. Un escalier de pierre grimpait à une porte par où sortit un chien efflanqué qui vint me flairer les mollets. Un orme était au coin du mur. Comme j'y attachais la mule, un homme apparut en haut des marches. Il me fallut quelque bravoure pour le saluer. Il était si broussailleux et dépenaillé qu'il semblait à peine réveillé d'un sommeil de cent ans dans une forêt de ronces. Ses deux poings étaient posés sur un énorme bâton curieusement orné de clochettes. Entre sa barbe et sa tignasse n'apparaissaient que le trait arqué de son nez et ses yeux à peine fendus où je ne vis rien, qu'une ombre blanche. Il était aveugle. Je lui demandai s'il avait à vendre de quoi nourrir trois voyageurs. Il resta un long moment immobile à humer l'air puis, brandissant sa canne sonnante, d'un geste brusque et solennel il m'invita à le rejoindre.

La maison était occupée par une chèvre, un chevreau, un jeune porc et une volée de poules qui paraissaient là comme chacun chez soi. Des reliefs de vieux repas, des torchons souillés de fientes, des œufs pondus dans des poignées de paille embarrassaient la longue table. Tout y était en telle profusion et pouillerie que l'on n'aurait pu y poser un coude sans l'enfoncer dans quelque détritus. Une armoire béait sur des linges pendants, le feu était éteint, une branche feuillue entrait par la lucarne. La vie en ce lieu semblait abandonnée sans maître à l'exubérant désordre des bêtes. L'homme chassa des volailles du banc et d'un grognement m'invita à m'asseoir. Puis il s'éloigna de quelques pas pour que je le voie à mon aise, prit un soin de comédien à se planter dans un rayon de lumière, s'appuya sur son bâton, et voûtant soudain les épaules en pose misérable :

– Parle franc, garçon, me dit-il avec une rudesse charretière. Ai-je l'air d'un mendiant ?

Je m'étonnai. Je lui répondis que certes il ne l'était pas, car il avait un toit sur la tête et apparemment ne manquait de rien. Il fit une grimace mécontente, balaya l'air de sa main grise en grondant que ma vue était aussi empoissée que la sienne, puis il rejeta tout à coup la tête en arrière, et découvrant une denture carnassière il éclata d'un rire tonitruant. Il m'inquiéta. Je m'empressai de lui dire que mes compagnons m'attendaient à l'entrée du hameau et que je ne pouvais pas m'attarder. Il rugit :

– Prends ce que tu voudras, mille diables ! Je suis seul ici, et j'ai trop.

Sa générosité n'était guère engageante. Je flairai un piège. Je me retins de lui obéir. Je lui demandai s'il avait des voisins. Il s'assit près de moi, et contrefaisant à nouveau l'infirme pitoyable, le dos courbé, le front creusé de rides :

– Non, dit-il, je ne suis qu'un pauvre étranger. J'étais, ces derniers ans, à naviguer en mer.

Il fit un geste lointain, se pencha vers ma figure. Son haleine puait abominablement. Je m'écartai de lui. Il me saisit le bras et me dit encore, à voix rauque :

– Sais-tu où j'étais à la fin de l'hiver dernier ? A Gênes. Je me suis embarqué sur un bateau marchand en partance pour Marseille, ma ville première, celle où je suis sorti de ma putain de mère. J'étais content d'y retourner. Sais-tu qui commandait l'équipage ? La Peste, mon garçon, la noble et grande Peste. Aucun des gens du bord ne la savait parmi nous. Elle nous a dévoré douze matelots. Quand nous sommes arrivés au port, personne ne l'a vue descendre avec les autres par la passerelle. Personne sauf moi, Moktar le Clairvoyant. J'étais déjà sur le quai. Elle est passée devant moi, droite et nue dans un chariot à douze roues tiré par tous les rats du navire. Elle avait des seins magnifiques. Après une semaine à terre elle était déjà plus fameuse que la papesse des truands. La veille de la fête Saint-Joseph elle a mené ses premiers enfants au cimetière. J'étais au bord du chemin. Elle ne m'a pas touché. J'étais son ami. Je l'ai suivie partout dans le pays du bord de mer, jusqu'en Avignon où elle a fait d'énormes bombances. Et me voici dans ce hameau. J'y ai trouvé huit morts. Je les ai enterrés profond derrière l'étable.

Je tournai vers lui la tête. Aussitôt j'ouvris grande la bouche, poussai un couinement d'oiseau et renversant un tabouret et un pot de vin sur la table je bondis hors de sa portée. Son visage était d'un autre homme. Ses yeux n'étaient plus aveugles. Ils étaient noirs, vivants, et d'une moquerie si attentive que j'en frissonnai de pied en cap. Il me dit :

– Je te fais peur ?

Je criai :

– Pourquoi m'avez-vous joué cette mauvaise farce ?

Il rit, content de lui, s'attabla, la mine gourmande, chercha un œuf parmi les ordures, le fendit, le goba, haussa les épaules et me répondit négligemment :

– J'aime le changement, garçon.

Je m'étais rencoigné au fond de la salle. Comme je mesurais, l'œil fuyard, l'espace qui me séparait de la porte, il s'en fut à la cheminée. Là était une hotte lourde. Il s'en chargea.

– Je vais t'accompagner jusqu'à la bergerie, me dit-il. La

femme de ton ami n'était guère fringante, hier soir. Sa blessure a besoin de moisissures de champignons, et toi de nourritures grasses. Tu es trop maigre.

Il fit tinter sa canne à clochettes et sortit. La chèvre et son chevreau accoururent derrière lui. J'estourbis deux poules, les jetai sur mon épaule et le rejoignis en grande hâte.

Il m'apprit en chemin qu'il se trouvait sur la lande quand nous étions arrivés au refuge, qu'il nous avait aperçus de loin et qu'il nous avait longuement épiés. Il ne m'avait pas vu dans mon humiliante posture sur l'échine de la mule. Je m'en sentis soulagé.

– Je me suis approché de vous jusqu'à entendre vos souffles, me dit-il, mais vous étiez trop occupés par votre compagne pour vous soucier d'un quelconque rôdeur. J'aurais pu m'enfuir sans peine avec vos bagages et votre bête.

Je marchais, par prudence, à quelques pas de lui. Je lui demandai pourquoi il ne l'avait pas fait. Il me répondit :

– Hier, j'étais fatigué de porter mes diables, je me suis donc mis à chercher Dieu, et je vous ai trouvés, vous, ses enfants égarés. Je ne pouvais vous nuire sans renier la foi qui m'avait conduit jusqu'à votre sainte misère. Aujourd'hui je suis un mendiant secourable et j'ai envie de compagnie. Demain peut-être je vous laisserai nus au milieu du chemin, si je me fais brigand. Comment t'ai-je dit que je m'appelais ?

– Moktar le Clairvoyant.

– Moktar ! J'aime ce nom. Sais-tu ce qu'il signifie, mon garçon ?

Il s'arrêta, et désignant le ciel, la mine extasiée :

– L'Élu, dit-il. Il me plaît de l'être de temps en temps. Mon âme s'en trouve reposée.

La journée était chaude. Il chemina à grands pas de guerrier jusqu'au bord du ruisseau. Là il se défit de son chargement, s'allongea sur la rive, plongea la barbe et les deux mains dans l'eau et se mit à boire à longues lampées, comme font les bêtes. Puis revenant au soleil il souffla dans l'air, les joues rebondies, et s'ébroua si vivement que dans la pluie fine envolée parut un semblant d'arc-en-ciel. Tandis qu'il grondait d'aise, à genoux sur la berge, je me risquai discrètement à examiner le contenu de la hotte qu'il avait posée contre un roc. J'y découvris quatre boules de pain, de la viande séchée, du poisson salé, une gourde de cuir gonflée de vin et quelques petits sacs noués de cordelettes. Je l'entendis grogner :

– Cela suffira-t-il à ragaillardir ta troupe, bonhomme ? Moktar l'aveugle fut-il assez clairvoyant, dis-moi ? Il avait tout préparé avant que tu n'arrives. Il savait que quelqu'un d'entre vous viendrait.

Je m'émerveillai. Je lui répondis qu'il était un homme bon, et que je ferais volontiers de lui un frère aîné pour peu qu'il consente à ne plus m'effrayer. Je lui demandai pourquoi il avait joué l'aveugle. Il reprit son fardeau, appela sa chèvre d'un coup de bâton à clochettes et se remit en route.

– Je change sans cesse de couleur, me dit-il. Le noir me plaisait ce matin.

Il eut un ricanement bref. Je pensai : « Il est fou. » Je revins sur mes gardes et renonçai à l'interroger plus avant. Comme je trottais derrière lui, suant, tirant la mule, il lança dans l'air bleu :

– Je ne reste jamais deux jours dans la même peau, jamais deux jours coiffé du même nom, jamais deux jours empêtré dans la même histoire. Je meurs toutes les nuits mais je ne renais pas tous les matins, certes non. Je me réinvente.

– Pourquoi donc faites-vous cela, Moktar ? Pardonnez-moi, je me soucie de vous. Vous risquez à ce jeu de perdre la raison !

– Appelle-moi Élie désormais, mon garçon. Ma raison ? Paix à ses cendres, elle est morte depuis longtemps. La sotte ! Elle prétendait établir son règne sur ma vie, dicter sa loi, allumer partout ses lumières. Elle était sans cesse vaincue, mais relevait le bec après chaque défaite, incapable de se voir comme elle était, incompétente, vaniteuse. Je l'ai tuée. Le hasard, l'imprévu, le constant changement, telles sont les folies qui gouvernent le monde. J'ai fait d'elles mes saintes. Elles ont fait de moi un simple sans souci, bénies soient-elles.

Il marchait d'un pas si ample et si constant que je m'épuisais à le suivre. Je lui criai :

– Savez-vous bien où elles vous mènent ?

Il fit halte et se retourna. Je me souviens du vent qui battait des voilures à mes oreilles, du ciel bleu sur sa tignasse noire, de sa main dans la toison de la chèvre qu'il serrait contre sa hanche. Il me regarda avec une telle bonté que l'envie me prit de me réfugier dans son giron, malgré sa crasse et son odeur. Il me dit :

– Elles mènent toutes d'où elles viennent, garçon. Dans l'intimité de Dieu.

Il partit à nouveau d'un rire excessif. Je m'en fus devant, revigoré par une colère confuse. Bernard, dès qu'il me vit, accourut à ma rencontre, et découvrant ce fou qui me suivait, il me demanda qui il était.

– Voilà bien, lui dis-je, la plus embarrassante question qui m'ait jamais été posée.

Je lui abandonnai les deux poules et la bride de la mule. Comme l'autre se plantait devant lui, la mine haute et l'air joyeux, je les laissai lier connaissance sans moi.

Angèle était encore couchée dans la bergerie. Je m'accroupis près de son lit de paille. Elle me sourit. Elle allait mieux. Elle tenait un livre contre sa poitrine. Je voulus savoir d'où il lui venait. Elle me dit que le soir même de notre départ d'Avignon elle l'avait trouvé sous le portail du couvent des augustins que des pillards avaient ravagé après la mort des moines. Elle me désigna une longue balafre sur sa couverture de bois. Je lui demandai :

– Qu'est-ce donc ?

– La trace du couteau qui m'a blessée, dit-elle. Mathieu, ce livre m'a sauvée. Dieu nous l'a donné. Garde-le.

Elle m'apprit qu'elle l'avait enfoui dans la poche de son manteau quand elle l'avait ramassé, et qu'elle n'y avait plus autrement pensé. La lame du soudard qui l'avait assaillie dans la cohue du pont Saint-Bénezet avait glissé sur lui. Ne l'aurait-il pas protégée, sans doute serait-elle morte. Je le pris en mains, le baisai et le serrai contre mon cœur.

Par la lucarne de la cabane forestière où je suis maintenant retiré je contemple le ciel inaccessible entre les feuillages des arbres et je songe à la longue errance qui ce jour-là commençait à peine. Seigneur, vous qui savez où ce livre nous a conduits et ce qu'il a fait de nous, que vos mystères soient à jamais glorifiés. Accordez-moi maintenant de revenir à mon labeur d'écrivain car ma plume reste suspendue, et comme je me suis un moment perdu dans vos profondeurs célestes je me perds dans les espaces entre les mots, où sont les vérités que je ne sais pas dire.

5

Un rayon de soleil puissant comme un fût d'arbre tombait du toit crevé. Quand je me détournai d'Angèle, je vis Bernard Faidit et Moktar le Mendiant si magnifiquement vêtus de sa lumière qu'ils m'apparurent comme des saints descendus du paradis. J'ôtai de ma poitrine le livre qui avait sauvé ma sœur, ma tant aimée. Je le leur désignai sans pouvoir rien en dire. Ils sourirent, amusés par mes balbutiements et ma mine si fervente que je dus leur sembler égaré. Bernard me fit un clin d'œil jubilant.

– Vois, dit-il à Moktar, n'est-ce pas un miracle ?

A mots et gestes brefs il lui conta l'assaut des deux soudards ivrognes, mima le coup de lame. L'autre l'écouta, les sourcils hauts, en se lissant la barbe, puis caressant l'entaille au travers de la reliure :

– Un livre vainqueur d'un couteau, mes agneaux, voilà bien la plus sainte histoire qu'il me fut donné d'entendre. Je la conterai désormais aux futurs pestiférés sous les porches des églises. J'affirmerai hautement que je fus témoin de la bataille, et Dieu en sera si content que sa main traversera le ciel pour laisser tomber un sou dans mon écuelle. Merci. Vous êtes de bons camarades.

Il ricana. Sa moquerie me parut basse. J'écartai ses doigts qui s'attardaient sur le bois peint. Tandis qu'il s'approchait de sa litière Angèle se renfonça contre la muraille et demanda, l'air effrayé, d'où sortait ce diable crasseux.

– Je suis médecin, lui dit-il en s'accroupissant à son chevet. Ferme les yeux. Prie. Ne crains pas.

Il se mit à caresser l'air, une coudée au-dessus d'elle. Bernard se pencha sur ses épaules, empoigna sa nuque, gronda :

– Si tu lui fais mal, je te tue.

L'autre se défit de lui d'un geste d'encolure. Je m'en allai devant la porte.

Je m'assis près du seuil sur un rocher bossu. Je me sentais mélancolique. Les railleries de Moktar avaient terni mon émerveillement et peut-être blessé ce livre que j'estimais, dans ma naïveté rêveuse, doué de vie surnaturelle. Je le posai sur mes genoux, hésitai à l'ouvrir, le gardai fermé et l'offris sans paroles au ciel, à la lande, aux rochers épars, à un épervier qui planait au-dessus d'un arbre lointain, à tout ce qui m'apparaissait accordé aux bontés du jour. J'aimais ces jeux avec l'esprit des choses. D'où me venaient-ils ? Je ne sais. De l'enfance peut-être, où le temps est si lent et le regard si neuf que l'on peut percevoir d'impalpables présences dans les transparences de l'air. Il me semblait que rien, sous le soleil, n'était indifférent, que tout était venu par désir en ce monde, que l'herbe, les cailloux, les arbres, les nuages, l'espace infini même avaient une mémoire, une conscience, une attention parfois craintive, parfois aimante, une âme secrètement parente de la nôtre. Un rire inattendu d'Angèle s'envola de la bergerie. Il me revigora. Il me parut que l'humeur des anges s'éclairait. Je me tins donc à l'affût, guettant, dans ma joie renaissante, des signes de leur bienveillance. Je les priai de se pencher sur ce livre, et de le bénir. Le firent-ils ? Je leur dis un Pater et décidai que oui. Je voulus encore l'ouvrir. Je ne fis qu'entrebâiller sa couverture, car j'entendis des voix qui s'en venaient, derrière. Bernard sortit de l'ombre. Il s'en alla vider la hotte de Moktar.

– Cet homme n'a plus de cervelle, les poux ont dû la dévorer, me dit-il en désignant la pénombre du dedans. Mais si son crâne est un désert, bon sang de Dieu, il y souffle de sacrés vents !

Il disposa les provisions sur une pierre plate. Je fus grandement ébahi de voir paraître Angèle au bras du fou hirsute.

Avec une solennité de père menant au mariage sa fille il la conduisit au repas.

Je ne mangeai guère, malgré les encouragements de mes compagnons. A ce que m'apprit ma sœur, Moktar avait longuement tenu ses doigts errants au-dessus de sa blessure. Elle en avait ressenti une chaleur si bienfaisante qu'elle s'estimait désormais en bonne santé. Elle me dit qu'il était sorcier. Il lui avait offert un sachet de poudre verte qu'il avait recueillie sur des champignons de peupliers, et qu'il affirmait souveraine contre les purulences. Il lui avait ordonné d'en enduire sa plaie, tous les soirs, jusqu'à sa guérison parfaite. Elle le regarda avec une joyeuse tendresse. L'autre avala goulûment sa poignée de pain et de viande, puis posant noblement sa main sur sa poitrine :

– Moktar est un puits de secrets. Les savoirs connaissent Moktar, mais Moktar ignore ce qu'il sait. Moktar peut tout et ne peut rien. Moktar est aujourd'hui guérisseur, mais qui sait si demain il ne reprendra pas les biens qu'il a donnés ? Méfiance ! Moktar est semblable à la vie même !

Bernard se prit à rire.

– Je lui ai demandé son nom, me dit-il. Sais-tu ce qu'il m'a répondu ? « Appelle-moi le Variable. » Il me donne l'envie d'inventer des musiques et de les chanter aux oiseaux.

Je haussai les épaules. Je m'éloignai avec le livre.

Ce famélique joueur de mots décidément m'indisposait. Ses mines, ses feintes absurdes et ses incessantes bravades nourrissaient dans mon cœur une colère sourde. Ses yeux étaient trop vifs, ils traversaient les regards comme des portes ouvertes. J'avais hâte qu'il nous abandonne et retourne à ses vagabondages, d'autant qu'il avait en un tournemain séduit ma sœur et mon frère de route, et paraissait désormais les tenir captifs de ses artifices burlesques. Je me pris à maudire, plus encore que ses roueries, leur complaisante naïveté. Certes, il nous avait offert sa science et ses mangeailles, mais la reconnaissance que j'éprouvais pour ces bienfaits ne parvenait pas à tempérer ma hargne. En vérité, ses façons ricanantes avaient blessé les fragiles lumières que les bercements de ma mère et l'amoureux enseignement de maître Aventin avaient autrefois allumées dans mon esprit. Je ne pouvais lui pardonner ce ravage. J'avais tort. Je sais aujourd'hui que sa rencontre nous fut un étrange miracle. A cette heure où j'écris, a-t-il quitté ce monde ? Joue-t-il encore ses tours incongrus sur les places publiques ? Il paraissait immortel dans sa superbe pouillerie, et pourtant sans cesse en partance pour l'au-delà. Béni soit-il, car il nous a poussés d'un simple souffle non point au hasard des chemins, comme aurait fait le vent, mais sur la route imprévisible et bien-aimée où nous appelait la Providence.

Qui était-il ? Un saint, un insensé, un prophète tombé dans un corps misérable ? Je n'ai rien su de son histoire, il n'en a dit que des mensonges. Il m'a parfois semblé qu'il endurait des douleurs inguérissables. Peut-être s'était-il mille fois perdu dans les pires déserts du monde et de la vie, peut-être la folie avait-elle eu pitié de lui et l'avait-elle pris pour serviteur, peut-être lui dévoilait-elle, par instants éblouissants, ce que ne peut voir le commun des hommes. J'ai souffert de ses regards qui brisaient mes élans vers lui. J'aurais aimé qu'il me confie ses peines, ses espoirs, ses secrets. Je lui aurais offert les miens. Mais qui peut pénétrer l'intimité des êtres ? Seigneur, la distance est moins longue du regard à l'étoile que de l'œil du dehors à la vie du dedans ! Et même de nous, que pouvons-nous dire qui ne soit point trop éloigné de nos lumières profondes, de nos ombres, des vivantes chaleurs sans cesse à l'ouvrage dans notre corps et notre esprit ? Je suis parfois sensible comme une feuille sous l'ondée, parfois mon cœur s'échauffe et bondit hors de son nid sans que je puisse le tenir, je suis aimant, j'ai peur de tout. Ma mère m'appela Mathieu, mon maître me nomma le Tremble, peut-être Dieu merci, peut-être hélas pour moi. Qui peut donc en vérité nous connaître et nous juger, hors Celui que toujours nous cherchons dans des nuits si noires qu'il n'en est nulle part de semblables ? Et Celui-là même, quand nous paraîtrons devant lui, pèsera-t-il notre âme comme un épicier au nez froncé devant son fléau de balance ? Moktar sourit dans ma mémoire. Il sait que non. Je sais aussi. Seigneur, tu sais qu'il est mon frère.

Quand je revins à la bergerie, je ne trouvai devant la porte que la mule occupée à brouter les buissons et la chèvre couchée, le flanc abandonné à son chevreau goulu. Le vent me porta, du fond de la lande, des bribes de voix. Je vis au loin Angèle et ses deux compagnons qui s'enfonçaient vers la vallée en cueillant çà et là des herbes. Je fus content de leur absence. Je m'assis à l'ombre du mur, sortis le livre de ma poche, l'ouvris enfin, le feuilletai. Ses pages étaient de parchemin génois. Avec respect et volupté j'en éprouvai l'épaisseur souple. Sur chacune était une brève histoire ou un poème en vers irréguliers aux marges ornées d'enluminures. Leur écriture droite et ferme était d'un maître calligraphe. Je m'attardai à l'admirer sans me laisser aller pour l'instant à la lire. J'aimais l'attente des plaisirs importants. Je gardai celui-là pour le soir prochain et la lueur du feu. Je plongeai mon visage entre ces accueillants feuillets. Leur parfum réveilla derrière mes yeux clos l'émouvante et précieuse image de la boutique ombreuse où maître Aventin m'avait appris à écrire. Comme je m'attardais à les humer encore, un bruit de chevauchée me fit lever le front.

Sur le chemin en haut du champ trois cavaliers firent halte dans une bouffée de poussière aussitôt emportée par le vent. Ils me parurent de mauvais aloi. Ils retinrent un instant leurs chevaux impatients puis l'un d'eux désigna notre refuge, éperonna, et d'un envol de bras entraîna tout soudain les autres. Ils déboulèrent ensemble avec une fougue tant effrénée que j'eus à peine le temps de me dresser avant qu'ils ne sautent à terre à quelques pas du mur où je me tenais accolé comme limaille à l'aimant, cherchant éperdument à fuir sans oser le moindre geste. Le plus envahissant de ces malandrins était vêtu d'un long manteau de loup et d'une tunique délacée sur sa poitrine ornée d'un pectoral de cuivre. Des breloques pendaient à sa barbe et sa chevelure. Elles cliquetèrent quand il tourna la tête pour me jeter un coup d'œil de rapace avant de s'en aller fouiller la bergerie à grandes enjambées de soldat ravageur, l'épée au poing, fauchant à brefs revers de lame les herbes hautes, en passant. L'un de ses compagnons courut chercher la mule. Celui-là avait l'air d'un coq au cou plumé. Il paraissait perdu, tant dans ses vêtements que parmi les buissons où il allait à longs détours de danseur en se penchant à droite, à gauche, les bras ouverts comme un oiseau. Le dernier planta devant moi ses bottes courtes. Il était trapu, ras de crâne, large de face. Deux poignards pendaient à ses flancs. Il se mit à se gratter l'entrejambe en me contemplant, les yeux rétrécis, puis tendit la main au livre que je serrais sur ma poitrine et d'un crochet d'index me fit entendre qu'il le voulait à lui. Comme je renâclais à le lui abandonner il me l'arracha, l'ouvrit, le parcourut, fit la moue et le jeta négligemment par-dessus son épaule. Ses compères le rejoignirent avec la mule chargée de nos bagages et de nos provisions. L'homme vêtu de loup le poussa sur moi et lui dit :

– Tue-le.

Mes jambes perdirent leurs os. Je tombai assis à ses pieds. Je me mis à grelotter sans pouvoir supplier ni tenter de me défendre. L'autre eut un sourire édenté. Il ricana :

– A quoi bon.

Il cracha au ras de ma tête, me tourna le dos, bondit sur son cheval et le poussa à grands coups d'éperons à la poursuite de ses compagnons.

Ils eurent quelque peine à rejoindre le grand chemin. Notre bête était rétive, ils durent la tirer sur la montée pierreuse et lui botter le train. Ils le firent si méchamment qu'elle s'affola, se mit à hennir et ruer. Elle n'aurait pas été plus effrayée s'ils l'avaient amenée au couteau du boucher. Je la recommandai à Dieu. Nous étions, elle et moi, semblables au même instant,

tant il est vrai qu'au fond de tout être vivant, bêtes ou gens, herbes ou pierres, le feu de la peur est le même et peut-être aussi la chaleur d'amour. J'attendis qu'ils soient hors de vue pour ramasser le livre, l'épousseter du souffle et de la manche et m'enfuir avec lui. Je courus jusqu'au bout de la lande, appelant Bernard à grands cris. Je vis d'abord Angèle assise sur un roc. Elle se dressa et m'attendit en renouant tranquillement sa chevelure. Mon haleine rauque et mes gestes désordonnés l'amusèrent plus qu'ils ne l'émurent. Elle était de ces êtres qui ne gaspillent pas leurs battements de cœur en inquiétudes subalternes. Quoi qu'il soit arrivé, puisque j'étais vivant, était selon son œil d'importance mineure. Elle me demanda où j'allais, ainsi débridé. Je ne lui répondis pas. Je cherchai Bernard, tournant partout la tête. Je l'aperçus en contrebas, au creux de vallée où courait le ruisseau. Il conversait avec Moktar, qui lui montrait je ne sais quoi dans sa main. Une cascade de cailloux m'accompagna jusqu'à lui. Entre deux râles exténués je lui appris que nous venions d'être volés et que, sauf nos vies et les vêtements que nous avions sur la peau, il ne nous restait rien. Je lui saisis le bras. Je voulus l'entraîner sur le lieu du désastre. Moktar gloussa :

– Qu'y a-t-il à voir là-haut, si l'on vous a tout pris ?

Bernard lâcha entre ses dents une bordée de jurons et grimpa à la rencontre d'Angèle qui tentait malaisément de nous rejoindre. Je le suivis. Le fou se détourna et s'en fut, pataugeant dans l'eau.

Comme nous restions tous les trois accablés à contempler au loin la bergerie paisible sous les nuages hauts ma sœur me demanda si les voleurs avaient emporté le livre, avec le reste. Je le sortis fièrement de ma chemise. Elle en parut contente.

– Allons au hameau, dit Bernard.

Il voulut porter Angèle qui peinait à marcher longtemps. Elle refusa son dos, mais accepta le mien. En chemin, je leur racontai comment j'avais failli mourir, et par quel miraculeux mépris j'avais été sauvé. Je n'osai leur avouer qu'à l'instant où je m'étais cru perdu, étrangement, je n'avais pensé qu'à la mule. Bernard me dit que s'il s'était trouvé menacé comme je l'avais été il aurait fait face et se serait battu.

– Ma fierté n'aurait rien pesé, dit-il, j'aurais sans doute été tué. Tu as été humble. C'est bien.

Je protestai. Je lui répondis que je n'avais pas, comme lui, l'orgueil d'un chevalier, et moins encore l'humilité des saintes gens.

– J'aurais fui, lui dis-je, si mes jambes m'avaient porté, et je me serais laissé trouer sans me défendre, par épouvante insurmontable, si le malfrat qui me tenait sous son couteau ne m'avait pas regardé comme une guenille indigne de souiller sa lame. En vérité je suis un couard, rien de plus.

Angèle sur mon échine accola sa joue à la mienne avec une tendresse ronronnante. J'en fus tant surpris et touché que des larmes rieuses me vinrent aux yeux. Je chantonnai un moment en moi-même. La voix de Bernard fit à nouveau bondir mon sang.

– Tu es un homme noble, me dit-il.

Je lui demandai s'il se moquait. Il ne me répondit pas, mais je vis que non. Je pensai : « Que Dieu le bénisse pour ce mensonge, et qu'Il bénisse aussi l'amour qui lui a inspiré ces paroles. Certes, je ne suis pas ce qu'il a dit, bien que je désire vivement l'être. Mais s'il est vrai que j'aspire à la noblesse du cœur, c'est peut-être qu'elle est en germe dans mes terres profondes et qu'elle a grande envie de naître. Qui le sait ? La vérité ne nous fut pas donnée en ce monde, mais l'amour seul, que rien ne surpasse, car il fait tout grandir. » Comme je me parlais ainsi, le hameau apparut au détour du sentier. Je me mis à trotter devant. Je me sentais soudain allègre et baigné de reconnaissante bravoure.

Moktar nous attendait dans la maison où il m'avait tout à l'heure accueilli. Il avait débarrassé la table des ordures qui l'encombraient, allumé le feu dans la cheminée et jeté devant elle un matelas de paille, une couverture et d'abondants coussins. Il invita Angèle à s'y installer, puis il nous dit que si nous le voulions nous pouvions faire notre demeure de ces lieux qui n'étaient plus à personne.

– Ces voleurs qui vous ont dépouillés étaient peut-être des anges venus vous prévenir que vous ne deviez pas aller plus loin, nous dit-il. Il y a des bêtes à l'écurie, des champs, des ruches alentour, une vigne, un vaste verger. Vous ferez fructifier la terre, vous aurez chacun votre cheval et vous irez en Avignon vendre vos fruits et vos légumes, les jours de marché. N'est-ce point là une enviable perspective, mes beaux enfants ?

Ses propos me parurent autant raisonnables que déconcertants. L'opulence et la paix étaient là, en effet, à portée de nos mains. Je ne pouvais pourtant concevoir une fin plus pauvre et plus désespérante aux inexprimables élans de mon âme. J'observai ce diable d'homme qui nous tentait. Son œil luisait, joyeux, malin. Je regardai Bernard. Il était sur ses gardes. Il risqua :

– Je suis un voyageur, un raconteur d'histoires. Je n'ai jamais appris le travail paysan.

– Et toi ? me dit Moktar.

J'ouvris devant lui mes deux mains. Je répondis :

– Voyez, je suis apprenti écrivain. Maître Aventin craignait les piqûres d'abeilles. Je les crains aussi, et je ne sais pas soigner les bêtes.

– Ingrats, dit-il, fous magnifiques, je vous hais d'être aussi touchants.

Il ricana. Chacun se tut. Je me sentais le cœur bancal, je n'osais regarder personne. Bernard non plus. Moktar se tourna vers Angèle. Elle contemplait le feu.

– Moi, dit-elle, j'aimerais une maison, mais elle me serait une tombe si j'y demeurais seule. Resterez-vous ici, Moktar ?

Bernard, un court instant, sortit de ses songes, haussa un sourcil et lui lança un coup d'œil inquiet. Le guenilleux se planta devant elle, gonfla sa poitrine, ses joues, balbutia des protestations scandalisées en postillonnant d'abondance. Il répondit enfin :

– Moktar ne passe pas plus de trois jours dans un même

lieu, Moktar est un marcheur fanatique. Et qu'est-ce qui l'attire au loin ? La lumière perpétuelle. Sache donc, péronnelle, que Moktar chemine sans cesse vers le soleil levant.

Son coup de main tranchant partit du bout du nez, s'enfonça droit dans l'air et désigna le couchant. Je lui fis remarquer en riant haut et fort qu'il se trompait d'horizon. Il se pencha sur moi, et pointant son index au milieu de mon front :

– Qui veut atteindre l'aube doit traverser la nuit. L'est véritable est donc exactement à la sortie de l'ouest. Tu as beaucoup à apprendre, jeune sot.

Angèle lui sourit. Elle aimait cet homme, je le vis dans ses yeux. J'en fus à nouveau agacé. Bernard haussa les épaules. Il dit :

– En vérité nous ne savons où aller. Nous sommes des fuyards, devant nous sont mille routes possibles. Au bout de l'une ou l'autre, est-il seulement une ville où la peste ne soit pas ?

Il remua la tête comme une bête rétive. Il murmura :

– Il nous faudrait trouver le chemin par où Dieu a quitté le monde.

– Le livre le connaît peut-être, dit Moktar.

Je restai ébahi. Je palpai son éraflure à travers ma chemise. « Si les voleurs nous l'ont laissé, me dis-je, le cœur bondissant, c'est que notre salut, sans doute, y est inscrit. » Bernard grogna :

– Ouvre-le au hasard et lis les premiers mots qui te viendront aux yeux.

Je le sortis de mon giron.

– Attends, dit Angèle. Je prie.

Et Moktar :

– Que ma main l'honore.

Il déposa une caresse furtive sur sa couverture. Je l'ouvris. Je fermai les yeux. Mon doigt erra sur un feuillet, puis s'arrêta. Je regardai.

Le haut de la page était orné d'une lettrine aux traits de pourpre et d'or, au corps d'un bleu royal. A sa suite était un conte. Dès ses premiers mots il m'apparut limpide comme la source même de l'amour. J'en fus si tendrement touché que je n'osai le lire à voix haute. Je ne pus que le murmurer, de crainte d'effaroucher sa fragile perfection. Je ne saurais le redire aujourd'hui comme ce jour-là l'entendirent mes compagnons, car le souvenir que j'ai de lui est çà et là troué, et je ne suis pas un écrivain d'assez haute volée pour approcher son émouvante innocence. Que Dieu me tienne la main et me garde d'être infidèle. Voici ce que je peux écrire, dans mon langage d'artisan, du récit qui nous fut donné.

On dit que le roi Salomon, un jour qu'il était las des prestiges du monde, s'en alla méditer sans femme ni guerrier dans le vaste désert. Or, comme il cheminait à longs pas dans le sable, le front penché, l'esprit paisible, au bout de sa sandale il vit une fourmi. Elle marchait comme lui, elle aussi tête basse, indifférente à tout, têtue comme au labour, refusant l'abri des cailloux, la halte au frais des herbes rares. Salomon, la voyant si brave et obstinée, se pencha sur elle. Il lui dit : « Où vas-tu donc, petite sœur ? » Elle répondit : « Grand roi, ne me retarde pas. Je cours où mon âme m'appelle, à la poursuite des gazelles. – Amie, lui demanda le roi, connais-tu ces bêtes divines ? – Hélas non, répondit la bestiole pressée, mais j'ai vu leurs ombres passer, et j'en fus tant bouleversée que je ne peux vivre sans elles. » Le roi des rois s'agenouilla, la prit sur le bout de son doigt, sourit, lui dit enfin : « Comment peux-tu rêver en rejoindre quelqu'une ? Elles vont droit comme l'œil à travers le désert, elles franchissent d'un saut la dune que tu escalades en cent jours. A suivre leurs sabots tu tomberas bientôt dans une empreinte creuse et la brise qui tout efface peut-être t'enfouira dedans. Quitte tes illusions, pauvre amie valeureuse, et retourne à la fourmilière que tu n'aurais pas dû quitter. – Je sais, ô roi des rois, que la raison t'inspire, répondit la fourmi. Mon pas est court, ma vie n'est qu'un jour de la tienne, mon ciel n'est pas plus haut qu'un brin d'herbe naissant. Je ne suis rien, j'aspire à la grâce parfaite, j'avoue que c'est grande folie. Mais qu'importe à mon cœur aimant ? L'espoir me tient, me tire et pousse, ne me laisse point en repos. Il occupe toute ma vie. Je veux lui obéir sans faute et la mort ne me sera rien si elle me prend sur mon chemin, à la poursuite des gazelles. »

Pauvres mots auprès de ceux qui nous imposèrent silence, quand ils furent dits. Je mesure aujourd'hui la distance qui sépare ma voix de la beauté des choses. Vouloir la faire entrer en phrases est comme emprisonner un ange dans les maladresses d'un corps. L'homme du livre avait atteint cette cime de l'art où chaque parole est un oiseau messager. Je n'ai pu le rejoindre, je suis demeuré lourd et besogneux. Quand je me suis tu dans cette maison étrangère où nous étions ensemble, nous avons retrouvé les crépitements du feu et les pépiements d'oiseaux sur le rebord de la lucarne. Nous les avions oubliés. Nous revenions du ciel. Moktar parut de tous le plus émerveillé par l'humble grandeur de ce qu'il venait d'entendre. Il se mit à prier, le visage offert, la bouche murmurante, le regard trop brillant, sans doute, mais heureux. De longtemps nul n'osa rien dire, puis Bernard demanda :

– Qui a écrit cela ?

J'ouvris le livre à la première page. Là était peint un moine penché sur un lutrin, la plume suspendue au-dessus d'un cahier. Aucun nom n'était sous l'image. J'allai jusqu'au dernier feuillet. J'y lus ces mots, à haute voix :

– « Ici finit l'ouvrage que composa Frère Benoît Main d'Or, l'an du Seigneur 1330, au monastère de Saint-Rome-du-Tarn. Au nom du Père, du Fils et du Saint-Esprit. Amen. »

Bernard lentement répéta ce que je venais de dire, hocha la tête, murmura :

– Cet homme est un grand maître.

Tandis qu'il demeurait le menton dans ses mains, je me surpris à rêver d'un voyage sans obstacles vers ce couvent, notre heureuse découverte de ses jardins sous un soleil printanier, l'accueil de ce moine enfin, bienveillant comme un saint Pierre à la porte du paradis.

– Mathieu, dit encore Bernard, l'œil errant dans ses songes, connais-tu la chambre secrète où n'est rien qu'un parfum de Dieu si frêle, si menu qu'on peut parfois le croire illusoire ? Le vieux Faidit m'a parlé d'elle autrefois. Un soir, après un conte, à l'instant de dormir, il m'a semblé que j'y entrais, tout seul, sans aucune peine. Elle était au centre même de mon cœur. Je n'y suis jamais retourné depuis ce temps. Même les paroles les plus pures ne sauraient en franchir le seuil, mais certaines parviennent à entrouvrir sa porte. Ce Benoît Main d'Or les connaît. Il sait les ordonner comme il faut.

Je soupirai. Je répondis :

– Il a la grâce des gazelles.

Je me tus, lui aussi. Un remuement soudain nous fit tourner le front. Moktar venait de se lever si brusquement que son tabouret s'en était renversé. Il parut un instant réfléchir, fronça les sourcils puis s'en fut prendre trois sacs dans l'armoire. Il les déposa sur le plancher. Angèle se dressa, épousseta sa robe, vint à lui. Il lui dit qu'il y avait un âne à l'écurie. Il l'invita à le suivre. Tous deux sortirent.

Les choses se firent ainsi. Chacun de nous sut à l'instant où nous devions aller, mais tout au long de ce jour il nous plut d'errer ensemble le long du ruisseau et de faire nos bagages sans que rien n'en fût dit. A quoi bon ? Aucun discours n'aurait pu nous unir plus fermement que ce pacte muet. Peut-être aussi en vérité redoutions-nous que le seul bruit des mots ne désaccorde nos âmes et ne réduise en cendres notre commune espérance, tant elle était fragile et déraisonnable. Ce livre avait sauvé ma sœur, la voix qui était là enclose avait allumé dans nos regards une lampe nouvelle, et maintenant elle nous appelait avec une si limpide évidence que nous n'aurions pu refuser le chemin qui menait à elle sans trahir gravement notre désir de vivre.

Au soir de ce jour, tandis que nous dînions en silence tranquille, une question nous vint, qu'aucun de nous n'osa poser. Moktar l'entendit pourtant. Il planta ses coudes dans les reliefs de mangeaille répandus sur la table, enfonça la tête dans les épaules, nous considéra, l'œil malicieux, croqua un gros oignon comme il aurait fait d'une pomme et répondit à nos regards que son intention était d'aller en Avignon et de mendier des sous d'or au portail du palais des Papes. Nous pressentions qu'il ne nous accompagnerait pas. Sa réponse nous laissa mélancoliques et pourtant soulagés. Bernard tendit la main à son dos courbe pour une étreinte fraternelle. A peine il l'effleura, se reprit aussitôt. Moktar fit mine de ne point s'en apercevoir, mais je le sentis ému. Je lui demandai s'il désirait quelque chose de nous. Il me répondit :

– Je suis Dieu. Donnez-moi désormais ce que jusqu'ici vous avez donné à Dieu.

Il nous regarda, la bouche ouverte, comme étonné par ses propres paroles, et partit d'un long rire qui finit en sanglots. J'en fus consterné. Je me dis une fois encore qu'il était éperdument fou. A le voir aussi abandonné, aussi misérable, aussi puant, Seigneur, comment pouvais-je imaginer que ses paroles étaient saintes ? Vous que je prie tous les matins sans vous voir ni rien savoir de vous, dites-moi, que peut-on offrir de plus simple et de plus nécessaire aux vivants de ce monde que cette espérance amoureuse qui traverse nos âmes béantes et qui vient de vous, et qui n'est que vous ? C'était là ce que voulait Moktar, si brûlé par les vents des routes, si défait de corps et d'esprit qu'il ne pouvait plus porter que vous, Dieu Tout-Puissant et pourtant aussi démuni que la plus humble de vos créatures, vivant du seul amour, mourant de son absence. Je ne pus éprouver devant ce saint mendiant qu'une pitié vaguement honteuse. Bernard s'en fut devant la porte. Comme je restais à ne savoir que faire ni que dire, Angèle me demanda sèchement de la laisser seule avec ce pauvre homme qui n'osait nous regarder et se torchait le nez à grands revers de manche.

Je sortis sous les étoiles. Il y avait un âne gris à l'écurie, et parmi la friche derrière elle des chevaux rendus à la liberté. Tandis que Bernard s'en allait visiter les autres maisons du hameau je l'attendis sur l'escalier où Moktar m'était apparu pour la première fois. Je jouai un moment l'aveugle, les yeux révulsés, comme il l'avait fait. J'y parvins mal. J'imaginais peut-être, en l'imitant ainsi, approcher ses secrets. Bernard me dit quand il revint qu'il n'avait rien trouvé qui vaille. Il m'entraîna dedans. Angèle était assise devant le feu. Moktar, affalé à ses pieds, étreignait sa taille avec une confiance d'enfant ensommeillé, tandis qu'elle caressait son visage posé contre son ventre, et démêlait sa barbe, et lissait ses cheveux. Il ronronnait d'aise. Ni l'un ni l'autre ne se soucièrent de notre retour.

Nous partîmes le lendemain à l'aube à peine pâle. Notre voyage exigeait que nous soyons aussi légers et pauvres que possible. Aucun de nous ne mit rien d'autre dans son sac qu'une couverture et deux jours de provisions. Aucun ne s'en fut chercher l'âne à l'écurie. J'avais lié le livre d'un lacet de cuir. A l'instant de franchir la porte je le suspendis à mon cou et le dissimulai sous ma tunique. Je me plus à croire que son voisinage serait bénéfique à mon cœur. Moktar resta en haut de l'escalier. Il salua Bernard d'un geste de la main, sans un mot, la mine presque hautaine. Il fit de même avec moi, mais il serra Angèle dans ses bras et longuement la berça en baisant son visage. Comme nous quittions le hameau, nous entendîmes sonner sa canne à clochettes. Cet adieu nous accompagna à travers la lande sans chemin jusqu'à ce que le vent l'emporte.

Au soir, Bernard découvrit parmi les hautes herbes du bord du Gard une cabane de grosses pierres et de branches pareille à ces abris d'été où les enfants se cachent pour échanger leurs secrets. Elle était presque enfouie sous des feuillages de noisetiers qui la dissimulaient aux passants du grand chemin. Près d'elle était au sec une ruine de barque. Elle nous plut assez pour que nous y posions nos sacs, mais à peine avions-nous pris nos aises que deux cadavres apparurent vers le milieu du fleuve. Ils étaient liés ensemble par des lambeaux de vêtements. Les caprices du courant les éloignaient et les ramenaient sans cesse l'un vers l'autre. Angèle et Bernard se prirent la main pour les regarder se perdre dans les brumes du crépuscule. J'ouvris le livre, espérant une prière. Je lus à voix basse : « Je ne suis ni maître ni esclave. Je suis le marin bien-aimé des océans. Je n'ai d'autre pays que l'horizon où naissent les matins. » J'ai aujourd'hui oublié la suite. Je me souviens pourtant que l'on y parlait du ciel véritable, qui n'est point au-dessus de nos têtes mais au cœur même des êtres. Quand je me tus, Angèle se signa puis elle entraîna son compagnon dans la cabane. Ils s'y couchèrent sous la même couverture. Je fis mon lit dans la barque trouée.

Après une semaine de voyage, comme nous arrivions en vue de Saint-Hippolyte-du-Fort, un colporteur nous apprit que la ville était occupée par une bande de routiers. Il nous conseilla, plutôt que d'y risquer nos vies, de choisir le sentier qui s'enfonçait dans la grande forêt des Cévennes. Nous y fûmes bientôt perdus. Deux journées d'errance nous amenèrent à la lisière d'une clairière où nous apparut une maison de bois. Un ours était couché sur le pas de sa porte. Un homme dormait contre son flanc. Une femme assise près de lui tissait un panier d'ajoncs. C'était l'heure de midi. Le soleil jubilait au travers des arbres. L'étrange sentiment me vint que ses mille lumières nous attendaient en ce lieu depuis l'aube des temps.

6

L'ours affalé tendit d'un coup la tête hors de son encolure. L'homme ouvrit à demi les yeux mais ne bougea pas. La femme suspendit son ouvrage, se tint un instant à guetter nos gestes, nos visages, notre marche timide vers cette maison que nous n'espérions plus après si longtemps d'empêtrement dans les feuillées inextricables du bois, puis sans que cesse son affût elle laissa à nouveau aller ses doigts agiles parmi les mille brins de son tissage de rameaux. Je me sentis, de loin, corps et âme fouillé, tant l'attention de ces trois êtres me parut aiguë, précise et circonspecte. Angèle voulut s'avancer droit malgré ces regards qui nous tenaient à distance. Bernard, redoutant un assaut du fauve, la retint derrière le dernier buisson avant l'herbe ensoleillée de la clairière, puis à voix joviale et forte il dit à ces gens que nous étions perdus et aussi peu armés que des moines errants. L'ours gronda sourdement. L'homme enfouit une main dans sa fourrure, lui flatta l'échine, l'apaisa, mais resta méfiant.

– Nous ne sommes pas des voleurs, dit Angèle. Que Dieu vous protège, vous et votre bête.

La femme haussa les épaules et baissant à nouveau le front sur son ouvrage :

– Et qu'il vous garde aussi, bonnes gens. Qui sait ? Nous sommes peut-être des ogres.

Elle eut un rire bref. Je laissai là mes craintes et vins à elle. Les autres me suivirent. Nos ombres s'arrêtèrent à trois pas de ses pieds nus. Elle était à peine plus jeune que ma mère, elle était svelte, brune, belle. Ses yeux étaient des diamants noirs.

– Entrez, dit-elle, et prenez des amandes. Le pot sur la table en est plein.

Il fallait pour franchir le seuil enjamber le corps de son ours. Aucun de nous ne s'y risqua. L'homme le remua d'une poussée, s'en fut dedans, revint chargé de fruits. L'animal secoua sa tête, posa le museau sur la sandale de Bernard et se remit à sommeiller. Nous en fûmes tous amusés. Un parfum d'amitié éclaira les visages.

Tandis que nous mangions, assis dans l'herbe tendre, mon frère de route leur conta les malheurs du monde, notre fuite d'Avignon et le grand désir que nous avions de rejoindre notre bien-aimé Benoît Main d'Or dans son couvent de Saint-Rome-du-Tarn. Il leur dit que nous estimions cet homme comme le maître de parole le plus profond de ce temps, et que nous espérions de lui ces enseignements que les anges inspirent à leurs amis d'en bas, et qui font se lever les soleils de l'âme. Je leur présentai le livre, je leur appris comment il avait sauvé ma sœur, je l'ouvris devant eux. Tous deux, les tempes jointes, allongèrent le cou et restèrent béats à contempler et caresser du bout des doigts ses feuilles. La femme se plut grandement aux images peintes. L'homme, les sourcils froncés, se mit à déchiffrer quelques lignes à mi-voix. J'en fus surpris. Je le croyais autant ignorant que son ours. Son épouse nous dit qu'il avait été moine autrefois, et qu'il savait lire le latin. Puis comme Angèle s'intéressait à son travail d'ajoncs et s'émerveillait de son ingénieuse finesse, toutes deux se détournèrent de nous. Elles s'en furent bientôt mettre la soupe au feu. Nous restâmes entre hommes à parler de nos errances et des mille hasards qui avaient conduit notre hôte en ce lieu.

Le récit qu'il nous fit de son aventureuse existence nous émut grandement. Il avait nom Vincent Chandeleur. Il avait vécu son temps d'enfance dans un couvent aujourd'hui brûlé où des moines bénédictins l'avaient recueilli après la mort de sa mère et le piétinement de son village par une troupe de soudards rescapés d'une bataille perdue. Ce malheur était passé sur sa jeune vie comme une tempête épouvantable et pourtant secrètement exaltante. Il n'en avait retenu que des nuées de poussière, des cavalcades, des fracas de portes, des maisons défaites et des vêtements sanglants brandis au bout des piques. Les moines qui l'avaient sauvé ne s'étaient guère inquiétés de ses silences farouches et de son air sans cesse empreint d'insolence mélancolique. Ils l'avaient assigné au soin des volailles et des porcs dans l'enceinte du monastère. Mais il était teigneux et rêveur de grand large. Il ne s'était point accommodé de ces basses besognes. Une nuit, le père abbé jeté hors de son lit par des douleurs d'entrailles l'avait surpris dans la bibliothèque à fourrer ses doigts sales entre les feuillets d'un Évangile de Marc. Devant cet homme vénérable deux fois haut comme lui, hissé par les oreilles jusqu'à ne plus toucher le sol que du bout des orteils, l'audacieux orphelin avait dû confesser un crime hors du commun. Plus de cent soirs passés, par désir incongru d'être un jour élu pape, il s'était enfermé parmi les manuscrits, et à la seule lueur des étoiles sous la lucarne il avait tenté de reproduire au bâton de charbon, sur ses bras et ses jambes, car c'étaient là ses seuls cahiers accessibles, le dessin des lettres qui peuplaient les parchemins. Il avait craché cet aveu la tête haute, avec la hargne franche d'un brigand à bout d'espoir. Le prieur s'en était trouvé tant ému qu'il l'avait admis à l'apprentissage des écritures.

Vincent était en quelques saisons devenu l'un des lettrés les plus agiles du monastère. Il s'était bientôt détourné des rêves de gloire ecclésiastique qui avaient autrefois occupé son esprit. Il les avait même reniés et maudits. Mais il était tombé dans de nouveaux errements plus scandaleux encore que ces péchés d'orgueil. Il s'était gravement épris de vérité. A haute voix, partout où le menaient ses travaux, comme un amoureux sans pudeur il avait appelé sur lui ce savoir céleste qui est à l'âme ce que la profusion de délices est au corps. On l'avait regardé comme un fou. On l'avait moqué. Il avait en ces temps dix-huit ans d'âge. Il s'était estimé trop grand et valeureux pour se laisser tourmenter par des moines qui n'avaient ni sa carrure, ni son courage, ni sa convaincante éloquence. Nul ne l'avait donc retenu quand un matin il avait quitté le couvent sans rien sur le dos que sa robe de bure. Il avait escaladé la montagne jusqu'à trouver refuge dans une grotte où ne venaient jamais que des aigles et des mulots. Il avait voulu vivre là en saint ermite. Il avait connu le froid, la misère, la faim constante et l'envol éperdu de ses questions vers d'inaudibles réponses. Un jour, il avait tendu les bras aux gens du Ciel et leur avait demandé de l'aider à les rejoindre. Ses mains n'avaient saisi que la brise passante. Il n'avait pas quitté la terre. Il avait désiré affiner sa piété, il n'était parvenu qu'à aiguiser sa rage.

Il en était tombé dans un aveuglement si douloureux qu'il avait voulu s'offrir sans plus attendre au néant. Mais il était de chair trop crue, trop bouillonnant de cœur, trop peuplé de démons pour demeurer longtemps couché au bord d'un gouffre. Il avait quitté sa caverne. Sa foi était perdue. Il n'était plus qu'un errant sans étoile. Il avait décidé de cheminer sans cesse face au vent. Dès le premier soir de sa marche hasardeuse il avait fait étape dans une auberge. Dieu seul savait qu'il avait là un rendez-vous inévitable. Il s'y était mêlé à une bande de fantassins aragonais que leur capitaine avait abandonnés sans solde ni recours. Il s'était enivré avec eux de vin aigre, il avait hautement palabré, clamé son désespoir et sa haine du monde, après quoi, l'aube venue, il avait jeté au feu ses guenilles d'ermite, il s'était chaussé de bottes volées et vêtu du manteau d'un mort, il avait rasé son crâne et ses sourcils par désir d'inspirer désormais la terreur, et en compagnie de ces hommes qui souffraient comme lui de rancœur rédhibitoire il s'en était allé au pillage des villes. Il avait rançonné des voyageurs. Il avait parfois tué. Il avait fui devant des rognes plus acharnées encore que les siennes. Il avait traqué des inconnus jusqu'à ne plus savoir s'il poursuivait des hommes ou l'ombre de ses propres diables. Il avait ainsi vécu trois années de ripailles et de rapines, jusqu'au jour où un revers de lame l'avait jeté dans l'herbe au bord d'un chemin et l'avait laissé là sans presque plus de vie. Son cheval s'était enfui avec sa troupe. Il s'était traîné sous un arbre, il avait délacé son gilet de cuir, et tandis que son sang ruisselait entre ses doigts il avait contemplé les nuages indifférents et oiseaux au vol lent qui traversaient le ciel. Il avait entendu au loin un grincement de charrue. Il avait fermé les yeux sans plus rien espérer, ni paysan secourable, ni chariot voyageur, ni miracle. Alors Sarah était venue.

Elle vivait seule dans une ferme proche. Elle avait vu, de loin, l'échauffourée. Elle avait attendu longtemps avant de se risquer sur cette route où l'on venait à grand bruit d'en découdre. Peut-être pensait-elle y ramasser quelque couteau perdu, un sac, une ceinture, de ces objets des villes que les batailles abandonnent parfois derrière elles. Elle n'avait trouvé que cet homme assis au pied d'un chêne, les jambes ouvertes, la tempe posée sur l'épaule. Elle l'avait cru mort. Elle avait voulu l'enterrer, point par souci chrétien, mais par crainte que son pourrissement n'empeste son paysage familier. Comme elle se penchait sur lui, elle l'avait vu vivant. Elle avait empoigné sa tignasse. Elle lui avait parlé. Il n'avait rien répondu. Elle avait couru chercher son âne, elle avait hissé à grand-peine le moribond au travers de son échine, elle l'avait amené jusqu'à sa maison. Elle l'avait installé sur un matelas de paille, devant sa cheminée. Elle avait lavé sa blessure à la tisane de lavande. De sept jours il n'avait pas ouvert les yeux. Elle l'avait abreuvé de bouillie d'avoine comme un nourrisson à la tête dodelinante. Tous les soirs elle avait torché ses basses misères, et veillant ainsi sur sa vie elle avait oublié de protéger son cœur. L'amour, sans qu'elle le sache, était entré en elle.

Un matin, comme la pluie battait le toit, elle ne l'avait plus entendu respirer. Elle en était restée pétrifiée. Elle n'avait pas osé s'agenouiller au bord de sa couche de crainte de le voir trépassé. Elle s'était mise à prier sur son banc avec une ardeur haletante, le cœur tout à coup insurgé, les mains sur ses genoux agrippées l'une à l'autre. « Seigneur, Seigneur, que votre volonté ne soit pas celle-là », elle avait dit et redit ces mots jusqu'à ce que l'averse se taise. Dans le silence revenu un grognement était sorti du corps couché. Alors elle avait poussé un long soupir et s'était émerveillée de sentir son sang ravivé, bondissant. Jusqu'à la venue de ce soudard elle était demeurée imprenable. Elle n'avait craint aucun assaut. Il avait suffi d'un souffle à bout de forces pour ouvrir ensemble les mille portes de ses sens et de son esprit. On croit les femmes faibles parce qu'elles ne savent pas manier les armes. Elles sont pourtant si résolues que leur acharnement, parfois, effraie la mort. Assurément elles sauraient ramener un être aimé de l'au-delà, si elles décidaient d'aller l'y chercher, car elles furent ainsi créées qu'elles sont seules capables d'amour aussi puissant que la main de Dieu, qui tient le monde. Les yeux de Vincent s'étaient ouverts. Sarah avait posé sa bouche sur la sienne. Elle avait toujours détesté les hommes. Elle avait désiré celui-là.

Dès qu'il avait pu se dresser sur sa couche il s'était mis à recoudre ses bottes éculées. Elle lui avait demandé s'il désirait demeurer auprès d'elle. Il n'avait pas su lui répondre. Alors, le voyant en souci de reprendre sa route, elle était sortie avant qu'il ne franchisse le seuil de sa maison, et elle avait couru sous le chêne où elle l'avait trouvé presque trépassé au premier jour de leur rencontre. Elle ne savait pas s'il la rejoindrait ou s'il prendrait un chemin nouveau. Il l'avait suivie. Sous le vaste feuillage il s'était revu à l'instant de mourir. Il avait retrouvé les mêmes passants dans le ciel, les oiseaux, les nuages. Lui étaient alors revenus en mémoire les gens d'En Haut qu'il avait autrefois appelés à son aide, les bras tendus devant sa caverne d'ermite. Le souvenir de ce jour où il s'était offusqué de leur mépris l'avait empli d'affection timide et de mélancolie. Comme il se risquait à balbutier une prière pour le repos de ce jeune homme naïvement exalté qui avait porté son nom, et qu'il n'était plus, il avait perçu dans la nuit de son cœur une présence fidèle, tranquille, indifférente aux tourments traversés. Celui qu'il avait cherché sans cesse l'attendait là, en lui, depuis toujours. Il ne le savait pas. Il l'avait toujours su. Il avait regardé Sarah, la bouche ouverte, sans pouvoir rien lui dire, mais comme il avait peur encore de perdre ses forces dans son regard il s'était détourné d'elle, il avait étreint le corps de l'arbre, et le front contre son écorce il avait longtemps sangloté.

Il ne voulait plus revenir au monde. Elle ne désirait rien d'autre que la présence de cet homme auprès d'elle. Elle avait fermé sa maison et jeté la clé. Ils s'en étaient allés ensemble. Ils étaient entrés dans la forêt par le même chemin que nous, comme nous ils s'étaient égarés et ils avaient découvert cette cabane. Son toit était fendu, elle était envahie d'herbes et de ronces. Il y avait un chaudron sur la cendre de la cheminée, et devant elle un couple de vieux morts. Ils les avaient enterrés où ils les avaient trouvés. Ils avaient rebâti ce qui menaçait ruine. Ils s'étaient établis dans ce lieu à l'écart des routes. Vincent nous apprit qu'ils n'avaient jamais accueilli personne avant notre arrivée, sauf cet ours et quelques loups qui étaient parfois venus rôder à la lisière de la clairière. Ils avaient inventé des invocations pour les attirer dans leur amitié. Ils ne savaient pourquoi ni comment ces bêtes sauvages les avaient entendues. Elles s'étaient peu à peu approchées jusqu'à flairer les débris de viande qui leur étaient offerts au seuil de la demeure. Sarah, un jour, s'était avancée à leur rencontre en se traînant sur les mains et les genoux. Elle avait tendu la bouche au museau d'une louve. Elles s'étaient flairées et baisées. Elles étaient devenues compagnes.

– Elle est sorcière, nous dit-il.

Il eut un beau sourire. J'aimais déjà cet homme. Ses cheveux étaient blancs, sa barbe courte aussi, mais il n'était pas vieux. Son regard était droit. Il avait la puissance lente d'un grand fauve. Bernard lui demanda :

– Et vous, Vincent, parlez-vous quelquefois aux arbres, aux animaux ?

Il parut réfléchir, l'œil encore amusé. Avait-il entendu ? Il ne répondit pas.

Quand il se tut au bout du récit de sa vie, il faisait nuit. La lune pleine en haut du bois éclairait les feuillages. Les oiseaux s'étaient endormis, le vent du soir s'était enfui. Seul grésillait alentour le chant patient et monotone des grillons. Angèle et Sarah, invisibles dans l'ombre de la maison, parlaient encore à voix basse. Sur nos têtes scintillait cette poussière d'étoiles que l'on prétend soulevée par les pèlerins sur le chemin de Compostelle. Vincent nous dit qu'il avait construit une hutte sous un chêne proche, et qu'elle était assez grande pour qu'Angèle et Bernard y puissent dormir ensemble. J'en fus contrarié. Je proposai sans excès de vaillance de passer la nuit près du feu. J'espérais que l'on m'offrirait une place sous l'un ou l'autre toit, mais personne ne dit mot. Chacun alla se coucher. Je restai seul dans la fraîcheur du dehors, le menton posé sur les genoux, à regarder s'épuiser les flammes.

Ma fatigue et ma tristesse me poussèrent à envier l'intimité de ces deux couples dont je cessai bientôt d'entendre les voix étouffées derrière les portes closes. A imaginer leurs mains errantes et leurs corps aux souffles joints dans l'obscurité de leur nid je ressentis une souffrance inconnue, acide, persistante. Je n'avais pas encore approché les lieux cachés des femmes. Je n'en avais jamais éprouvé que des agacements et des regrets éphémères, mais ce soir-là, tandis qu'un chant de rossignol emplissait soudain la nuit, il me sembla qu'il n'était pas de plus grande félicité que ce prodigieux accord des êtres dans le secret d'un lit que je me plus à me représenter sans bord ni fond. Un flot de remuantes images me submergea. Je tentai de les repousser et de reprendre le cours de mes pensées ordinaires. Alors une lampe s'alluma dans la confusion de mon esprit. Sa lueur éclaira la figure de maître Aventin, mon bienfaiteur fidèle. Il accourait souvent à mon aide quand je me perdais dans mes brouillards pensifs. Cette fois encore je n'eus pas à l'appeler. Il vint, aussi vivant dans ma mémoire qu'un vieux père à peine quitté. Je le revis parlant de son épouse défunte dans la lumière dorée de notre échoppe. Ses yeux brillaient. Il rougissait avec autant de fièvre que je m'en sentais à l'instant. Ce n'était point le souvenir de quelque honte qui l'empourprait ainsi, mais l'exaltant aiguillon d'un désir jamais éteint. « Ne crains pas d'attiser ton feu d'en bas, mon garçon, c'est lui qui éveille le cœur et fait les pensées lumineuses ! » me disait-il parfois en brandissant le poing sur ma tête. Ces paroles surgies du bienheureux passé m'émurent et ranimèrent mon allégresse. Je jetai sur les braises une poignée de branches. Je me couchai devant la danse nouvelle des flammes. Là, pelotonné comme un enfant à naître, les mains jointes contre ma bouche, tout à coup emporté par une véhémence que je n'avais jamais osée, je priai mon Créateur d'unir bientôt mon corps à celui d'une compagne, et je promis pour ce bienfait de renoncer à jamais aux prestiges de la sainteté que j'avais jusqu'alors ardemment désirés, par sottise rêveuse.

A l'aube à peine née je fus réveillé en sursaut par le mufle de l'ours qui me fouillait le flanc. Je me dressai d'un bond et m'éloignai vivement de lui en traînant ma couverture parmi les cendres répandues autour des braises. La brume dérivait entre terre et feuillages. J'aperçus Sarah devant sa porte. Elle était assise sur le banc. Elle tenait entre ses cuisses une bassine d'eau. Elle aspergeait sa face et ses épaules nues, sa chevelure répandue, ses seins.

– Si tu fuis, me dit-elle, il mordra tes mollets. Aime-le donc, il t'aime.

Il me tendit la tête, me flaira. Je risquai une main sur son museau. Il la lécha d'un coup de langue preste, me regarda, resta un instant en arrêt, puis il posa son lourd menton sur mon épaule. Je ris. Je dis :

– Voyez comme nous sommes frères.

Je pris dans mes bras son encolure. Il sentait l'humus, la crasse recuite. Je frottai mon front contre lui. Il s'ébroua soudain, bascula de côté, m'entraîna cul par-dessus tête dans l'herbe mouillée de rosée. Je me relevai à la hâte. Ses griffes battaient l'air. Je reculai, craignant tant pour mon corps que pour le livre qui me pendait au cou. Il resta sur le dos, le ventre offert, les pattes ouvertes, grondant à petits coups, appelant des caresses. Sarah jeta son eau de bassine, s'enveloppa dans son ample chemise, et tandis que j'essuyais la bave qui m'empoissait la figure :

– Regarde, me dit-elle, comme il faut aimer les mendiants.

Elle se coucha sur lui et le tint embrassé, la joue sur le poitrail, le corps houlant tout doux. L'ours se mit à couiner faiblement, à petits râles. Son mufle dressé vers le ciel parut guetter un oiseau invisible. Il se tint un moment ainsi, sans plus bouger. Dans son regard était une prière grave, attentive, comme en ont les enfants muets.

– Je sais, lui murmura Sarah, la bouche remuant dans la fourrure rêche, je sais, ce n'est pas grand-chose, mais dis-moi, ma bête brute, que puis-je te donner d'autre que ma chaleur de femme ? Sens comme mon ventre vit, sens comme mes mains sont les sœurs de ta peau, sens comme mon sang bat. Va maintenant, va porter partout ton plaisir, va te frotter aux arbres, va poursuivre les chèvres sauvages, mais sache bien que je fais l'aumône à qui Dieu veut, et que j'aimerais tes proies comme je t'aime, si elles venaient me demander.

Elle enfouit encore la figure entre sa gueule et son épaule, se releva. L'ours d'un coup de reins se remit sur pattes et s'en alla trottant vers le sous-bois.

Cette étreinte dénouée me laissa ébahi, joyeux et débordant de forces neuves, malgré le froid qui me trouait. Je suivis Sarah dans la maison. Je restai planté derrière elle à la regarder s'affairer devant la cheminée, sans rien oser lui dire. Elle mit quelques galettes à griller sur les braises, puis se tourna vers moi, m'examina de pied en cap et me demanda comment on m'appelait. Je bégayai, tout grelottant :

– Mathieu. Mathieu le Tremble.

Elle répondit, hochant la tête, incrédule, la bouche ronde :

– Le Tremble ?

Elle rit un peu mais me parut émue. Je me retins de frémir encore, sans guère y parvenir. Je m'efforçai de rire aussi. Je dis, vaguement penaud :

– Mon maître m'a nommé ainsi parce que je m'effrayais au moindre éclat de voix, quand j'étais son apprenti.

Elle me fit signe d'approcher, troussa ses manches et se mit à me frotter le dos avec une vigueur de lavandière au brossage des draps. Angèle et Bernard ne tardèrent pas à nous rejoindre. Je les avais quittés la veille à l'instant où Sarah embrassait ma sœur en l'appelant « ma bonne fille ». Comme elle apparaissait dans l'entrebâillement de la porte :

– Viens là, beaux yeux, viens là, femme nouvelle, dit-elle en lui ouvrant les bras.

Je me redressai comme un coq et fronçai les sourcils. Je balbutiai :

– Dieu la protège, elle n'est point femme, elle n'est pas mariée.

Personne ne parut m'entendre. Tandis qu'Angèle et la belle sorcière s'étreignaient en se gloussant des balivernes de lendemain de noces, je regardai Bernard. Il se détourna de moi, s'accroupit devant le feu et poussa des branches sous le chaudron, comme aurait fait un maître de maison. J'eus soudain grande envie de m'enfuir seul dans la forêt. Je demandai où était Vincent. On ne me répondit pas. Je me tranchai un croûton de pain dur, mordis férocement dedans. Je m'en allai sans que nul se préoccupe de moi.

Je traversai le feu mourant dans la clairière, et disputant mon manteau aux agrippements des ronces je m'enfonçai droit à travers les fourrés. Je parvins bientôt à l'ombre clairsemée de quelques grands arbres aux fûts semblables à des piliers de cathédrale. Ne tombait des hauts feuillages qu'une bruine de soleil où ne pépiait nul oiseau. Là était un chaos de rocs abondamment moussus et terreux où courait un ruisseau çà et là cascadant. Seul conversait avec le silence le murmure menu des eaux qui se perdaient dans l'obscurité des cailloux. Ce lieu austère et vénérable me parut accordé à l'état de mon cœur. J'escaladai un rocher rond pareil au crâne d'un géant. Je m'assis entre ciel et terre, tirai le livre de l'étui de corde que j'avais pour lui tressé, l'appuyai contre ma joue et me berçai un moment avec lui. « Je n'ai pas de plus fidèle ami que toi, lui dis-je. En toi sont les paroles que j'aime entendre, en toi des figures sans contours plus chères à mon cœur que des êtres véritables, en toi les élans qui font bondir je ne sais quels chevaux dans ma poitrine et me font aller sans désir de repos comme un assoiffé sans cesse attiré par un rêve de source. Bernard n'a pas souci de moi, ma sœur n'a plus besoin d'un frère. Dis-moi, faut-il que je chemine seul désormais ? » Je baisai sa couverture et l'ouvris à la grâce de Dieu. Sur un double feuillet était une maison peinte dans un cocon de nuages. Ce que je lus au-dessous d'elle me fit monter les larmes aux yeux. Il était dit à peu près ces paroles :

Garçon qui viens à cette page (peut-être ces mots-là n'étaient-ils pas écrits, mais mon cœur me les dicte à l'entrée de l'histoire) sache que dans la demeure céleste où tu vivais avant de naître tout n'était que silence et savoir. Il fallut un jour la quitter. A l'heure juste, ton père d'En Haut t'a dit : « Va. » Il a ouvert la porte. Tu as découvert devant toi des chemins innombrables, des monts, des plaines, des villes, des forêts. Tu t'es effrayé. Tu as gémi : « Dans ce chaos furieux, comment vais-je survivre ? – Tu dois aller, a répondu ton père. Quelque chose te manque ici, qui est en bas. » Il t'a serré sur sa poitrine. Tu as senti battre son cœur. Tu as pensé qu'il ne pouvait te chasser ainsi de sa bienheureuse maison. Tu lui as dit : « Tout est ici lumière et connaissance. Que me manque-t-il donc ? » Ton père a murmuré : « La nuit, l'incertitude. » Tu ne connaissais pas le sens de ces mots. Tu as crié, tremblant : « Qu'y a-t-il donc de si précieux dans le doute, dans les ténèbres ? – La foi que rien ne prouve, a répondu ton père, le désir pur, la confiance ignorante. Pour l'atteindre, mon fils, il te faut oublier nos savoirs infinis. » Il a posé l'index au travers de ta bouche afin que désormais tu ne puisses plus dire ce que de toujours tu savais. Il t'a poussé dehors. Tu es venu au monde. Enfant, regarde-toi. Entre le bas du nez et le milieu des lèvres est un sillon creusé. C'est là l'empreinte de son doigt.

Je ne vis pas Vincent venir. Il m'apparut auprès d'un arbre proche, deux lièvres sur l'épaule au bout d'une corde de jonc. Il vint nonchalamment jusqu'au pied du rocher. J'enfouis le livre dans ma tunique et m'empressai de bouger pour lui faire une place sur la cime où j'étais. Il grimpa près de moi, contempla un moment l'alentour puis il me dit, désignant l'ouest, que le grand chemin n'était guère éloigné, que nous avions sans doute été séparés de lui, mes compagnons et moi, par un simple creux de terre et l'épaisseur de quelques fourrés, et qu'il nous suffirait de marcher droit vers le soleil couchant pour le rejoindre. Je lui répondis que je reprendrais peut-être seul ma route. Il ne parut pas surpris. Il me demanda si Bernard et sa femme (ainsi nomma-t-il Angèle) avaient renoncé à se rendre à ce couvent où demeurait notre Benoît Main d'Or. Je lui dis que je l'ignorais, baissai la tête et restai silencieux. Il se tut lui aussi, puis se penchant vers moi, l'œil tout à coup luisant :

– Regarde.

Je vis au loin trois loups traverser la brume bleue entre les arbres. Il murmura :

– Ils cherchent l'ours.

Mon cœur bondit. Je répondis à voix pressante que s'ils le trouvaient il risquait fort de ne point survivre à la bataille.

– Il faut le secourir, lui dis-je.

Je voulus me dresser. Il m'empoigna la nuque, me rassit, gronda :

– La paix, garçon.

Il revint à ses rêveries à peine distraites par des vols d'insectes dans les trouées de lumière. Je crus un moment qu'il réfléchissait au moyen de préserver la vie de ce compagnon familier de sa demeure. Je revis son museau mendiant des caresses et ses yeux ronds où m'étaient apparues des lueurs de prière. Je demandai :

– Savez-vous où le trouver ?

Il ne répondit pas. Je m'entêtai, plaintif :

– Ne l'aiderons-nous pas ?

A peine revint-il de ses pensées lointaines.

– Non, dit-il.

Il se tourna vers moi, m'examina, sourit enfin. Il était si fermement posé, si large, si lent à remuer son corps qu'il semblait enraciné dans le roc, et pourtant son regard était simple, léger. Sans doute me vit-il surpris. Il souleva les lièvres étranglés qu'il avait posés devant lui, les fit se balancer entre ses genoux hauts. Il dit encore :

– La vieille mère ne le veut pas.

Il me vint à l'esprit qu'il parlait de Sarah. Il s'aperçut de ma méprise. J'en eus honte. Il désigna négligemment l'espace touffu à nos pieds.

– Depuis que les loups sont passés, me dit-il, combien de carnages à l'ombre de ces arbres, combien, sous cette mousse, de grains germés, de vivants écrasés mangés par des racines, combien de festins, de femelles engrossées, de naissances, de charniers nouveaux, d'œufs brisés avant d'éclore, de têtards dévorés, d'oiseaux envolés sans retour ? La vieille mère est une ogresse. Elle règne ici sans Dieu ni diable. Pour nourrir ses enfants, elle enfante sans cesse. L'ours sait cela. Ceux qui le chassent aussi. Quoi qu'il advienne entre eux, la vie sera servie.

Ces paroles me déplurent. Je me raidis et toisai cet homme qui m'agaçait soudain à jouer avec ses bêtes mortes.

– Vous faites bien peu de cas de notre âme, lui dis-je. Dieu garde, elle ne désire pas la mort de nos semblables. Elle seule, il me semble, sert comme il faut la vie.

Il me prit par l'épaule et me serra contre lui. Son odeur m'envahit. Il sentait le vent, l'ours aussi.

– Il est vrai qu'une part de ton être demeure hors de ce monde, mon garçon. Elle est enfouie profond, aisément oubliable, à peine perceptible. Dans le grouillement où nous sommes, elle est pareille à une cabane perdue au fond d'une obscure forêt. Une lumière y est allumée. Elle brille dans tes yeux. J'aime que tu aies peur de la voir s'éteindre.

Je demandai, du bout des lèvres :

– Dites-moi, Vincent, est-ce le lieu où nous étions avant de naître ?

– Là est un pur silence, une paix sans raison, un savoir que l'on ne peut dire, une absence d'espoir, de crainte et de souci, presque rien, un soleil descendu sur un fil d'araignée.

Je restai un moment la tête basse et l'esprit rechigné. Je dis enfin :

– Vous me parlez d'une maison vide. Elle m'est autant étrangère que cette incessante orgie qui nous environne. Je me sens, moi, débordant de sentiments, de craintes, de confiance aussi, et désirs d'amour. Même par les pestes qui courent, j'ai grand besoin de croire en la présence de Dieu, sinon je ne peux vivre.

J'attendis, craintif, une réponse sans indulgence. Elle ne vint pas. Il remit ses lièvres à l'épaule et se laissa glisser au bas du rocher. Je le suivis. Il me prit la main, la tint fermement serrée et m'entraîna avec une rudesse de bûcheron accoutumé aux traîtrises des fourrés. Je le crus un moment fâché, tant il eut peu de pitié pour mes trébuchements et ma peine à éviter les gifles des branches basses. Il m'amena ainsi jusqu'au grand chemin. Nous n'eûmes guère de peine à le découvrir. Il était presque à portée de voix du roc où nous étions tout à l'heure assis. Je m'étonnai que nous ayons si longtemps erré sans le rencontrer, Angèle, Bernard et moi, ce jour où nous étions parvenus à bout d'espoir au seuil de la clairière. Je dis :

– Comment avons-nous pu nous perdre ?

Il murmura :

– Qui t'a conduit à moi, garçon ?

Son étrange question me laissa bouche bée. Il n'avait pas lâché ma main. Il voulut me parler encore, chercha des mots, ne fit qu'un geste. J'étais autant ému que surpris. Nous restâmes longtemps ensemble, épaule contre épaule, embrumés de même affection.

Comme nous retournions vers la cabane, il me dit que peu de temps avant de quitter le monastère où il avait appris à lire le latin son vieux père abbé, une nuit de neige, avait tenté de le guider vers ce lieu du silence que l'on appelle l'âme. Il avait refusé de l'écouter. Il lui avait violemment répondu des mots semblables à ceux qu'il avait entendus de moi. Tandis qu'il me parlait de cet enfant lointain qui lui revenait en mémoire, je sentis son cœur se gonfler comme une source après la pluie.

– Tu es tel que j'étais moi-même en ce temps-là, me dit-il. J'étais certes plus arrogant que tu ne l'es, mais je débordais moi aussi d'espérances, de peurs, d'envies déraisonnables. Je voulais être instruit non par un homme mais par un ange aux ailes assez vastes pour me soustraire aux misères du monde. Moi aussi je rêvais d'un Père céleste constamment présent au-dessus de ma tête, aussi sûr, aussi familier que le soleil sur mes cheveux. Plus tard, j'ai eu honte d'avoir été ce garçon-là. J'ai maudit ses élans, ses désirs d'amour, ses illusions, et te voilà, venu je ne sais d'où avec ma jeune vie étrangement intacte, pareille à un fruit frais cueilli malgré les années écoulées. Je te vois, je me vois. C'est comme si le temps n'avait rien abîmé.

Nous cheminions sans hâte, côte à côte. Ce fut moi cette fois qui nichai ma main dans la sienne. A nouveau il l'étreignit comme aurait fait un père avec son fils. Il s'arrêta soudain. Il me dit, la figure illuminée, que j'avais eu raison de lui parler comme je l'avais fait, et que lui-même, autrefois, s'était à bon droit révolté contre son père abbé car il lui paraissait maintenant assuré que nous avions en nous tout ce qu'a le monde, une mère ogresse et le pur silence, le temps passé, l'éternité, des saints, des guerriers, des prophètes, des fous, des voleurs, des fuyards. Il partit d'un rire puissant. Un grand froissement de feuillage nous fit soudain lever le front. Une nuée d'oiseaux s'envola des branches qui nous cachaient le ciel. Une averse de soleil inonda nos visages. Un bref instant, mon compagnon me sembla d'une beauté intrépide, radieuse. Sur le rocher où il m'avait tout à l'heure rejoint je l'avais vu si lourd qu'il m'était apparu chargé d'ans innombrables. Je lui avouai qu'il me déconcertait. Il me regarda, l'air surpris, et demeura muet jusqu'à la clairière. L'ours nous y attendait. J'en fus si content que je courus à lui, les bras ouverts. Il me fit mille amitiés de gros chien.

De ce jour, Vincent Chandeleur me prit sous sa protection et s'appliqua à m'instruire avec une affection vigilante, quoique parfois grognonne et rude. Il m'apprit à suspendre toute pensée, tout désir, tout artifice, et ainsi dépouillé à mêler par instants ma vie à celle des arbres, des rochers, des eaux courantes. Il me fit aimer l'odeur de la terre et le bonheur étonné des feuillages neufs. Il me permit enfin d'approcher l'intimité de la mère ogresse. Un soir, comme je posais les mains sur les bêtes encore chaudes qu'elle avait poussées dans nos pièges, je sus que ces vies offertes étaient sa chair même et son sang. Il m'apparut alors qu'elle était pour elle seule impitoyable, et que son amour n'avait pas de mesure. J'en fus si bouleversé que je voulus demeurer à lui rendre grâces jusqu'à sentir sur mon visage la chaleur de son haleine. Je résistai longtemps aux gronderies de Vincent qui refusait de m'abandonner dans ces ténèbres bruissantes où je me tenais à genoux. Il dut me traîner par le col jusqu'à l'abri de la cabane. Il me dit cette nuit-là que si les loups étaient venus, la mère aux enfants innombrables m'aurait offert à leur prière, sans plus de souci de moi qu'elle n'avait d'elle, car j'étais aussi bon à manger, pour qui souffrait de la faim, qu'un chevreau égaré ou qu'une poule faisane. J'étais en ce temps-là encore inconséquent. Je rêvais tant de passion angélique que j'en oubliais les nécessités de mon corps. Je me défis bientôt de mes fausses bontés. J'appris à me défendre et à trancher des gorges, comme font les saints animaux, sans haine aucune ni remords, par simple obéissance à mon désir de vivre.

Tous les soirs devant le feu je lus une histoire du livre, et Bernard chanta. Ainsi fut aussi servi Celui qui dans nos cœurs ne sait rien des pesanteurs du monde. Ces jours nous furent si beaux que nous en oubliâmes les ravages de la peste. Un matin, Sarah qui s'en était allée passer la nuit dans la forêt sortit échevelée des brumes et nous annonça une prochaine messe pour le repos des âmes errantes. Bernard lui demanda qui en seraient les officiants. Elle ne répondit pas.

Nous étions au plein cœur de l'été. Il faisait un temps à ne pas mettre un chagrin dehors. Je me sentais fort et charnu. Sainte Vierge, vous souvenez-vous de ces jours ? Je vous ai joyeusement invitée à cet office, dont j'ignorais tout. Y êtes-vous venue ? J'imaginais une fête auprès d'un feu bruyant. Ce n'en fut pas une. Ce soir encore où je m'obstine à poursuivre ce récit de nos voyages, malgré ma chandelle vacillante et mon encre presque épuisée je prie ceux du Ciel de me venir en aide, car je crains de ne savoir dire ce qui, en vérité, advint cette nuit-là.

7

Jusqu'au crépuscule Vincent ne parut point. A peine Sarah revenue des brouillards de l'aube, je lui demandai où il était. Elle était fraîche, mouillée, parfumée d'herbes et de terre. Elle me répondit qu'elle l'avait laissé dans la forêt et qu'il n'apparaîtrait qu'à l'heure de la messe avec sa troupe de fidèles. Je voulus savoir qui étaient ces chrétiens inconnus, et d'où ils venaient. Je lui dis mon étonnement que des gens comme nous visibles et palpables aient pu demeurer dans le proche sous-bois sans que nous les ayons jamais rencontrés. Je risquai :

– Sont-ils des sorciers ?

Je restai planté devant elle, espérant une confidence. Elle s'en fut chercher de l'eau à la réserve, et sans souci de ma présence elle s'affaira comme chaque matin à se dévêtir jusqu'aux hanches, à se courber sur sa bassine, à s'asperger face et poitrine à grandes brassées ruisselantes. Puis elle se redressa, et l'air moqueur, postillonnant des bruines, elle m'ordonna d'aller lui chercher une serviette sèche dans la cabane. Je lui obéis en bougonnant. Je n'eus pas d'elle d'autre réponse.

Je passai la matinée avec Angèle et Bernard. Ce n'était pas mon habitude. Ces deux êtres-là ne se quittaient guère et veillaient l'un sur l'autre avec une attention si vive et si constante que les arbres même, quand ils allaient ensemble sous les feuillages, paraissaient surpris de leur indécrottable intimité. Il arrivait, certes, que leurs messes basses et leur indifférence à mon égard me plongent dans d'éphémères rancœurs, mais le souci que j'avais d'eux avait beaucoup perdu de sa chaleur depuis que l'amitié de Vincent et le bienfaisant évangile de Benoît Main d'Or se partageaient heureusement mes jours. Je savais cependant qu'Angèle et Sarah aimaient évoquer entre elles je ne sais quelle mystérieuse et sainte sauvagerie qu'elles disaient enfouie au fond du corps des femmes. Bernard leur avait un soir conté l'histoire d'une antique magicienne dont la bouche d'en bas parlait comme un oracle et dont les bouts de seins voyaient ce que les yeux ne peuvent distinguer. Nos compagnes avaient fait d'elle une sorte de déesse familière qu'elles appelaient parfois plaisamment à leur aide en présence des hommes, par allusions obscures, complices et rieuses. Les nuits de jeune lune, Sarah menait aussi ma sœur et mon frère de route à la rencontre des vivants imperceptibles qui peuplent, dit-on, les forêts. Elle prétendait que certains elfes connaissaient les vertus des plantes guérisseuses et qu'ils les désignaient volontiers à ceux dont les sens étaient assez affûtés pour apercevoir, au détour des rochers, dans les ombres mouvantes, leur manteau transparent et leur figure blanche. Je n'aimais pas les voir partir à la poursuite de ces êtres évanescents. Angèle en revenait étrangement troublée, et tandis que son compagnon, jubilant, empourpré, plus feuillu qu'un épouvantail, contait ses découvertes, elle ne regardait personne et demeurait dans une rêverie qui ne lui était pas coutumière.

Ils me rejoignirent ce matin-là sur le roc moussu où j'aimais me retirer seul et me recueillir, parmi les arbres droits, comme dans une église. Ils restèrent longtemps pensifs à mon côté, puis ils se parlèrent à voix basse et Bernard se résolut enfin à me dire que la veille, après nos chants du soir, il avait avec sa compagne surpris un secret considérable dans le sous-bois. Il m'apprit qu'ils y étaient innocemment allés en promenade, sans autre désir que de guetter un esprit follet qu'ils croyaient avoir vu quelques soirées avant. Ils avaient erré longtemps à sa recherche. Ils ne l'avaient pas rencontré. Comme ils s'en retournaient, ils s'étaient assis contre un arbre abattu pour goûter un moment les bontés de la nuit. Ils avaient alors aperçu Sarah qui se hâtait sans bruit parmi les branches basses. L'envie leur était venue de l'épier, de la rejoindre et par jeu de bondir soudain au-devant d'elle. Ils l'avaient donc suivie, courbés, à pas prudemment retenus. Elle était bientôt parvenue au bord d'un cercle d'herbe rase où était un chêne solitaire. Il était d'une beauté si ample et si majestueuse que rien ne poussait alentour. La lune pleine était dans son feuillage. Sarah s'était avancée, elle lui avait ouvert les bras et s'était accolée à lui comme à un corps aimé. Elle avait posé la bouche contre son écorce, elle lui avait parlé à voix rauque. Ils n'avaient pas entendu ce qu'elle avait dit tant ils s'étaient trouvés ébahis de la voir lentement s'écarteler, soulever d'une main son jupon et découvrir le fond de son ventre. Ses litanies de paroles aimantes s'étaient peu à peu enfiévrées tandis qu'elle cherchait à coups de reins un court moignon de bois planté au bas de l'arbre. Quand elle l'avait enfin trouvé, elle l'avait enfoncé dans son sillon obscur à la croisée des jambes. Elle avait ainsi consommé d'étranges noces, la tête renversée, poussant au ciel feuillu ses plaintes. Elle s'était longuement échevelée à son ouvrage houleux, sacré, terrible, magnifique. Derrière le buisson où ils étaient cachés Bernard était resté comme un animal fasciné à contempler le prodigieux accouplement de cette femme et de ce chêne. Il me dit qu'à la fin le nom du Seigneur avait émergé de ses gémissements, qu'elle l'avait haleté tandis que son corps s'emballait, et qu'elle l'avait hurlé à l'instant de jouir. Angèle était tombée à genoux. Elle était demeurée le front penché à ne regarder que la terre jusqu'à ce que Sarah se laisse choir sur l'herbe. Elle était restée là, couchée, les cheveux répandus, la jupe retroussée. Alors ils s'en étaient retournés, silencieux comme des voleurs, vers notre clairière.

Le récit de mon compagnon me laissa suffoqué. Comme il contemplait le lointain, les yeux brillants, sans plus rien dire, je voulus prendre ma sœur dans mes bras pour la consoler de je ne sais quelle épouvante. Son regard me tint à distance. Je lui demandai étourdiment si elle avait prié.

– Non, me dit-elle, Sarah l'a fait pour moi, pour nous, pour la forêt.

Je la vis fière, tranquille, vaguement amusée. Elle n'avait plus ni la tendresse ni la vivacité jalouse que je lui avais connues. Ces quelques jours passés avaient changé son air, les contours de son corps, ses gestes, sa voix même. Elle était forte, belle. Malgré nos liens de berceau, nos bonheurs, nos serments d'enfance, je nous sentais désormais séparables.

Je me surpris à trembler. Comme Angèle à nouveau se nichait contre la poitrine de son homme, la pensée redoutable me vint que je ne pourrais plus regarder Sarah sans que mes yeux trahissent ce que je savais d'elle, ni lui parler de front sans d'ineffaçables rougissements. Ce qu'elle avait osé faire m'apparaissait pourtant d'une audace admirable, et soulevait en moi une exaltation si tempétueuse que mes timidités et les prisons secrètes où étaient enfermées mes joies inavouables s'en trouvaient furieusement dispersées. Que son esprit se soit assez haut envolé pour inviter notre Créateur à sa fête m'emplit enfin de tous les bruissements du bois. J'en éprouvai une jubilation ardente et inconnue qui fit naître des étincelles tant dans ma tête que mon sang. Je me plus à me tenir le front bas, enfoui dans ce bonheur nouveau qui me bouleversait. Angèle et Bernard me crurent abattu. Ils rirent un peu de moi et me bousculèrent avec une turbulente affection. Ma sœur me baisa les cheveux, me murmura qu'elle m'aimait d'un souffle à peine perceptible et se laissa tirer loin de moi par la main. Ils s'en allèrent. Je fus content de rester seul.

Ma journée ne fut peuplée que de la magnifique sauvagerie de notre hôtesse et des images de sa nuit sorcière avec ce roi de la forêt. Je m'en fus errer jusqu'au grand chemin, j'allai et je revins, ne sachant où me reposer. Entre mille pensées fébriles, extravagantes, débridées, il me vint à l'esprit que nos désirs de ventre étaient peut-être plus aimés et plus proches de Dieu que les paroles des papes. Je rejetai aussitôt ce scandaleux soupçon. Il s'insinua à nouveau dans mon corps jusqu'à me faire frémir et rire sans que j'y puisse rien. Je me souvins soudain de la légende de ce saint Jean qui avait osé regarder la Vierge Marie comme une épouse inaccessible mais infiniment désirée. Un jour qu'il la priait d'amour dans une église de Rome il s'était emporté jusqu'à s'approcher de sa statue, et baiser ses lèvres. Il n'en avait pas été foudroyé, au contraire. Quand il s'était défait de cet embrassement, autour de sa bouche était tracé un cercle d'or. Cette histoire était longtemps restée sans écho dans mon cœur. Bernard, lorsqu'il la racontait, ne semblait la dire que pour la joie de son Angèle. Je la sentis ce jour-là toute neuve et d'une si belle vérité qu'elle m'échauffa comme un bienfaisant élixir. « Ainsi, me dis-je, les plus hautes figures de notre âme ne sont point des juges mais des amants. Ainsi l'amour n'est pas ce sentiment convenable dont les prêtres ornent leurs homélies, mais la force même qui pousse tout ce qui vit en ce monde à franchir les jours et les nuits. » Cette découverte m'éblouit tant qu'elle me fit aller dans le bois sans plus aucun souci de mes pas. Je me perdis. Je ne m'en inquiétai guère. Quand venait le soir, si quelqu'un manquait à la clairière, Sarah empoignait une bûche et battait sa bassine. On l'entendait au loin résonner aussi haut qu'une cloche d'église. Je m'enfouis sous des feuilles sèches, fermai les yeux et à nouveau pensai à elle. « Elle est aussi basse que belle, me dis-je encore. Elle est savante et mange goulûment, elle baigne sans pudeur son corps aux yeux de tous, elle s'ébroue comme une ourse, elle se plante, la nuit, un arbre entre les jambes et offre à Dieu sa jouissance. Elle a ramené un homme du royaume des morts. Dieu la garde, elle connaît les secrets de la vie. » Rêvant ainsi je m'endormis. Dans mon sommeil je ne vis qu'elle. Le sonnement de la bassine me réveilla et fit s'envoler une nuée d'étourneaux. Le ciel avait pâli entre les arbres. Je me dressai, vêtu de feuilles, et me mis en chemin vers notre angélus forestier.

Angèle et Bernard dans la clairière s'occupaient à disperser les reliefs de bûches et les cendres de la veille. Je ne vis pas notre ours. Je demandai où il était. Sarah, les poings aux hanches au seuil de sa maison, me répondit qu'il n'était pas invité à la célébration de l'office. Comme je m'affairais à rassembler de nouveaux fagots, elle me cria de laisser là mes brassées et d'aider mes compagnons à nettoyer le pré. Elle n'y voulait plus voir ni restes de repas ni branches calcinées.

– Point de dîner, ce soir, dit-elle, et de feu moins encore, Dieu garde ! Si tu crains le froid après la messe tu dormiras dans la cabane.

Je me vis aussitôt couché près de son corps. Mon cœur en fit un bond de bête débusquée. Je mis si peu d'entrain au ménage des herbes que Bernard m'en chassa. J'allai m'asseoir sous la lucarne. Ma sœur me rejoignit. Elle me parut rechignée. Nous restâmes un moment à regarder le crépuscule embrumer les arbres alentour, puis je l'entendis prononcer mon nom, à voix menue, comme l'on appelle en secret. Je me tournai vers elle. Elle me dit :

– Toutes les nuits je prie Dieu que rien ne nous sépare. Je ne veux pas te perdre, Mathieu. J'aimerais que nous allions ensemble jusqu'à la mort et même au-delà d'elle, s'il y a là-bas des jours et des chemins. Mais il faut que tu saches. Si par malheur un jour tu me forces à choisir entre Bernard et toi, je choisirai Bernard.

Des larmes légères me vinrent aux yeux. Je pris sa main et la baisai. Je m'efforçai de lui répondre des paroles d'homme paisible, mais nous fûmes bientôt distraits l'un de l'autre par un brusque remuement de buissons au bout de la clairière. Vincent sortit de l'ombre, son bâton à l'épaule. Je me levai pour l'accueillir, lui fis un signe de salut. Mon geste resta suspendu. Des loups parurent autour de lui. Ils étaient bien une douzaine. Ils s'arrêtèrent à la lisière du bois.

Angèle s'était dressée avec moi. Sarah vint entre nous, elle nous prit aux épaules, elle nous dit :

– Venez, enfants, et soyez sages.

Elle nous conduisit à pas mesurés jusqu'au milieu du pré. Bernard y était déjà, les yeux grands, bouche bée, captivé par la troupe sauvage qui allait et venait au bord ombreux du crépuscule. Il dit :

– Seigneur Jésus.

Elle nous fit asseoir tous les trois avec elle en cercle étroit. Vincent vint jusqu'à nous. Quelques loups le suivirent. D'autres s'égaillèrent çà et là, la gueule au ras des herbes. Des museaux reniflèrent nos échines courbées. Je frissonnai, les dents clouées, la tête enfoncée dans le cou.

– Ne craignez pas, nous dit Sarah. Pensez à vos amours, à la nuit, au silence, à rien, si vous pouvez.

Elle ouvrit une place à son homme. Il se posa entre elle et moi, puis il se mit à siffler à petits coups, regardant de droite et de gauche comme un berger comptant les bêtes du troupeau. Les arbres, au bord du bois, n'étaient plus maintenant que des fantômes obscurs. Je vis bouger des yeux luisants. Les étoiles au ciel s'allumèrent. La lune apparut en haut des feuillages. Elle était rousse comme cuivre. Les loups bientôt nous enfermèrent dans un large cercle mouvant. Certains s'étaient couchés dans l'herbe, d'autres étaient droitement assis, d'autres enfin folâtraient, allaient jusqu'aux ténèbres, s'en revenaient sans hâte. Mon corps se réchauffa à la chaleur des autres. Je cessai de trembler. La peur tomba de moi, soudain, comme un fardeau. « Je suis frère des loups, me dis-je, ils m'accueillent à leur fête. » Me vint une vigueur sauvage. Je regardai mes compagnons. Bernard se tenait aux aguets, cherchant à tout voir à la dérobée, Angèle avait croisé les mains sur son ventre et demeurait les yeux fermés, le dos droit, humant l'air nocturne. Vincent gonfla soudain son torse. Il se mit à pousser un long cri cahotant. Sarah lui répondit. Un moment ils firent ensemble des bruits de bêtes énamourées, puis ils se turent. Toute vie un instant me sembla suspendue. Un loup couina dans l'obscurité proche. Alors un autre assis tendit sa gueule au ciel. Il était gris, taché de blanc. Il se mit à hurler une plainte si longue et si droite qu'elle parut raviver les scintillements des astres. Elle fut reprise à bout de souffle, derrière moi, puis elle revint, se joignit à des voix nouvelles, et bientôt toutes accordées montèrent dans l'air noir en concert si puissamment vibrant que je sentis autour de nous s'élever les murs infinis d'une cathédrale sonore. Nous avions tous penché nos corps. Nos têtes presque se touchaient. Le temps cessa de s'écouler.

Que Dieu me garde de mentir, qu'Il m'inspire et guide ma plume sur la feuille de parchemin, car ma main hésite au bord de ces heures lointaines. En vérité, qu'ai-je vécu sous les étoiles entre le crépuscule et l'aube ? Un songe, un éveil, une messe ? Qui a donc pénétré assez profondément les mystères de la vie pour affirmer le vrai, le faux ou l'impossible ? Je suis chrétien de bonne foi et je redoute le vertige, bien que je n'aspire qu'au Ciel. Je ne saurais prétendre aux pouvoirs des sorciers, et moins encore à ces visions célestes qui sont parfois offertes aux saints illuminés. Mais je ne peux certes pas dire que je tiens pour illusoire ce qu'il me faut maintenant conter. De bouleversantes merveilles, cette nuit-là, ravirent mes sens et mon esprit. J'ignore en quel lieu elles advinrent, peut-être dans l'air de ce monde, peut-être au-dedans de mon corps. Mais les yeux ouverts ou fermés, tant que mon nom sera Mathieu le Tremble je les tiendrai pour aussi sûres que les battements de mon cœur.

Il m'apparut d'abord que la prière des loups poussait vers les ténèbres hautes les âmes errantes des morts. J'en vis des foules s'élever. Elles étaient comme des fumées lumineuses, parfois comme des flammes aux couleurs sans cesse changeantes. Quand le chant s'épuisait elles s'éteignaient aussi, et l'on n'en voyait plus que quelques-unes éparses, égarées, solitaires. Et quand la houle hurlante envahissait à nouveau le ciel, par milliers elles s'en revenaient, accouraient, se pressaient, montaient et se perdaient dans la lueur lunaire. Ce fut ainsi longtemps peut-être, peut-être un instant, je ne sais. Le flot sonore reflua. Un court moment tout fut paisible. Je retrouvai mon corps, la fraîcheur mouillée de la nuit, les cheveux de Sarah qui cachaient sa figure, la bouche de Vincent qui paraissait prier, Bernard pelotonné le front sur les genoux, Angèle, les yeux grands, qui regardait la lune. J'entendis alentour des râles, des jappements brefs, des cris étranglés. Peu à peu ils s'unirent, enflèrent, prirent force. Enfin une clameur nouvelle repartit à l'assaut du ciel.

Je l'attendais, l'espérais même. Un élan silencieux à l'unisson des loups monta de ma poitrine et me gonfla de larmes. Dans l'obscurité n'étaient plus de ces fumées et de ces flammes que j'avais tout à l'heure vues. Les voix mêlées portaient maintenant de l'espoir, des peines, du désir d'amour impatient. Il me sembla qu'en elles étaient les plaintes de la terre, son souci languissant, sa soif de son amant céleste. Les appels furent longs, éperdus, déchirants. Ils s'en revinrent enfin des rives hautes. Alors dans la paix retrouvée il me parut que tombait du ciel une averse impalpable, amoureuse de nous, des morts et des vivants, de la forêt, de l'herbe. Nous en fûmes baignés. Les loups s'y abreuvèrent. Tous, le museau dressé, restèrent un moment muets, buvant des bontés invisibles, puis des gémissements une nouvelle fois montèrent des poitrails, ils se multiplièrent, se firent rumeur ample et sombre. Une vague sonore à nouveau s'envola. Son bruit fit trembler l'air nocturne avec une vigueur si neuve et triomphante que j'en fus emporté en un lieu plus haut que les ténèbres.

Sur cette cime invisible je vis des êtres penchés sur les étoiles et la forêt, sur la clairière, sur les bêtes aux gueules tendues et sur nous, pauvres gens enveloppés de hardes au milieu de leur cercle. Je sus que ces vivants célestes n'étaient pas des anges mais des hommes autrefois enfermés comme nous dans un corps et qui avaient gardé d'ici-bas une mémoire aimante, un souci de famille. Les hurlements des loups leur parvenaient par vagues de lumière pâle. Ils n'avaient pas d'outils visibles, ne semblaient travailler à rien. Ils regardaient la terre, et de leur attention offerte tombait parmi les ombres je ne sais quoi qui éveillait des envies de pousser dans des graines enfouies, mille désirs d'insectes dans les herbes, mille vigueurs de sucs, de sèves. Et comme moi aussi je regardais en bas, notre clairière me parut peu à peu transparente. Je vis sous elle une caverne ronde. Là était une vieille assise. Elle n'était pas un être prodigieux, elle n'était qu'une servante, comme nous et les loups et les vivants d'en haut étions des serviteurs. Je vis que nos cinq corps, épaule contre épaule, étaient exactement posés au-dessus de sa tête, et qu'elle attirait à elle mille ruisselets scintillants qui nous tombaient du ciel et qui nous traversaient. Elle les semait partout dans les profondeurs noires, et cela fuyait de ses mains comme l'eau dans un jardin sec, et j'en étais heureux car je savais que cette nourriture était offerte à la mère ogresse pour l'amour d'elle et de ses enfants innombrables.

Après cela fut ce gouffre d'absence que notre vie traverse entre songe et réveil. Quand je revis le jour, l'aube naissait, la brume mouillait les herbes et les feuillages. Les loups étaient partis. Angèle et Bernard dormaient encore, enveloppés dans un manteau que l'on avait jeté sur eux. Vincent était assis devant la cabane et dévorait des galettes. Par la porte ouverte j'aperçus la croupe de Sarah courbée sur la cheminée. Elle attisait le feu sous le chaudron où cuisait la soupe perpétuelle. Je restai un moment assis à bâiller et me frotter les yeux, puis je me levai, m'approchai du seuil. Je fus surpris de n'éprouver ni froid, ni douleurs, ni fatigue. Vincent me tendit à manger. Il ne me dit rien de la nuit que nous venions de vivre, Sarah non plus, et je n'eus pas envie de les interroger. Angèle et Bernard furent aussi discrets que moi. Nous passâmes la journée à ramasser du bois, à raccommoder nos vêtements et nos sandales, à parler peu. Mes compagnons me parurent changés. Je me sentis moi-même dans une vie nouvelle où n'étaient plus mes vieilles craintes ni mes timidités d'enfant. Comme je nous voyais bouger tous trois dans nos silences il me vint à l'esprit que nous étions comme des moines nouvellement ordonnés, semblables à ce que nous étions la veille et pourtant vêtus d'un autre air, plus léger, plus simple, plus noble. J'en éprouvai une tendresse si intime et retenue que je ne voulus la dire à personne.

Le soir venu devant le feu je n'eus pas le cœur d'ouvrir le livre, et Bernard demeura pensif. Sarah lui demanda de chanter une histoire comme il le faisait d'ordinaire. Il répondit qu'aucune musique ne lui venait à l'esprit. Vincent nous dit alors qu'il nous fallait revenir à notre liberté, que notre nuit passée n'alourdirait pas notre vie si nous la considérions sans crainte ni vanité, mais que nous devions pourtant la garder comme un saint sacrement au plus chaud de nos corps. Il nous dit aussi que les loups et leur mère nocturne avaient offert à chacun ce qu'il pouvait entendre et voir selon l'état de son âme, puis il nous mit en garde contre la tentation de conter ou comparer nos visions, car elles étaient de ces trésors secrets que le seul bruit des mots suffit à abîmer irrémédiablement. Il nous confia dans un beau sourire qu'il ne regrettait pas de nous avoir conviés à cette messe. Selon son sentiment nous avions été des officiants de haute tenue, et nous avions fait une enviable récolte d'enseignements. Il nous dit enfin que nous devions témoigner notre gratitude à la mère des loups, car c'était elle qui nous avait envoyé ses enfants. Il lui avait fait en notre nom la promesse que désormais nous ne leur ferions pas la guerre et les protégerions des chasseurs chaque fois que l'occasion nous en serait donnée. L'un après l'autre il nous regarda droit tandis que nous renouvelions ce serment dans nos cœurs, après quoi Sarah jeta des branches sur les flammes, et sans que personne l'en ait prié Bernard se mit à chanter un chant que nous n'avions jamais entendu. Il nous émut tant que nous demeurâmes silencieux, quand il se tut, jusqu'à ce que le feu se meure.

L'ours mit quelques jours à revenir nous voir. Depuis notre nuit prodigieuse il répugnait à entrer dans la clairière et rôdait en grognant sans cesse au bord des herbes comme s'il se heurtait à un mur invisible. Un jour, au retour du sous-bois, je le trouvai errant ainsi. Je lui offris une perdrix qui s'était prise à mon filet. Il posa sa patte dessus, me regarda, gémit un peu, puis soudain laissa ma volaille et s'en retourna lourdement à ses fourrés. Le lendemain, comme j'allais au roc bossu dont j'avais fait mon oratoire, je le trouvai debout au pied d'un chêne proche. Il me parut en grand souci. Il allait, revenait, tentait de s'agripper aux lumières mouvantes, grognait au moindre vol d'abeille sur sa tête. Vincent nous avait dit qu'on pouvait invoquer les esprits protecteurs des peuples animaux, leur demander de l'aide ou leur offrir nos forces, établir avec eux des amitiés puissantes. J'appelai donc la mère des ours, et les yeux clos, l'esprit abandonné à la chaleur de l'air, aux bruissements, aux couleurs du soleil à travers mes paupières, je la priai d'apaiser son enfant. Quand, ma dévotion faite, je m'en allai relever mes collets, il me suivit de loin en loin. Et comme au soir venu je retournais chez nous, je le vis galoper devant, franchir la lisière du pré et reprendre ses aises au seuil de la maison. Sarah s'en étonna. Je lui dis ce que j'avais fait. Elle me répondit que j'étais un apprenti d'une surprenante agilité, et qu'il ne manquait à mon éducation que le savoir des femmes. Je rougis. Elle en rit beaucoup.

L'automne vint. Je me sentais un goût de plus en plus farouche pour les longues errances solitaires. L'affection que j'éprouvais pour mes compagnons était toujours aussi vigilante et fidèle, mais elle n'était plus guère inquiète et n'exigeait pas leur présence. Quelques journées durant je ne fus qu'à la forêt, à ses rousseurs opulentes, sa chaleur adoucie, ses silences mélancoliques. Je savais qu'il nous faudrait bientôt la quitter si nous voulions atteindre le couvent de Benoît Main d'Or avant les premières neiges. Un soir, comme Bernard venait de chanter devant notre feu quotidien, Vincent me demanda le livre, l'ouvrit à la dernière page, et le posa sur mes genoux. Il n'y avait là que quelques lignes écrites et les mots que je lus étaient aussi simples que la brise nocturne qui courbait devant nous les flammes. Ce n'était même pas un conte. Je dis ici ce qu'il en reste dans ma mémoire, sans espoir d'en retrouver ni la pure lumière, ni la musique exacte.

Une feuille jaunie tombée du haut d'un arbre se posant un jour sur un brin d'herbe entendit ces pauvres paroles : « Pourquoi es-tu venue sur moi ? Tu me pèses, hélas, tu m'accables. J'allais m'endormir pour l'hiver, mes rêves étaient simples, légers. Les voilà tous éparpillés. » La feuille répondit : « Seule est lourde la terre. Sache que je suis née sur une branche haute. Le ciel est mon pays, le vent mon familier. Il ne tardera guère, il te soulagera, il me ramènera où chantent les oiseaux. » L'hiver vint, il défit la feuille et l'enfouit profond sous la neige. Au printemps, elle revint au monde. Elle n'était plus fille des arbres mais désormais herbe menue. L'été rassurant s'écoula. A l'automne une feuille morte tomba sur son échine courbe. Une voix dit sous le fardeau : « Tu me pèses, hélas, tu m'accables. J'allais m'endormir pour l'hiver, mes rêves étaient simples, légers. Les voilà tous éparpillés. »

L'histoire n'allait pas plus loin. Je me tus, relevai le front. L'ours était couché près de moi. Il avait l'air songeur, comme s'il écoutait en lui l'écho des mots que je venais de dire. Les arbres aussi paraissaient recueillis, et le feu même qui ne crépitait plus, et les herbes, et les étoiles. Le silence du monde un moment fut si tendre et attentif que j'hésitai à fermer le livre de peur de l'entendre grincer. Angèle et Sarah se sourirent. Vincent enfin parla, et j'entendis sa voix comme venue d'un rêve.

– Dieu a un corps, dit-il. Vous l'avez vu ici, et vous l'avez touché, flairé, goûté, aimé, et il vous a nourris de savoirs, de saveurs, vous, ses enfants bénis. Il a aussi une âme comme nous avons tous, autant aimée qu'aimante, et fuyante, et farouche. Aucun mot jamais ne l'atteint, mais parfois à la fin d'un conte sa porte s'entrebâille et l'on sent son parfum, et tout, un instant, est miracle. C'est vers cette âme-là qu'il vous faut maintenant marcher. Nous vous avons donné des forces pour la route, car vous en aviez grand besoin. Vous nous avez donné deux fils et une fille. Nous en avions besoin aussi. Nous sommes quittes, tout est bien.

Il se leva et s'en alla. L'ours le suivit. Jusqu'à ce qu'ils s'enfoncent ensemble dans l'ombre noire du sous-bois je les regardai s'éloigner. Je demandai à Sarah pourquoi son homme nous quittait ainsi.

– Son cœur est lourd, dit-elle.

Je m'en fus, moi aussi, à mon oratoire.

Ce fut cette nuit-là que je connus son corps. Elle me rejoignit parmi les rochers familiers où je m'étais un moment retiré pour parler aux lumières d'en haut, comme je le faisais tous les soirs. Elle m'attira dans l'herbe au pied de la bosse où je m'étais assis, elle se tint droite devant moi et dans son regard noir je vis un autre ciel infiniment plus profond, vivant et accueillant que celui où je n'avais jamais trouvé que des réponses mortes à mes questions charnues. Sans que ses yeux quittent les miens elle se dévêtit, prit mes mains, les posa sur elle, sur ses joues, sur ses seins, son ventre. Seigneur, comment parler de ce qu'elle me fit éprouver ? Ces choses-là s'abîment aussi au bruit des mots. Les arbres savent, et les étoiles. Ils nous ont vus, nous ont bénis. L'herbe sait, et la terre aussi. Elles ont goûté la saveur de nos échines et baisé nos nombrils. J'ai sangloté, tant j'ai joui, et Sarah a léché mes larmes. Elle m'a dit qu'elle ne voulait pas que je parte avant d'avoir connu cette prière-là, puis elle s'est enfuie nue, ses habits sous le bras. Je ne l'ai pas poursuivie. Je me suis hissé debout contre le roc, j'ai regardé autour de moi. Il m'a semblé que la nuit m'enveloppait avec une tendresse nouvelle. Elle m'a parue soudain émouvante, vive, accueillante, toute semblable au regard de Sarah quand elle s'était dévêtue. J'ai su alors de source inexplicable et sûre qu'aux esprits des rochers, des feuillages, des herbes, et de la terre noire, et de l'air alentour nous avions donné le désir de cet éblouissement qui nous avait traversés, et l'inquiétude de ne jamais l'atteindre, et la force de le chercher. Nous avions nourri la mémoire du monde, nous avions été de bons serviteurs, et je vous ai enfin rendu grâces, Seigneur, d'avoir permis cela, vous qui n'avez jamais su que jouir de nos jouissances, souffrir de nos douleurs, engranger nos découvertes et vous éberluer de nos hontes.

Le matin de notre départ, une pluie fine tombait sur des lambeaux de brumes errantes à hauteur d'herbe. Sarah resta sur le pas de sa porte. Elle enfouit une brassée de galettes dans le sac d'Angèle, nous fit promettre de veiller sur nos vies et tandis que l'ours ne cessait de se frotter à nous elle nous murmura des bénédictions hâtives en traçant du doigt des croix protectrices sur nos fronts et nos poitrines. Je la serrai dans mes bras, balbutiai de pauvres mots. Elle me sourit bravement, mais comme je me retournais au bord de la clairière pour un dernier adieu, je vis qu'elle s'essuyait les joues du bout de son torchon. Je lui criai que nous serions bientôt de retour, si Dieu le voulait, sans savoir si j'en avais moi-même le désir. Depuis que nous avions décidé de reprendre notre route je m'étais découvert une impatiente vigueur voyageuse. J'eus pourtant du mal à franchir les premiers fourrés du bois. L'ours nous suivit un moment, puis s'arrêta, nous regarda nous éloigner et s'en retourna. Vincent nous accompagna jusqu'au grand chemin. Il s'assit au bord, son bâton planté entre les jambes, ferma les yeux et se mit à chanter un chant violent qu'il avait gardé de ses années de pillage. Je m'attardai près de lui, le cœur débordant. Je voulus lui dire de ces paroles sacrées que le temps n'use pas. Le bruit de sa voix m'en empêcha. Je baisai sa main et m'en fus en courant derrière ma sœur et son compagnon que le brouillard déjà avait presque effacés.

Tout au long du voyage Bernard ne cessa d'offrir au vent de ces histoires déraisonnables qui font la vie plus belle que le monde. Son courageux entrain nous fut d'un grand secours, car il nous fut donné de rencontrer autant de morts que de vivants. Nous nous efforçâmes d'éviter les uns et les autres, mais il nous fallut un jour assister une fille d'auberge qui venait de voir trépasser l'entière famille de son maître. Angèle l'aida à vêtir de draps les cadavres, et je creusai avec mon frère de route une fosse profonde à l'ombre d'un figuier. Nous étions proches de Meyrueis. La fille nous demanda de ne point ébruiter ce malheur au village. Elle craignait que l'on ne vienne brûler la maison, et qu'on ne la chasse. Elle espérait en vérité demeurer seule maîtresse des lieux. Elle nous offrit, pour payer notre bienveillance, trois pièces d'argent chacun et d'abondantes nourritures. Nous demeurâmes une nuit chez elle. Au matin, elle était si fiévreuse qu'elle ne put se lever. Angèle lui demanda ce que nous pouvions faire pour sa sauvegarde. L'autre lui grogna une vague malédiction, cracha sur nos sandales, se tourna contre le mur et enfouit sa tête sous la couverture. Nous fîmes à son chevet une prière hâtive et l'abandonnâmes à ses pestes.

J'ignore pourquoi la mort prit cette fille et nous laissa sur notre route à goûter les parfums des jours et les nourritures du monde. Peut-être chacun de nous vient-il sur cette terre accomplir quelque obscur ou lumineux ouvrage. Quel est-il ? Dieu seul sait. Peut-être ne sommes-nous que son regard et sa bouche, ses mains et son ouïe, rien d'autre que son désir de découvrir sa Création. Il m'arrive d'imaginer que je suis venu respirer pour lui le parfum de telle rose, tel jour, dans tel jardin, et que ma vie n'est qu'une brève ou longue attente de cet instant. « Tu rêves trop », me dit parfois celui qui aujourd'hui m'héberge, quand il voit mes yeux qui s'enfuient. Oh non, Seigneur, je ne rêve pas, je vous repose, vous que je crains sans cesse de voir emporté dans le néant par la clameur des plaintes humaines !

Le couvent de Saint-Rome-du-Tarn nous apparut un soir douillettement niché au creux d'une vallée. Autour de ses murailles étaient des vignes rouges et des arbres rouillés. Comme nous restions à le contempler du haut de la colline où nous avions fait halte, il me vint à l'esprit que Benoît Main d'Or était peut-être depuis longtemps trépassé. Je le dis à Angèle. Elle me regarda, la mine mauvaise, se dressa et se mit à descendre en grande hâte vers ce lieu où nous avions espéré découvrir les plus émouvantes beautés de notre vie. Bernard dévala derrière elle la pente. Je le suivis à pas retenus, craignant que ne m'attende, en bas, une insurmontable tristesse. Quand je parvins au portail, je le vis entrouvert. Un moinillon rieur parlait avec ma sœur. Bernard s'en vint à ma rencontre. Il me dit que Benoît était un homme de grand âge, que sa santé était aussi florissante que la nôtre et qu'on le trouverait, à cette heure, au jardin.

8

Il est parfois de purs instants de transparence où semble s'effacer toute frontière entre le dehors et le dedans, où l'âme et le jardin se regardent, se découvrent accordés et s'accueillent dans la paisible évidence d'une amitié plus ancienne et fidèle que la mémoire des jours. Comme un bienheureux au paradis, Seigneur, ce fut ainsi que j'entrai dans le potager du couvent de Saint-Rome. Il était baigné de cette vieille et tendre lumière de fin d'été aimée des hirondelles. Des ruisselets couraient dans les sillons creusés entre les plants de choux, des mouches bourdonnaient sur des tas d'herbes sèches au bord des allées propres, et des abeilles aussi, autour d'un rosier blanc aux pétales alanguis. Proches du mur d'enceinte étaient un bassin de fontaine, un pommier constellé de pommes ensoleillées, un grand sac accroché à sa plus basse branche, et un homme aux gestes indécis occupé à cueillir et flairer les fruits mûrs. Il était de taille petite, perclus, aussi sec que l'hiver. C'était Benoît Main d'Or. Le moinillon qui nous accompagnait l'appela de loin et lui annonça qu'il avait de la visite. Il resta un instant à nous regarder venir à lui, puis empoigna un long bâton de passeur de fleuve, le planta de côté et se décida à nous rejoindre, la sandale traînarde et l'enjambée menue.

Je ne vis jamais homme d'une aussi émouvante beauté. Il était chauve jusqu'à la nuque où s'ébattaient des poils follets, affligé d'un cou de héron, d'un long nez vaguement velu, d'une bouche édentée et d'oreilles si amples que leur sommet penchait comme feuilles flétries, mais ses yeux semblaient illuminés par le premier matin du monde. Il fit halte à deux pas de nous, il nous examina avec une innocence craintive. Je m'inclinai devant lui, je voulus prendre sa main et la baiser. Il en parut surpris. Ses poings restèrent agrippés à sa canne, et comme je m'empêtrais dans mes salutations sans me résoudre à relever le front il regarda le sol à mes pieds, croyant peut-être que j'avais perdu quelque chose. Il nous contempla, l'un après l'autre. Il nous dit à petits coups de tête :

– Bienvenue, enfants, bienvenue.

Il caressa les cheveux d'Angèle, palpa l'épaule de Bernard, étreignit mon bras avec une force étrangement griffue. Il me sembla que notre présence l'embarrassait comme un cadeau par trop inattendu. Mon frère de route voulut dire ce qui nous amenait à lui. Il balbutia roidement je ne sais quelle solennité. Je tentai d'ôter le livre de l'étui qui me pendait au cou, mais je m'y obstinai avec une hâte si maladroite qu'Angèle s'impatienta et me vint en aide sans que je l'en aie priée. Comme ses doigts disputaient aux miens le lacet d'ouverture, le tintement véhément de la cloche emplit soudain l'air tranquille et nous prit les mots en bouche. Frère Benoît n'avait cessé de nous examiner avec une sorte de timidité rieuse, sans rien comprendre à nos bafouillements. Il mit l'index à son oreille, il dit :

– Pardonnez-moi.

Puis il désigna le clocher de la chapelle, baissa résolument le front, et plantant à nouveau son bâton de côté il s'en alla sur le sentier à son allure lente et appliquée de rameur terrestre.

Le moinillon qui nous avait conduits nous ramena vers la galerie du cloître. Tandis que nous la traversions, il nous dit qu'il s'appelait Barthélemy, qu'il était novice et qu'il servait aux cuisines. C'était un rougeaud aux yeux bleus, vif, remuant, gourmand de tout, tant de pommes que de paroles. Il voulut savoir si nous étions des pèlerins. Il parut un instant déconcerté de nous voir hésiter, mais sa figure s'éclaira dès qu'il entendit Bernard lui répondre que oui. Il ne lui vint pas à l'esprit de nous demander en quel lieu saint nous nous rendions. Il joignit les mains et resta un moment à nous sourire avec, dans le regard, un désir extasié de rencontres et de chemins aventureux, puis il reprit sa marche à grandes enjambées. Au fond d'une cour ombreuse où s'ébattaient des poules était une haute bâtisse. Il nous entraîna dedans. Je n'en avais jamais visité d'aussi vaste. Nous traversâmes à la hâte de grandes salles fraîches, sonores, pavées de dalles rouges. Elles me semblèrent d'une noblesse si austère que j'y retins le bruit de mes pas. Barthélemy nous dit que le père abbé voudrait sans doute, après le dîner, apprendre de nous des nouvelles du monde. Comme il nous précédait le long de couloirs et d'escaliers infinis il nous confia que la peste n'était pas encore entrée à Saint-Rome, mais qu'il la savait proche. Puis il fit halte et baissa la voix pour nous décrire gravement la diabolique conjonction d'astres qui avait ému l'air et fait germer sur les corps des vivants bubons, abcès, tumeurs et fièvres sans retour. Devant nos bouches ouvertes et nos fronts tourmentés il précisa, avec une tristesse funèbre, que le médecin du pape en personne avait révélé la malfaisance de ces errances d'étoiles au plus savant de leurs moines, qui avait été son disciple. Nous étions parvenus à l'entrée d'un grenier où étaient des paillasses et des couvertures. Sa bonne humeur lui revint aussi promptement qu'elle s'était enfuie.

– Vous voilà chez vous, nous dit-il. Prenez vos aises. Je viendrai vous chercher à l'heure du repas.

Il s'en alla de trois pas, se ravisa, s'en retourna vers nous et dit encore, tandis que nous déposions nos sacs sur le plancher poudreux :

– Que voulez-vous donc à ce pauvre frère Benoît ? Êtes-vous de ses parents ?

– Nous sommes ses enfants, lui répondit Angèle.

Il demeura un instant stupéfait, mit la main sur sa bouche tout à coup débordante de hoquets cascadants, enfin se débonda, partit d'un long rire criard et tourna les talons en agitant les bras. Ses éclats résonnèrent longtemps dans les couloirs déserts.

Au soir, le père abbé nous reçut dans la salle capitulaire en compagnie de quatre frères qui me parurent considérables, tant fut simple et discrète l'amitié qu'ils nous témoignèrent. Ils furent fort attentifs au récit que fit Bernard des épouvantes d'Avignon. Comme il s'attardait à évoquer le brûlement des juifs et les ardentes pénitences que s'infligeaient les flagellants sur le parvis des églises, ils l'interrompirent pour lui demander des nouvelles des monastères de la ville. Nous n'en avions guère, sauf de celui des augustins. Angèle leur dit que ses cent trente moines étaient trépassés, qu'une troupe de pillards avaient vidé leur chapelle et leurs chambres de tous les biens qu'ils y avaient trouvés, que le dernier à fuir avait laissé tomber un livre de son sac, et qu'elle l'avait ramassé. Elle le désigna sur ma poitrine. Ils ne s'en soucièrent point, tant les affectait le malheur que nous leur apprenions. Ils voulurent qu'on leur décrive par le menu les funérailles de ces frères pestiférés qu'ils semblaient estimer comme de proches amis. Bernard le fit avec un enthousiasme si sombre que ceux qui l'écoutaient en eurent les yeux emplis de larmes et qu'ils penchèrent le front contre leurs mains croisées. Seul l'abbé resta la tête haute et le regard sec, mais quand mon compagnon eut dit ce qu'il savait, je le vis prier avec une droiture qui m'imposa respect et confiance.

Après que tous se furent un long moment recueillis je résolus de parler de ce livre qu'ils n'avaient pas voulu considérer, et d'avouer sans détour quelle espérance nous avait attirés auprès du maître de parole qui l'avait écrit. Ils firent effort pour m'écouter avec bienveillance mais ils ne m'entendirent guère. Le père abbé me répondit distraitement que frère Benoît avait été autrefois fort estimé parmi les imagiers et les sculpteurs de son temps, et qu'il serait sans doute heureux de nous apprendre les rudiments de son art. Je remuai la tête. Je voulus préciser que ce n'étaient point ses enluminures qui nous importaient, mais les miraculeuses histoires qu'elles illustraient. Angèle jugea mon insistance inconvenante. Elle me tira vivement par la manche pour me faire taire. L'abbé avait l'œil vif. Il s'en aperçut. Il eut un sourire furtif. Il nous invita à demeurer au monastère aussi longtemps que nous le désirerions, pour peu que nous aidions à l'entretien des cuisines et à la coupe du bois pour l'hiver. Après quoi il nous bénit et nous congédia d'un regard silencieux.

Le lendemain de ce jour Barthélemy nous réveilla de grand matin avec une brassée d'écuelles, une cruche de soupe aux œufs et un plein torchon de tartines chaudes. Il s'installa parmi nos hardes, et déjeunant avec nous il nous demanda de lui conter nos voyages. Bernard nous inventa quelques tribulations d'assez haute volée pour lui faire oublier son pain devant la bouche. L'autre en conçut un tel respect pour nos personnes qu'il nous pria de le considérer comme notre guide exclusif en ce lieu de savoir, de prière et d'intrigues qu'il n'avait pas un instant quitté depuis le jour d'enfance où sa mère l'avait confié au père prieur. Il nous proposa de nous informer précisément sur la règle du monastère et de nous révéler les multiples moyens d'éviter ses rigueurs. Il nous dit aussi en confidence quels étaient, parmi les moines, les plus sévères et les plus indulgents, puis guettant de droite et de gauche quelque improbable présence il nous murmura les noms de ceux qu'il estimait faibles, et donc corruptibles. Ses manières m'irritèrent. Elles amusèrent Bernard. Il lui demanda ce qu'il pensait de frère Benoît, qu'il n'avait point nommé.

– Il ne saurait vous être utile, lui répondit Barthélemy. Il ne dispose d'aucun pouvoir dans ce couvent et ne parle à presque personne. Il ne fréquente plus guère, je crois, que son pommier, et la chapelle.

Je mis quelque sévérité à lui apprendre que ce vieil homme était pour nous l'être le plus précieux du monde. Je lui ordonnai d'aller de notre part le prier de bien vouloir nous accorder un entretien.

– Qu'avez-vous besoin de cérémonies ? me dit-il en balayant l'air d'un envol de main. Il n'est pas de ces gens à qui l'on demande audience. Soir et matin, hors les heures d'oraisons, il reste à rêver sous son arbre.

– Venez donc, garçons, dit Angèle.

Elle se dressa. Je m'en fus avec elle. Bernard torcha son fond de soupe d'une pincée de pain et nous suivit, laissant le joufflu dépité parmi les écuelles éparses.

Frère Benoît était à l'entrée du jardin, debout sur un vieux banc à l'ombre de la treille où ses doigts incertains parmi les grappes lourdes détachaient des grains abîmés. Dès qu'il nous vit il nous fit un signe d'amitié, s'aida de son bâton pour revenir sur l'herbe, faillit basculer de côté. Nous accourûmes à son secours. Il rit, nous repoussa et nous remercia, se posa enfin sur le banc. Nous nous assîmes à ses pieds avec un empressement d'oisillons à la becquée.

– Enfin, nous dit-il, vous voilà.

Il posa les mains sur nos têtes, et contemplant nos visages avec une bonté reconnaissante qui me surprit et m'émut grandement :

– Le père abbé m'a parlé de vous tout à l'heure. Est-il vrai que vous êtes apprentis imagiers et que vous désirez entendre quelques belles choses de ce vieux Benoît qui ne sait plus tenir un pinceau sans trembler ? Quel bonheur ! Le savoir est si lourd dans un corps de vieillard, si encombrant quand on n'a plus la force de le changer en vie palpable, nourrissante ! Puis-je vous l'avouer ? Depuis mon voyage à Toulouse, j'ai tous les jours supplié notre Mère sainte de m'offrir un disciple à qui je puisse tout remettre, mes secrets, mes ciseaux à bois, l'art de donner vie aux couleurs.

Il contrefit le dévot en prière, les mains jointes, les yeux au ciel.

– Un seul, s'il vous plaît, bonne Vierge, que je ne garde rien de ce que j'ai reçu, que mon dernier souffle soit libre, que je meure léger, nu de science comme de corps. Et voilà que m'en viennent trois !

Il eut un rire émerveillé, se pencha vers Angèle, lui caressa la joue, et me désignant d'un coup d'œil :

– Tu es la sœur de ce jeune homme, n'est-ce pas ? Vous avez le même air, les mêmes soifs aussi, les mêmes impatiences. Dis-moi, fille, que sais-tu faire ?

Le soleil était tendre, les feuillages heureux, les raisins gourmands de lumière. Tout alentour baignait dans l'amitié de Dieu, même Angèle désemparée qui se tourna vers moi, puis contempla Benoît. Son regard implora je ne sais quel pardon. Elle répondit, la voix brisée :

– Seigneur Jésus, ne me tourmentez pas. Je sais à peine lire, saint homme. L'art des imagiers m'est étranger, je suis ignorante de tout.

Elle enfouit le visage dans ses mains et soudain éclata en sanglots débordants.

Frère Benoît tendit le cou, son attention se fit aiguë, ses gestes précis, mesurés. Il écarta Bernard d'un frôlement de canne, fit de même avec moi, puis il s'agenouilla devant Angèle, la prit dans ses bras maigres, la serra contre lui, se mit à la bercer dans son giron rugueux, ronronnant doucement, les paupières fermées, enclos dans une paix inaccessible aux yeux ouverts. Bernard d'un coup de coude me fit entendre que nous devions les laisser seuls. Il s'éloigna. Je le suivis. Nous les vîmes bientôt se relever ensemble. Angèle prit le bras du moine. Ils allèrent sous le pommier, courbés, à pas de vieilles gens, s'assirent à l'ombre côte à côte. Ils se parlèrent longuement. Je vis frère Benoît hocher la tête, Angèle lui baiser la main, et l'un nous désigner du bout de son bâton, et l'autre rire enfin en essuyant ses joues. Bernard me demanda le livre, s'avança jusqu'à eux, le posa à leurs pieds, voulut s'en retourner. Ma sœur le retint. Je les rejoignis. Quand Benoît nous vit ensemble à nouveau devant lui :

– Pardon, enfants, nous dit-il en souriant pauvrement. Je

vous ai fait du mal. Je ne suis pas Jésus, je ne suis que son âne.

Son air était si humble, si tendre, si contrit, si tranquille aussi dans ce fond de regard où l'on voit poindre l'âme que le désir me prit d'abandonner mon front sur ses genoux et de n'en plus bouger jusqu'à la fin des jours.

Le livre était resté sur l'herbe. Je le ramassai, l'ouvris devant lui. Il me le prit, le referma, le tint serré sur sa poitrine.

– Frère Benoît, nous dit Angèle, fut autrefois un sculpteur et un peintre d'églises connu des cardinaux et respecté de tous.

Elle voulut nous parler encore. Deux doigts détachés du bâton que tenait devant lui le moine suffirent à la faire taire. Il regarda sa vieille main, se plaignit qu'elle ne soit plus assez sûre pour mener à bien des œuvres estimables, puis :

– Je n'ai, dans ce couvent, guère de compagnie, sauf celle des arbres, des légumes, de notre Sainte Mère et de son bien-aimé Jésus. Certes, ils me sont d'un grand secours, mais mon cœur bat trop fort pour ces saintes présences. Vous voir venir à moi, tout à l'heure, me fut un cadeau si rare et déconcertant que je m'en suis trouvé tout enivré. Vous sentiez si bon les chemins, vos yeux étaient tant affamés ! Pauvres enfants, vous qui m'arriviez de si loin, je n'ai su que vous accabler de bavardages.

Je voulus l'apaiser et lui faire plaisir. Je lui répondis que nous n'avions pas été déçus par son accueil, mais seulement surpris, car nous ne savions pas que le maître de parole qui nous avait attirés à Saint-Rome pratiquait aussi l'art des couleurs et des formes. L'affection que m'inspirait cet homme m'exalta si étourdiment que j'en vins à prétendre que je désirais de lui tous les secrets possibles, et à le prier de m'accepter comme son élève, s'il m'en estimait digne. Il me regarda avec une fière tristesse. Ma bouche en trembla, et je sentis s'embraser ma figure.

– Mon fils, laisse Dieu seul avoir pitié de moi, me dit-il.

Et nous voyant tous trois éperdument honteux de mes

bafouillements misérables il se gratta le nez, chassa nos mauvais airs d'un haussement d'épaules et à nouveau content, babillant, enjoué :

– Sachez que ne m'est plus venu le moindre visiteur depuis l'année où deux abbés et quatre hommes d'armes vinrent me chercher pour m'amener à l'évêque de Toulouse. Ce grand homme avait décidé d'orner le chœur des Jacobins d'un retable de chêne rehaussé de feuilles d'or pur. « D'or, de bleu céleste et d'amour », me dit-il quand il me reçut dans le jardin de son palais. Il me demanda d'en être le maître d'œuvre. J'en fus content. Je me fis donc conduire dans cette église dont j'avais amplement entendu parler, mais que je n'avais jamais visitée. Dieu garde, ses voûtes étaient si hautes que j'y devinais l'ombre du paradis. Je m'avançai sous la nef. Savez-vous ce que je découvris, mes fils, au-dessus de l'autel, entre deux colonnes coiffées d'un chapiteau de pierre brute ? Un ouvrage de bois, peint de vieilles images. Il était ébréché, rustique comme Bethléem, simple, touchant, empli de grâce, aussi beau que le vol des anges quand ils traversent nos prières. L'évêque ne l'aimait plus, il estimait l'avoir trop vu, il voulait l'endormir dans un recoin de cave. Un tel chant de couleurs, tant amoureux du Ciel ! Je décidai, quoi qu'il m'en coûte, qu'il n'irait pas nourrir les rats. Il me fallait user de ruse. Je n'en avais point à l'esprit. « Seigneur, dis-je à voix haute, inspirez votre enfant. » Ceux qui m'accompagnaient répondirent ensemble : « Seigneur, ainsi soit-il », croyant que je priais pour l'accomplissement de mon travail prochain.

Il se mit à rire en silence comme un enfant qui se souvient, l'œil brillant, fier du tour joué. Quand il eut repris souffle :

– Pouvais-je refuser l'ouvrage ? Un moine obéit. Je suis moine. J'ai donc fait ce que je devais. Mais j'ai pris soin que mes panneaux soient d'un grand pied plus larges que l'espace où ils devaient être. Ainsi le vieux chef-d'œuvre resta où il était. Ce fut celui de frère Benoît qui connut l'ombre de la cave. On estima que j'avais été d'une étourderie fort coupable. Je fus abondamment grondé et renvoyé comme un mendiant, sans un denier pour mon abbé. Depuis ce temps, plus de visites, plus de murs à orner de fresques, plus de chênes où sculpter des Vierges. J'ai espéré, désespéré, prié jusqu'à la paix où je suis maintenant. Et vous voici là, devant moi, avec vos âmes toutes nues, et je ne sais que vous abreuver de radotages pour retarder l'instant de vous voir me quitter.

Je ris. Je protestai.

– Que Dieu ferme toutes les portes, lui dis-je, nous sommes chez vous pour longtemps.

Je lui demandai de quelles images il avait orné son retable sacrifié. Il resta un moment songeur, puis il me répondit qu'il avait représenté les Rois mages penchés sur le berceau du Fils. Il murmura :

– Trois seigneurs avec des cadeaux pour un enfant de pauvre femme.

Il serra si fort le livre sur sa poitrine qu'il l'enfouit dans les plis de sa bure.

– Trois beaux vivants, dit-il encore. Seigneur Jésus, accueille-les.

Son regard nous poigna le cœur. Peut-être, s'il ne pleura point, c'était qu'il n'avait plus de larmes. Il dit d'un souffle presque éteint :

– Je ne suis pas l'auteur des contes. Je n'ai fait que les copier.

Je sentis mon sang se changer en brume. Angèle me poussa l'épaule. Je lui vis un air de défi qui aussitôt me raviva. Elle lança bravement :

– L'aurions-nous su, frère Benoît, nous serions tout de même venus. N'est-ce pas, les hommes ?

Bernard l'approuva d'un grand coup de front.

– Assurément, dit-il. Vous pouvez en croire ma femme.

Et moi :

– Nous sommes si bien près de vous.

Seigneur, je ne sais si Benoît Main d'Or est aujourd'hui dans son jardin ou dans le vôtre, mais où qu'il soit, par pitié de vous et de nous, protégez-le de toute peine. Il se dressa, tendit les mains aux branches basses de son arbre, choisit trois pommes, les baisa et nous les offrit. Elles étaient luisantes, tièdes, parfumées. Je gardai la mienne contre mon nez et lui souris, les yeux fermés.

Pendant l'office de midi, nous l'attendîmes sous la treille. Comme il tardait à sortir de la chapelle après que la troupe des moines se fut dispersée alentour, Bernard s'impatienta. Il s'approcha du portail, disparut un instant dans son ombre, s'en revint renfrogné. Il nous dit que Benoît était couché au pied de l'autel, la face contre terre, et qu'il semblait s'être endormi. Angèle décida d'aller le réveiller. A peine eut-elle le temps de se dresser. Le saint vieillard parut sous l'arche de l'entrée. Il s'avança au soleil franc, courbé sur son bâton de passeur de fleuve. Dieu du Ciel, il était si rabougri, si fragile, si fatigué, si précieux à nos vies que je joignis les mains et balbutiai une brève prière pour sa sauvegarde. Il s'assit sur le banc, poussa un grand soupir et nous annonça qu'il avait tout à l'heure retrouvé, avec l'aide de son abbé, le nom de cet homme qui avait composé les histoires du livre. Notre soudaine bousculade de questions l'amusa beaucoup. Il ébouriffa nos chevelures, nous demanda si nous avions aimé ses pommes, nous apprit avec une fierté malicieuse qu'il avait lui-même planté cet unique pommier du monastère aux premiers temps de sa vie de moine et qu'il était, parmi ses œuvres, son fils le plus affectionné. Il prit enfin pitié de nous. Il leva le doigt devant son long nez et nous conta ce que nous espérions.

Notre maître de parole s'appelait Anselme de l'Aure. Il s'était autrefois fait connaître à la cour du comte de Foix où il avait longtemps goûté la gloire mondaine des troubadours de haut vol. La beauté de son visage, son habileté à composer des vers et son amour intarissable des femmes avaient fait de son cœur, à ce que l'on disait, un lieu de grand passage. En vérité, des anges écrivains l'avaient ensemencé, mais ils ne l'avaient pas protégé des tempêtes. Les accointances intimes de maître Anselme avec les épouses de quelques grands seigneurs avaient attiré sur sa tête de si féroces jalousies que le souci de son salut l'avait bientôt forcé à fuir en Terre sainte. Il y était demeuré trois ans. Il en était revenu avec ces contes miraculeux qu'il avait d'abord dits à qui voulait les entendre, puis écrits à la demande d'une haute dame qu'il avait ardemment aimée au temps de sa prime jeunesse, et que la lèpre avait à demi dévorée. Nul ne savait par quels chemins ces émouvants feuillets parsemés de ratures étaient parvenus à Saint-Rome, où l'on avait longtemps ignoré leur existence, car le père abbé qui gouvernait en ce temps le couvent n'avait pas voulu d'eux dans la bibliothèque. Il les avait gardés au secret de sa chambre, d'où il les avait un jour sortis pour demander à Benoît de les copier sur parchemin neuf, de les agrémenter d'enluminures et de les relier ensemble entre deux planches de bois fin. Il désirait les offrir au prieur du couvent des augustins d'Avignon, qui était de ses amis. L'ouvrage avait occupé notre vieux frère le temps d'un hiver et d'un demi-printemps.

Il nous pria mille fois de le pardonner d'avoir inscrit son nom sur son dernier feuillet, car notre méprise l'avait beaucoup tourmenté. S'il l'avait fait, nous dit-il, ce n'était point par vanité mais par coutume d'enlumineur. Angèle voulut savoir s'il avait aimé ces brèves histoires. Il haussa vaguement les épaules, réfléchit un instant et lui répondit qu'il n'avait gardé d'elles aucun souvenir. Puis les voix de Bernard et la mienne se chevauchèrent pour lui demander si cet Anselme de l'Aure était toujours vivant, si l'on avait eu de lui des nouvelles récentes et si quelqu'un savait où le trouver.

– Un jour que je travaillais à mon retable, nous dit-il, l'évêque de Toulouse a parlé devant moi de lui. A ce que j'ai pu surprendre de ses propos (il ne s'adressait pas à moi mais aux quelques seigneurs qui l'accompagnaient) maître Anselme, après son retour de Terre sainte, a tout renié de sa vieille vie. J'imagine que son séjour au pays du Christ et ses étranges retrouvailles avec son amante défigurée ont fait de lui un nouvel homme. Peu de temps après la mort de cette dame il s'est retiré dans un ermitage proche de la domerie d'Aubrac. Si Dieu veut, il y est encore.

Nous voulûmes aussitôt qu'il nous dise où trouver cette domerie, et comment l'atteindre. Il nous apprit qu'elle était en Auvergne, et qu'il la connaissait pour y avoir vécu deux années, au temps lointain où Anselme de l'Aure paradait encore dans les châteaux du comté de Foix. C'était un lieu de grand secours dans ce pays de vent et de landes infinies où des chemins introuvables menaient à de rares villages aussi gris que le ciel. On racontait qu'un chevalier pèlerin, au temps d'un roi trop vieux pour qu'on sache son nom, s'était trouvé surpris dans ce désert par une tempête de neige tant aveuglante et déchaînée qu'il y avait perdu sa monture, son bagage et son espoir de parvenir un jour à Compostelle. Il s'était alors traîné à genoux jusqu'à l'abri d'un roc, et remettant sa vie à Dieu il avait fait le vœu, si la mort l'épargnait, d'édifier une chapelle et un refuge pour les voyageurs dans ce creux de vallon où il était tombé sans plus de force qu'un oisillon. Le ciel s'était alors par miracle apaisé. Il avait entendu des aboiements de chiens. Des halètements chauds avaient mouillé sa barbe. Des hommes étaient venus, ils l'avaient emmitouflé de paille, mené à dos de mule dans une bergerie, couché devant un feu, nourri de soupe chaude. Il avait survécu. Il s'était souvenu de sa promesse à Dieu. Il l'avait dite aux gens. On n'avait point tardé à la connaître dans les hameaux et les villages du pays. Nombre de paysans étaient bientôt accourus au service de ce pèlerin et de son œuvre sainte. Ils avaient ensemble bâti une maison de belle pierre et un clocher d'église. Des moines hospitaliers s'y étaient établis. Les ancêtres de ceux qui veillent aujourd'hui sur ses murs avaient peu à peu agrandi les bâtisses et les avaient ceintes d'un rempart. La domerie d'Aubrac était maintenant un imposant domaine. Benoît nous avoua qu'il ignorait pourquoi cette demeure bienvenue sur la route de Saint-Jacques avait été ainsi nommée.

– C'est peut-être, nous dit-il, pour que l'on n'oublie pas

que le Maître de la vie l'a voulue, un jour de neige, par pitié pour ses enfants.

Une brise aigrelette s'était levée tandis qu'il nous parlait. Nous restâmes un moment serrés ensemble et silencieux, puis frère Benoît mit sa main en auvent sur le front, contempla un nuage aux contours éblouissants, serra le col de sa bure. Il dit encore :

– De Saint-Rome en Aubrac, comptez deux longues semaines de route. L'automne est mûr. Il va se gâter. Ne tardez pas à me quitter, mes bien-aimés. Épargnez-moi le grand souci que j'aurais si je ne pouvais vous espérer en lieu sûr avant l'hiver. Plus je vieillis, plus je me sens craintif. Comprenez-vous cela ? Je désire le bien que me fera la mort et redoute le mal qu'elle pourrait vous faire. Je prierai tous les jours pour le salut de vos âmes et de vos corps. Et quand vous serez rendus à la domerie, entrez un soir dans l'église avant que le soleil ne tombe derrière la colline. C'est à cette heure que les peintures du chœur sont dans leur plus belle lumière.

Bernard lui demanda s'il en était l'auteur. Frère Benoît contempla ses doigts aux phalanges osseuses posés sur son genou.

– Non, mon fils, lui dit-il. Celui qui les a faites, on l'appelait Main d'Or.

Il se hissa debout, nous tourna le dos et sans autre mot il s'en fut arracher quelques mauvaises herbes, çà et là, dans son jardin.

Notre séjour à Saint-Rome fut d'une huitaine de jours, tous emplis de la bienfaisante présence de frère Benoît. Il ne nous parla plus du livre, ni de notre voyage, ni de ses œuvres passées, mais il ne cessa pas d'enjoliver, avec une innocence volubile, l'affection qu'il éprouvait pour son jardin. Il nous poussa aussi à lui conter nos vies, non point par désir d'en savoir quelque chose, mais par souci constant d'aiguillonner notre fierté d'avoir traversé nos malheurs sans y avoir perdu nos âmes. La grâce qu'il nous fit d'écouter nos récits avec une attention toujours émerveillée nous donna confiance et courage. En vérité, il n'était pas naïf. Il savait tout des belles ruses que l'amour véritable inspire. Tandis que sa bouche béait à nos souvenirs aventureux, son regard ébloui nous abreuvait de vigueur. Il n'avait presque plus de corps. Il n'était plus que force aimante. Cela ne m'apparut qu'au loin, sur notre route, pensant à lui, riant tout seul. Que Dieu fasse de moi son pareil et me conduise à son âge, car j'aimerais vivre longtemps.

Tout au long de cette semaine, nous ne quittâmes ce saint homme que pour aller à la coupe du bois et au ménage des cuisines en compagnie du remuant Barthélemy qui s'évertua à nous ôter tout le travail possible et à charger son dos, pour épargner le nôtre, de fagots excessifs. Bernard lui parla des bontés et des savoirs du vieux moine avec une amitié tant heureuse et puissante que l'autre se prit bientôt d'admiration pour ce frère chenu qu'il avait jusque-là estimé négligeable. Un soir, comme nous buvions notre soupe après nos travaux de vaisselle, Angèle lui dit qu'il ferait une bonne action s'il se mettait à son service quand nous serions partis, et que peut-être, s'il s'appliquait assez pour mériter son indulgence, frère Benoît Main d'Or accepterait de l'instruire dans l'art vénérable des imagiers. Il nous demanda si nous avions visité ses œuvres dans les églises du pays. Je lui affirmai hautement qu'elles étaient incomparables. Il me parut alors qu'il découvrait, l'œil fixe, un horizon prodigieux et jamais approché, même en rêve. Son bol faillit échapper à ses mains. Il secoua son encolure, gémit qu'il ne serait jamais digne d'un tel maître, s'enferma longtemps dans une méditation tourmentée puis s'enhardit soudain, et s'appliquant bravement à maîtriser ses tremblements il nous supplia de parler en sa faveur à ce vieux serviteur de la beauté du monde. Angèle lui répondit avec une étrange ferveur que nous n'en ferions rien, qu'il devait aller lui-même à frère Benoît et lui ouvrir son cœur avec sa simplicité de novice. S'il faisait ainsi, la lumière de ses yeux, sa soif d'apprendre, sa maladresse même à exprimer son désir le toucheraient plus sûrement que ce que nous pourrions lui dire. Il écouta ces affectueuses paroles avec une gravité de chevalier à la veille de l'adoubement puis il nous promit, par bribes émouvantes, de ne point décevoir notre attente. Angèle l'embrassa. Je lui dis que nous étions contents de lui. Nous l'étions surtout de nous-mêmes.

Nous quittâmes le couvent de Saint-Rome au matin du huitième jour. Barthélemy nous réveilla avant l'aube avec trois torchons noués aux quatre coins et rebondis comme des outres. Il en sortit une profusion de pain frais, d'oignons et de viande salée qu'il s'obstina à fourrer dans nos sacs sans rien vouloir entendre de nos protestations. Bernard finit par le gronder. Il estimait nos charges trop lourdes. Tandis qu'ils s'occupaient ensemble à chercher place à tout, je m'en fus avec Angèle prendre congé du jardin, que j'aimais d'inexprimable tendresse. Il était désert, silencieux. Le soleil se levait à peine. Il me parut que la fontaine, le pommier, les fruits même tombés dans l'herbe, la treille, les roses effeuillées, l'arrosoir oublié au milieu du sentier accueillaient mes élans muets et me retenaient auprès d'eux, heureux de l'affection que je leur témoignais et pourtant inquiets de me voir les quitter pour des routes incertaines. Angèle dit adieu à tous en nommant chacun à voix haute, comme font les enfants joueurs avec les êtres invisibles, puis elle prit ma main, virevolta et m'entraîna sur le chemin qui menait à la grande porte. Bernard nous y attendait avec Barthélemy et frère Benoît, qui ne put rien nous dire. Il nous serra sur sa poitrine, traça devant nos corps de grandes croix tremblantes, hocha la tête en souriant avec une déchirante bravoure, et tandis que le gros novice reniflait ses larmes, d'un geste sec il nous ordonna de partir.

La pluie nous vint de face au deuxième jour de notre voyage et ne nous laissa plus en repos. Je perdis mon manteau dans un torrent brumeux qu'il fallut traverser sur des rochers à peine discernables. Les traîtrises des bourbiers eurent tôt fait de dévorer nos sandales, et comme devant nous s'élevaient des montagnes, il nous fallut aller les pieds entortillés de paille et de chiffons. Le froid nous fit bientôt tousser et cracher des humeurs fiévreuses. Le vent, le constant renfrognement du ciel et la démesure du monde nous épuisèrent tant que même le livre bringuebalant sur ma poitrine me devint un fardeau. Nous fûmes bientôt réduits à mendier le pain et la chaleur des étables dans les villages rencontrés. Seigneur, nous vous avons perdu sur ces mauvais chemins. Nous avons médit de vous, nous vous avons insulté. Il nous arriva de piller une ferme où était une pestiférée qui respirait encore. Nous n'eûmes aucun souci d'elle. Nous avions faim, nous nous sentions traqués par les méchancetés du temps et la peur de mourir. Je volai un manteau de loup et trois couteaux de chasse, Bernard des bottes neuves, Angèle s'habilla de vêtements trop grands et nous reprîmes notre route, les sacs à nouveau pleins, non point en pèlerins, mais le cœur racorni et le pas enragé. Nous avons cessé de chanter et de parler ensemble après ce brigandage, mais point de marcher. Que pouvions-nous d'autre ? Les premiers tourbillons de neige nous surprirent sur un sentier pentu. Ils étaient durs, fins, agaçants. C'était de grand matin. La domerie d'Aubrac était à deux journées. Je me sentis soudain si hargneux qu'il me vint à l'esprit de n'y faire qu'une halte ordinaire, si nous ne trouvions pas à nous loger ailleurs. Je le dis à ma sœur et mon frère d'errance. Ils m'approuvèrent. Angèle voulut que l'on s'y débarrasse du livre avant de nous en aller librement, sans plus nous préoccuper d'Anselme de l'Aure ni de ses contes aux beautés trop fragiles pour apaiser nos misères, sans plus souci de rien, que de garder nos vies.

Ce fut ainsi, fiers et désespérés, que nous entrâmes un jour de fin novembre dans ce pays si longtemps désiré. Le ciel y était gris et la lande sans bornes. Il nous parut que Dieu avait depuis longtemps déserté ces espaces. Il n'était plus qu'un rêve absurde, et nous des vivants sans chemin.

9

Quand nous désertent le désir de vivre et la force d'aimer, le monde nous apparaît inhabité. Nous ne percevons plus du vent que sa course sans but, du ciel que sa lumière aveugle, de l'espace que son impassible démesure. Sans doute, s'il en est ainsi, c'est que ces lieux où vont nos vies ne sont rien d'autre que les reflets exacts de nos âmes. Nous sentons-nous vigoureux et sensibles à l'amour ? Tout, dehors, nous semble vivant. Le doute nous vient-il, le souci, la fatigue ? L'air s'affadit, les couleurs se ternissent, tout nous paraît aller sans plaisir au néant. Nous marchions ainsi ce jour-là, vides d'espoir dans l'indifférence du monde. Nos pas allaient sur l'herbe grise, nos cœurs rechignaient à les suivre. Le chagrin de nos âmes et les rafales froides qui nous trouaient le corps étaient plus forts que Dieu.

Vers l'heure de midi nous aperçûmes un hameau aux toits bas enfoncé dans un creux de vallon. Les bouffées d'un incendie s'y mêlaient aux nuées du ciel. Angèle et Bernard qui cheminaient à vingt pas devant moi passèrent au large. Je leur criai que j'étais à bout de forces, mais ils poursuivirent leur route sans le moindre mot de secours. Je m'arrêtai. Ils ne m'attendirent pas. J'en éprouvai assez de rage pour me remettre en chemin, mais de tout le jour je me tins ostensiblement éloigné d'eux. Peu s'en fallut que je ne les quitte à jamais, sans adieu. Pauvres cœurs que les nôtres, pauvres affections si fragiles, si vite usées ! Seule la peur de ce pays trop vaste me fit suivre ces êtres si fatigués que de tout le jour ils ne tournèrent pas un seul instant la tête pour s'assurer de ma vie. Au soir, nous apparurent enfin dans le vent neigeux les tours trapues d'une maison forte. Elle était si austère et si fantomatique que je nous crus parvenus aux dernières murailles avant le vide du bout du monde. Comme nous arrivions en vue de son portail nous vint par les buissons une troupe de vaches menée par un sauvage au manteau gonflé de bourrasque. Il cheminait courbé sous le ventre noir des nuages, et dans son capuchon enfoncé jusqu'aux yeux à peine avait-il un visage. Bernard lui désigna la haute demeure et lui demanda si nous pouvions y passer la nuit. Il ne répondit rien, mais par signes et grognements il nous permit de l'accompagner jusqu'à l'abri des murs. Il entra dans la cour, nous laissa sur le seuil, mena ses bêtes à l'étable. Près du puits s'affairaient des femmes aux manches retroussées. Comme des chiens venaient nous aboyer dessus elles se redressèrent et les poings aux hanches, soudain méfiantes, elles nous regardèrent approcher dans l'embarras de jappements et de museaux mouillés qui assaillaient nos jambes. Nous étions crasseux, délavés et trop mécontents de nous, depuis quelques journées, pour saluer les gens sans grimace mauvaise. Angèle s'avança la première. Elle leur dit des mots de bonne fille, et malgré son épuisement elle sut plaisanter avec elles. Les chiens s'en furent. Elles nous amenèrent aux cuisines.

Le vin et la soupe abondamment lardée qui nous furent servis devant le feu flambant ravivèrent bientôt mes joues et mon humeur. Je me mis à vanter les talents de Bernard, et l'aiguillonnant de la pointe de mon couteau je le priai, en témoignage de gratitude, d'offrir un chant d'amour aux servantes qui dînaient avec nous. Depuis que nous avions pillé la maison de la pestiférée, son renfrognement obstiné l'avait éloigné de mon cœur. Il n'avait eu souci que d'Angèle le long de nos routes pluvieuses, la poussant et la tirant sans joie sur les sentiers abrupts comme son seul fardeau et sa seule lumière, son seul bien à sauver, son seul espoir de vie. Ma sournoise insistance à lui faire jouer le jongleur de rimes le surprit, puis l'exaspéra. Il eut des renâclements de bête rétive, me repoussa, m'insulta sourdement, secoua sa tête frisée, mais ne put se dérober longtemps aux battements de mains et encouragements rieurs de l'assemblée des filles. Il se résigna donc, se fit pensif, sembla trouver un air dans l'ombre du plafond. Alors elles firent silence, et se serrant douillettement ensemble entre voisines elles attendirent leur becquée de rêves. D'un bref instant on n'entendit que les crépitements du feu dans la cheminée, puis à voix pesante et monotone mon compagnon d'errance lança le rythme de sa complainte. Je la reconnus. Elle n'était guère amoureuse. Il la chanta assis, accoudé sur ses cuisses, comme s'il s'adressait à son fond d'écuelle. Elle parlait à Dieu. « Seigneur, lui disaient ses paroles, si je suis votre enfant, vous êtes un mauvais père, vous qui m'avez jeté dans un monde semblable à un marécage glacé. Si je suis votre enfant, que m'avez-vous appris qui ne soit pas poussière et poursuite du vent ? Si je suis votre enfant, quel bien m'avez-vous fait ? Aucun. Mon âme est vide et vide vous l'aurez à mon heure dernière, comme je l'ai reçue de vous. »

Quand il en eut fini, son front resta penché. Celui d'Angèle aussi. Je regardai autour de moi les visages, à la dérobée. Ils me firent honte et peine. Des femmes se signèrent puis s'en retournèrent tristement à leurs travaux de ménage. D'autres se mirent à nous bousculer, nous houspiller, nous accuser de mécréance et de diableries hérétiques. Je tentai de tempérer leurs criailleries en grondant Bernard avec elles. Il me répondit pauvrement que ce chant était l'œuvre de Peire Cardenal, et non la sienne. Je me tus, à bout de courage. Comme nous demeurions tous les trois misérables et muets, elles s'écartèrent bientôt de nous. Seule une vieille au dos brisé resta près du feu à nous parler de mille riens, du temps, du vent du nord, de l'hiver qui venait, de ses petits-enfants qui s'en étaient allés, et d'elle qui dormait si bien depuis que son homme était mort. Son babillage simple adoucit nos chagrins, nous berça un moment, puis elle perdit peu à peu ses mots à contempler les flammes. Alors Angèle lui dit que les filles d'ici paraissaient l'estimer comme leur mère, après quoi elle l'interrogea sur son passé, point par désir de le connaître, mais pour qu'elle dise encore son humble bonheur d'être en vie. La vieille demeura rêveuse et ne répondit pas. Une grosse femme qui s'en revenait du dehors avec deux seaux d'eau débordants nous cria qu'elle était sourde, et qu'il était temps d'aller dormir. Elle nous attendit à la porte. Elle nous désigna l'écurie.

La neige avait cessé. A peine avait-elle blanchi les ombres, çà et là. Comme nous traversions la cour, je demandai à Bernard pourquoi il avait chanté ces malheureuses paroles, alors que les filles ne voulaient entendre qu'une de ces chansons d'amour qui ne disent rien qui vaille, mais qui sont au cœur des pauvres ce que les parfums et les dentelles sont au visage des riches. Il répondit, buté :

– Je donne ce que j'ai.

J'en fus pesamment remué. Il était plus encore exténué que moi, et plus étroitement enfermé dans ses rancœurs et dans ses peines. Il n'était plus soudain ce grand frère à la lumineuse vigueur dont la poitrine large entre ses bras ouverts, quand sa voix s'élevait, m'était si souvent apparue aussi digne d'affection qu'une niche offerte à Notre-Dame des jongleurs. Il avait perdu toute grâce.

Je me souvins qu'un soir, sur le chemin de Saint-Rome, comme nous parlions de ce qui occupait nos cœurs, il s'était laissé emporter par la véhémence joyeuse qu'il mettait parfois à affirmer sa foi de saltimbanque, et bondissant ainsi de rires en sentences il en était venu à nous dire que tout poète qui n'exaltait pas le désir de vivre pouvait à bon droit être accusé de traîtrise. Je m'étais pris à son jeu. Je lui avais répondu que dans l'existence de tout être étaient des nuits de détresse, et que mieux valait s'en plaindre en belle musique qu'en actes de mauvaise foi. Il nous avait alors regardés, ma sœur et moi, avec une émouvante fierté et nous avait promis que s'il lui arrivait un jour de désespérer du monde et de lui-même il s'imposerait de se taire, car il savait sa parole pénétrante et pour cela ne pouvait s'autoriser à la nourrir de ses propres poisons, sous peine de servir la mort et ses diables, et non point cette force qui nous pousse sans cesse vers de nouveaux matins. Angèle avait aimé que son homme fût ainsi. Sans doute elle aussi se souvint-elle du bonheur que nous avions éprouvé ce soir-là à l'entendre, car elle s'arrêta au milieu de la cour, tandis que Bernard poursuivait sa marche, et prise tout à coup de fureur charretière elle lui cria qu'il était un parjure sans orgueil, un menteur et un lâche plus méprisable qu'une pomme pourrie. Je courus à elle pour mettre ma main sur sa bouche, craignant que le bruit de sa colère ne parvienne au maître de maison et n'attire sur nous une bastonnade de domestiques. Elle me repoussa d'un coup de coude si pointu que j'en eus le nez endolori et les yeux emplis de larmes, puis pestant encore elle rejoignit son homme à grands pas de guerrière en s'empêtrant dans son jupon trop vaste. Je les vis au seuil de l'écurie se quereller, se fuir, se rattraper, s'étreindre, s'enfoncer enfin dans l'obscurité du dedans. Je restai seul sous le ciel noir.

Le froid me poussant, l'envie me prit de retourner aux cuisines et de mendier une place auprès du feu. Comme je m'attardais dans la cour déserte, n'osant aller ni revenir, je vis sortir la vieille sourde avec une lanterne. Elle alla s'accroupir dans un renfoncement contre la tour carrée, posa sa lumière à côté, s'appliqua longuement à vider ses entrailles, m'aperçut, m'appela d'un geste menu que son ombre immense fit s'envoler au-delà des murailles. J'accourus à elle. Elle se redressa, remit sans hâte de l'ordre à ses habits, puis elle prit ma main, et m'attirant dans la lueur dorée de la porte :

– Elles sont toutes parties, me dit-elle.

Elle eut un petit rire espiègle, s'en fut jusqu'à la cheminée, se coucha là au bord des cendres. Elle dit encore d'un clin d'œil, comme eût fait une enfant impatiente et joueuse :

– Approche donc.

Je m'allongeai contre son corps. Elle prit ma tête sur son ventre. Alors je l'enlaçai comme autrefois ma mère dans notre maison de l'Eyguière, et les larmes gelées qui me rongeaient le cœur fondirent en un instant, et je me mis à pleurer sans savoir sur qui ni pourquoi. Elle essuya mes joues de son pouce rugueux puis elle se mit à fredonner une berceuse, et vinrent des paroles à peine perceptibles dans sa musique ensommeillée, des riens de vieille abandonnée, des reproches doux à un fils enfui qu'elle appela « mon petit roi de France » en lissant mes cheveux, mon front.

– Comme tu es bon d'être revenu, dit-elle, j'ai tant prié pour ton salut, mon bien-aimé, j'ai tant rêvé de toi sur tes mauvais chemins ! On m'a dit que tu avais tué des gens en Rouergue avec tes compagnons. Tu as bien fait, ils n'étaient pas bons, puisqu'ils ne t'aimaient pas. Vois, n'es-tu pas en paradis près de ta bonne vieille ? Oh, je savais bien que ces retrouvailles nous seraient données, la Sainte Vierge me les avait promises, mais comme tu as tardé, mon tout beau, mon mauvais bougre, mon perdu, comme tu as tardé !

Seigneur, aujourd'hui que je me souviens de ces jours où vous nous étiez inaccessible, je sais pourquoi notre roi Jésus nous vint de vous dans une étable. C'est qu'il n'est de palais nulle part en ce monde où l'on puisse trouver de bonté plus limpide que dans ces pauvres lieux. Là n'est que l'essentiel de ce qu'il faut pour vivre, la chaleur d'un abri, l'eau et le pain, la nuit dehors et la lampe dedans, le chant de la mémoire, l'heureuse paix des morts, la veille des vivants, et vous que nul ne voit, et vous partout sensible dans l'odeur de fumée, les craquements du bois, l'effleurement des doigts sur le visage, le remuement d'un corps et le bruit d'un soupir. Seigneur, je ne pus vous prier ni percevoir votre présence devant ce feu paisible et pourtant, maintenant que je suis éloigné des ténèbres, je vous vois là penché sur ce tas de guenilles où palpitait comme une bête effrayée votre Mathieu le Tremble que l'aïeule berçait, caressait, apaisait. Je m'endormis contre son ventre et je me réveillai avec, pour oreiller, mon bagage et mon livre. Une jeune femme encombrée d'une brassée de bûches me remua du bout de son sabot. Je me dressai. Ma mine effarée l'amusa. Je demandai où était la vieille sourde. D'un haussement d'épaules elle me répondit qu'elle l'ignorait. Elle m'offrit un bol de lait chaud. Je le bus si goulûment que j'en perdis le souffle. Quand j'en sortis le nez pour la remercier, elle s'en était allée.

Le jour était à peine né. Je m'aventurai jusqu'à l'écurie. Je trouvai Angèle sur le pas du portail avec un homme à la figure hirsute qui parlait par bribes informes en désignant les nuages encore embarrassés de nuit. Bernard sortit de la pénombre du dedans. Il était toujours aussi renfrogné et paraissait pressé de partir. Il demanda des nouvelles du temps mais n'attendit pas la réponse. Il s'en alla au puits se laver la figure. Angèle m'assura que selon l'opinion de cet homme qui savait estimer les humeurs du ciel nous rencontrerions peut-être la neige, mais qu'elle ne serait pas méchante. L'autre l'approuva d'un hochement de tête convaincu. Il nous dit que si nous marchions droit au nord nous arriverions sans faute en vue des murailles d'Aubrac avant le prochain crépuscule. Puis il sortit de son manteau une boule de pain enveloppée d'un linge, la tendit à ma sœur au creux de ses deux mains et la pria de la remettre de sa part à une jeune novice de la domerie qui s'appelait Lucie.

– C'est ma fille, nous dit-il.

Il baissa le front pour dissimuler l'amoureux éclat de son regard. J'enviai sa soudaine lumière, m'assombris aussitôt et m'éloignai de lui. Angèle eut un élan pour l'embrasser, mais elle se retint. Elle ne promit rien. Bernard partit devant sans saluer personne. A l'instant de passer le portail, je me retournai et d'un dernier regard cherchai la vieille sourde. Elle était à la porte de la cuisine. Elle ne me vit pas. Maître Aventin me vint tout à coup à l'esprit. Il y avait longtemps qu'il ne m'avait pas visité. Peut-être voulut-il me dire quelque chose, mais je n'entendis rien. La tempête qui m'assaillit dès le rempart franchi était trop furieuse, et sa figure fut bientôt emportée dans l'immensité de la lande.

Les tours de la maison forte avaient à peine disparu dans la brume que la neige se mit à tomber en tourbillons aveuglants. Il nous fallut bientôt nous arrimer ensemble pour affronter leur turbulence. Bernard nous bouscula comme un ânier affairé à son train de bêtes, maudit le fou qui nous avait annoncé des froidures supportables et nous ordonna de nous tenir à lui. Angèle empoigna sa ceinture, et moi l'épaule de ma sœur. Nous partîmes à la dérive dans un infini sans chemins, sans horizon, sans ciel ni terre. Ai-je eu peur ? Ai-je prié Dieu ? Le vent me dépouilla des deux. Je ne fus plus qu'un souffle rauque, qu'un corps en guerre sans merci dévorant, rage contre rage, la tourmente et la mort à chacun de mes pas. J'ignore ce que dura notre marche dans cet océan de froidure remué à grand fracas par le balai du diable. Qui de nous, loin de toute vie, trébucha contre un roc invisible et nous fit rouler pêle-mêle dans un buisson de ronces aux blancheurs hypocrites ? J'entendis une porte battre. Je m'ébrouai, frottai mes yeux. Un mur de bergerie était à quelques pas. Bernard prit ma sœur par la manche. Elle gronda, elle se débattit. Il n'en voulut rien voir, rien savoir, rien entendre. Il la traîna dedans. Ils s'affalèrent l'un sur l'autre. Je me dressai, tombai, les pieds tordus, avant la fin du vent. J'entrai enfin dans la pénombre calme.

Il n'y avait là que de la vieille paille et des mangeoires abandonnées. Nous en fîmes un feu misérable. Comme nos épaules se serraient enfin autour des flammes, le froid que notre hargne avait tenu en bride nous revint tout soudain dessus. Je ne pus que gémir sans cesse, tant mes dents étaient affolées. Ma sœur se mit elle aussi à trembler si rudement qu'elle ne put tenir ses mains parmi les étincelles qui montaient vers le plafond bas. Bernard l'attira contre lui, il lui frotta les joues, le dos, mais ses doigts étaient si gourds et malhabiles qu'elle se mit à geindre et le repoussa. Nous restâmes longtemps muets à ne contempler que le feu, à tenter de reprendre vie, puis Angèle sortit d'un sac des boules de fromage dur, quelques poignées de raisins secs et le pain que nous devions remettre à la novice de la domerie. Comme elle s'apprêtait à le partager entre nous, je m'offusquai. Je lui dis que ce n'était pas là notre bien, et qu'il nous arriverait malheur si nous en faisions notre repas. Je voulus le lui arracher. Elle eut un grondement de bête rogneuse et le reprit contre elle. Bernard ricana :

– Que crains-tu ? La foudre du ciel ? Qu'elle vienne, elle nous réchauffera peut-être.

Il sortit son couteau et trancha trois parts. Je ne mangeai que mon fromage.

Nous restâmes là terrés sans regards ni paroles jusqu'au prochain matin. Chacun se coucha au plus près des cendres. De la nuit je ne pus dormir tant le froid fut hargneux et l'angoisse obstinée à m'occuper l'esprit. Je dus pourtant un court moment m'abandonner au sommeil, car me vint peu avant le jour un rêve qui m'effraya beaucoup. Je me souviens de m'être trouvé assez recru de peines, tandis que je cherchais vainement le repos, pour avoir prié Notre Seigneur de me délivrer de ce monde. J'ai quelque honte à l'avouer. Je n'étais plus tombé dans ce péché depuis le brûlement de maître Aventin, et si je m'en rendis, cette nuit-là, coupable, ce ne fut pas en vérité par cet excès de souffrance qui m'avait assailli au supplice de mon vieux père, mais par rechignement boudeur et puéril devant l'épreuve harassante qu'il m'était imposé de traverser. Nous ne pouvons mentir à nos anges. Ils savent tout des couleurs et des brouillards de nos âmes. Celui qui de toujours me connaît et m'attend dans mon ciel du dedans me vit assurément dénué de courage, mais non point de vigueur. Il fit donc ce qu'il fallait faire pour que se ranime mon sang. Comme je sommeillais, il m'envoya ce songe. J'y vis deux hommes entrant dans une chambre où j'étais seul couché. Ils regardèrent de droite et de gauche et demandèrent bruyamment si c'était là que se trouvait la caisse qu'on leur avait dit d'emporter. Je compris qu'ils parlaient d'un cercueil où était un cadavre, et que j'étais le mort qu'ils devaient mettre en terre. Je me dressai, tout à coup saisi d'épouvante. Je criai à ces gens que j'étais bien vivant, qu'ils n'avaient pas à m'amener et qu'ils s'étaient trompés, sans doute, de maison. Je me réveillai haletant, palpai Bernard, près de moi, et Angèle. Dieu merci je n'étais pas seul, personne n'était venu et notre misère était là, fidèle, glaciale, revêche, mais infiniment plus désirable que cette désinvolture de croque-morts à leur ouvrage ordinaire. Je poussai un soupir d'aise, et comme mon cœur s'apaisait il m'apparut à l'évidence que si je désirais mourir ceux du Ciel m'entendraient sans faute et m'enverraient leurs ouvriers sans plus me plaindre qu'un enfant capricieux, car le voyage dans l'au-delà était le plus simple et le plus quotidien du monde. Et je sus aussi que si je voulais vivre je n'avais point à appeler imprudemment la mort mais la vie franche, où qu'elle me mène. Je résolus sur-le-champ de ne jamais plus m'apitoyer sur mes misères, de me défaire de mes craintes de jugement divin, de chasser de mon cœur mes envies de bien faire et d'aller droit à ma survie. Une bouffée de vigueur animale envahit mon corps. Ma part de pain était restée près de ma couche dans la cendre. Elle était durcie et salie. J'avais faim. Je la dévorai sans prière, et je m'en fus ouvrir la porte.

La neige était tombée en si grande abondance que je pus à peine l'entrebâiller. Je me glissai dehors. Le vent avait cessé, un feu de roses, à l'est, embrasait l'horizon. Il faisait beau et plus froid que la veille. Bernard apparut sur le seuil. Il demeura ébahi à contempler l'espace. Je retournai dedans. Angèle bouclait nos bagages. Je lui dis que tous les chemins étaient effacés et que nous ne tarderions pas à nous épuiser dans cette neige. Elle ne me répondit pas, mit son sac à l'épaule et rejoignit Bernard. Nous n'avions plus rien à manger. Il était vain d'espérer un secours, et plus encore un prochain dégel. Je sortis, flairai l'air, et tandis que ma sœur frissonnait et se serrait craintivement contre son homme je m'en fus droit au nord.

C'était folie d'aller ainsi, plongeant à chaque pas nos corps jusqu'aux genoux, butant contre d'invisibles traîtrises, soufflant nos buées éphémères qui n'embrumaient que nos regards. Partout n'étaient que silence et désert. Pas un toit, une bête, un arbre ne troublaient la majestueuse blancheur de la lande. On aurait dit que Dieu avait jeté là sa pelisse avant de fuir vers d'autres mondes. Il m'apparut bientôt que dans ce dénuement rien ne méritait qu'on s'efforce. Vers où marcher ? Pourquoi combattre ? Mourir cent pas plus loin que ce lieu où j'étais me vaudrait quel bien, quel salaire ? En vérité, ce jour béni, j'appris que nos esprits, aussi agiles soient-ils à creuser nos mystères, ignoreront toujours le pur courage de nos corps. A qui cela importait-il que l'on s'obstine à cheminer ? A personne ici-bas ni au-delà du temps, sauf à nos cœurs battants, à nos muscles, à nos souffles, à notre orgueil aveugle et sourd et à la botte de derrière qui voulait se planter devant. Il en est ainsi de la vie. Elle n'a de foi qu'en elle-même. Quand aucune pensée ne l'entrave elle va contre toute raison sans autre but que d'être encore, un jour, une heure, un pas de plus. Je résolus de m'appliquer autant que le voudraient mes forces, et quand elles seraient éreintées de m'abandonner sans vaine prière à la reposante indifférence de l'hiver. Il me vint à l'esprit qu'il n'y aurait même pas de caisse où me coucher, ni d'ouvrier pour m'enfouir en terre chrétienne. Et comme je pensais cela, j'entendis un corbeau tout proche croasser, un autre lui répondre au loin. J'en fus étrangement ragaillardi. Je me dis que nous n'étions pas aussi seuls que je l'avais cru, que deux vivants au moins apercevaient nos traces dans cette absence de partout et que peut-être un jour, je ne sais en quel lieu, je ne sais devant qui, ils pourraient témoigner de notre belle obstination à arpenter ce monde. Je fis halte et levai le front, pris pour eux d'affection soudaine. Je n'aperçus aucun oiseau. Là-haut régnait un bleu parfait, imperturbable.

Jamais depuis le beau temps de Saint-Rome je n'avais vu un ciel aussi limpide. Je m'attardai, espérant encore un appel. Angèle et Bernard qui allaient derrière me bousculèrent sans ralentir leur marche. Comme je m'essoufflais à les poursuivre je les vis tout à coup disparaître dans une tombée de talus.

Je me hâtai à grandes enjambées pataudes, perdis le sol, me laissai, moi aussi, rouler, butai contre leurs corps à demi enfouis dans la neige, me remis sur pied à grand-peine, toussai, m'époussetai. Nous étions dans un creux ombreux. Là s'ébattaient les deux corbeaux. Ils s'envolèrent lourdement vers le sommet ensoleillé de la colline prochaine qu'il nous fallait maintenant gravir. Je regardai, d'en bas, la limite de l'ombre. Elle était droitement tracée à mi-hauteur. « Il faut, me dis-je, arriver jusque-là. » Bernard, tirant ma sœur, y parvint avant moi. J'eus si grand mal à les rejoindre que mon crâne se mit à bourdonner comme une ruche affolée d'abeilles et que d'un long moment je m'acharnai en aveugle dans un brouillard de sang gris. Je m'affalai contre leurs sacs, le feu aux tempes et l'haleine perdue. Ma sœur était couchée sur le dos. Elle râlait. Bernard, à genoux près d'elle, réchauffait ses joues et ses mains. Il me regarda, hagard, et d'un coup de menton me désigna la cime. Elle n'était guère éloignée. La pente qui menait à elle s'était brusquement adoucie. Il prit ma sœur sous les épaules, la souleva, voulut que je porte ses jambes, mais je tombai après un pas. Le sol à lui aussi manqua.

– Reposons-nous, dit-il.

Il me parut d'un calme si saugrenu et si mal accordé à cette dernière heure où je nous voyais arrivés que je restai un instant pantois et que me prit bientôt un rire irrépressible. Je lui répondis en hoquetant qu'en effet nous allions reposer en paix comme les morts des cimetières. Il saisit à deux poings mon col, me secoua, me cria de me taire. Je me frottai les yeux, et je vis que lui seul avait encore un grain d'espoir, qu'il l'avait jusque-là protégé comme un talisman invisible et qu'il ne voulait pas le lâcher, bien qu'il nous sache comme moi parvenus au bord de cette frontière que les corps ne peuvent franchir.

Nous étions tous les deux à genoux, face à face. Je laissai aller mon front sur sa poitrine. Il m'étreignit, me murmura des insultes sauvages, des mots de fureur, de bataille, et d'autres d'amour acharné. Je sentis résonner sa voix de l'autre côté de sa peau. Elle était comme le bourdonnement de l'angélus dans l'air du soir après le dernier sonnement de cloche. Je lui dis :

– Prie pour nous, Bernard. Angèle ne peut pas. Moi non plus.

Il resta un long moment à respirer puissamment, puis il me serra plus fort encore contre lui, et espérant sans doute me redonner courage il se mit à réciter l'Ave Maria. Angèle gémit près de nous. Elle fit un grand effort pour se dresser sur le coude. Il me laissa, se pencha sur elle. Il lui dit :

– Peux-tu monter jusque là-haut ?

Elle lui demanda :

– Qu'y a-t-il, là-haut ?

Il ne répondit pas. Je levai vaguement la main, je bafouillai :

– Le ciel.

Un grondement semblable au bruit du tonnerre lointain sortit du poitrail de Bernard. Je le vis pris de rage brute. J'en eus un regain de bon sang. « Révolte-toi, lui dis-je en secret dans mon cœur, va, soulève, renverse, fracasse la montagne ! » Entendit-il ces mots qui me grondaient dedans ? Il remua la tête, élargit les épaules, courba son encolure comme font les taureaux, me repoussa d'un revers de bras, se dressa debout, fit trois pas vers le haut de la butte, trébucha, s'abattit dans la neige, se releva. Il se mit à hurler :

– Nous ne voulons pas de ton paradis, entends-tu bien, vieux Père ? Nous nous plaisons, nous trois, dans ce monde maudit !

Il chercha alentour une impossible réponse, la figure égarée, puis s'égosillant à nouveau :

– Sainte Vierge Marie, il nous faut de l'air et des forces, m'entendez-vous ?

Il écouta le ciel encore où seuls tournaient les deux corbeaux.

– Que voulez-vous en échange ? Mes bottes ? Mes habits ? Ma fortune ?

Il jeta devant lui sa cape, son bagage. Je le vis insensé, immense, magnifique. Sa voix prit tant d'ampleur que les oiseaux s'enfuirent droit vers le cercle éblouissant du soleil.

– Quel prix pour notre vie ? Ma main droite ? Mes yeux ? Mangeriez-vous de cette viande-là, dites ? Non, je connais vos vrais appétits. Votre bonheur serait que je me morfonde toute ma vie en patenôtres, en humilités, en veilles de moine, mais vous savez que je ne pourrais pas m'y tenir. Sainte Vierge mère du Christ, s'il vous plaît de nous faire un signe, je vous promets de vivre chaste et de vous trahir dès mon prochain lit ! Est-ce cela qui vous plairait ? Je ne suis pas saint. Je ne peux pas l'être. Je ne sais même pas prier. Je suis Bernard Faidit, batteur d'estrade. Je ne sais que chanter et conter des histoires. Tous mes trésors sont là, dans cette poitrine qui vous appelle. Les voulez-vous ? Répondez-moi. Ce ne sont que des airs, des paroles ornées, des balivernes. Je les aime. Elles ont fait du bien aux gens, sur quelques places. Allons, je vous les donne, même si vous ne venez pas les chercher.

Il se tut. Il baissa la tête. Je crus que c'en était fini, qu'il allait revenir vaincu auprès de nous. Mais il leva à nouveau le front et sans plus de colère il dit encore, droit et simple :

– J'imagine les plaintes innombrables qui montent sans cesse vers vous. Comme vous devez en être fatiguée, parfois ! Je ne veux plus vous harceler, très Sainte Dame, reposez-vous, restez dans votre paradis avec votre petit, et prenez soin de lui, plutôt que de nous. Notre sort n'est pas si épouvantable puisque nous avons le temps de vous dire de belles choses avant de fermer les yeux. Que chacun de nous vous parle donc selon son âme et son cœur. Moi, sur cette fin de route où nous voilà parvenus, je ne peux rien d'autre que chanter pour l'amour de vous, pour Angèle et pour Mathieu, pour ce beau temps qu'il fait, pour la trace de nos pas, pour l'herbe sous la neige, pour le vent, pour rien. Écoutez comme Bernard Faidit sait honorer la vie !

Sa voix s'éleva, pure et forte. Elle me parut d'une beauté prodigieuse sur cette montée neigeuse où n'étaient pour l'écouter que le ciel vide, le soleil, la brise et deux êtres exténués. Eût-il chanté devant le roi de France, mon bien-aimé compagnon n'aurait pas été de plus noble maintien, d'application plus haute, de dignité plus sûre. Je me sentis fier de l'avoir pour frère. Devant Dieu et le monde, il nous faisait honneur. J'ouvris la bouche moi aussi pour aider son chant, à voix muette, je serrai le livre sur mon cœur, à nouveau exalté au souvenir des contes bienfaisants qui étaient là écrits, et je restai soudain les yeux grands à regarder venir une femme par le travers de la colline.

Ce n'était certes pas la Vierge Marie. Elle était vêtue de guenilles tant accumulées sur son échine voûtée qu'elle me sembla bossue. Les bras qui en sortaient étaient nus, décharnés, ses jambes étaient plantées dans des sabots trop grands, une serpe pendait à sa ceinture effilochée. Elle leva de loin son bâton, l'agita dans le ciel, et sans cesser de cheminer à longues foulées de paysanne accoutumée aux intempéries du pays, elle nous salua d'un ricanement de corneille. Bernard nous rejoignit, et tous trois resserrés nous restâmes stupéfaits à la regarder approcher. Elle était effrayante et grotesque. Elle portait une coiffe enfoncée jusqu'aux yeux, ses joues étaient épaisses, cernées de mèches grasses, elle n'avait pas de lèvres et sous ses sourcils drus son regard m'apparut d'une méchanceté si contente et résolue que je tirai craintivement mon sac contre mon flanc. Elle marcha droit sur nous et d'un coup de sa canne souleva prestement le bagage d'Angèle abandonné à quelques pas. Elle l'ouvrit, le fouilla, hocha la tête, l'air satisfait, et le jeta sur son dos. Bernard lui cria :

– Bonne mère, nous sommes perdus. Pouvez-vous nous aider ?

Elle vint se pencher sur nous, renifla l'air au-dessus de nos têtes.

– Vous aider ? Et pourquoi ? dit-elle. A chacun ses misères, mes tout bons. Vous êtes presque morts, et moi, j'habite loin. Je ne suis qu'une vieille.

Elle éclata d'un rire sec, lança comme patte de chatte sa main crochue sur mon manteau et d'un envol me l'arracha. Bernard voulut le lui reprendre. Il lui bondit dessus. Elle l'évita d'un pas étrangement agile. Il tomba face contre neige. Je tentai d'agripper sa jambe. Un maître coup de pied m'endolorit le bras. Elle ramassa mon sac et s'écarta de nous, sautillant çà et là pour tromper nos assauts, flairant nos désarrois et nous tenant au large à brusques piquées de bâton dans l'air.

– Venez donc me chercher, mes fainéants, mes jean-foutre, grinça-t-elle, féroce, en se torchant le nez. Je peux attendre, moi, j'ai mangé du jambon et des choux tout à l'heure, et j'ai là, sous mes frusques, une outre de vin chaud. Hé, je vois que vous êtes encore trop fringants pour mes pauvres forces. A quoi bon nous battre, mes agneaux de lait ? Je reviendrai ce soir, quand le froid vous aura faits dociles, et vous me donnerez vos bottes de bon gré, et vos jolis couteaux, et tes jupons, fillette. Tu crèveras cul nu, et tes mignons aussi !

Elle s'éloigna à reculons, nous cracha un long jet de salive morveuse, virevolta sur un sabot, et enjambant l'espace à longs pas bien plantés elle s'en alla vers le haut de la butte. Nous fûmes d'un bond tous les trois debout, nous bousculant à sa poursuite, débordants de jurons, de malédictions, d'invectives. La haine est un puissant remède à qui se meurt d'épuisement. Bernard s'en fut devant à grands écarts de jambes. Angèle et moi le suivîmes en ivrognes, titubant, trébuchant, suant, geignant, râlant, obstinés comme des loups en hiver sur les traces de pas qui grimpaient vers l'air bleu. Je vis la vieille traverser la ligne de crête et disparaître sur la pente opposée à l'instant où mon frère d'errance parvenait en plein ciel. Il ne lui bondit pas dessus. J'en fus surpris, et je fis halte. Il se tint immobile et droit, semblable entre neige et soleil à une statue pétrie d'ombre, puis ouvrant grands les bras il tomba à genoux.

Quand nous l'eûmes rejoint nous restâmes longtemps étroitement blottis côte à côte à contempler dans le creux du vallon le clocher et les murailles grises de la domerie d'Aubrac. Elle était toute proche. Des cheminées montaient des fumées nonchalantes. Dans la cour, on voyait des gens mener des bêtes boire, d'autres charrier du bois, d'autres encore balayer la neige au seuil d'une forge d'où nous parvenaient des tintements d'enclume. Seigneur, après une absence si longue et si désespérante, au sortir d'un désert si rude et si vide de vous, quelle présence au monde pouvait être d'une beauté plus émouvante que ces bruits familiers et ces remuements humbles ? La descente qui menait à cette bienheureuse maison était vierge de toute empreinte. La voleuse n'avait nulle part posé son sabot. Chacun de nous vit cela. Aucun ne sut rien en dire, mais quand l'aigreur du froid nous força à quitter ce lieu, nous fîmes un grand détour pour rejoindre la vie. Nous ne voulions pas avoir à fouler cet espace immaculé où celle qui nous avait sauvés de la mort avait rejoint sa demeure.

10

Comme nous parvenions au chemin large qui menait à la domerie, nous vîmes s'entrouvrir le battant du portail et sortir un jeune moine qui se mit à courir à notre rencontre, sa robe brune troussée jusqu'aux genoux, en nous criant des bienvenues. Il nous embrassa comme des familiers revenus de long voyage, nous posa des questions dont il n'attendit pas la réponse, se chargea du seul sac qui nous restait et s'en alla trottant devant nous en annonçant à tous l'arrivée de trois pèlerins rescapés du pays des loups. Dès le seuil de la cour il bomba le torse et ouvrit fièrement les bras pour nous présenter son domaine, puis il nous conduisit avec un tel entrain que nous eûmes peine à le suivre à travers le vaste espace ceint de remparts où la neige tassée, froissée par mille empreintes m'apparut, sous la sombre austérité des murs, comme un vêtement des dimanches. Là étaient une bâtisse longue, des tours carrées, des ateliers, des gens occupés à mille travaux de village. Notre guide nous fit les honneurs des lieux avec une jovialité infatigable, s'attardant à saluer le batteur d'enclume dans l'ombre de la forge, s'assurant au fournil que le pain était cuit, courant ouvrir des portes aux rouleurs de tonneaux, nous désignant les uns et nous nommant aux autres sans guère de miséricorde pour nos corps harassés mais sans cesse affairé à nous convaincre de son irremplaçable importance. Enfin il nous poussa dans un dortoir voûté comme une chapelle où une jeune nonne, sans doute prévenue de notre arrivée, enflammait à grands souffles un bûcher crépitant dans une cheminée aussi haute qu'Angèle. On n'y entendait plus aucun bruit du dehors. Sa pénombre me fut accueillante comme un refuge de vieille enfance.

– Sainte Mère du Christ, nous dit le petit moine, poussant des branches au feu, comment avez-vous pu traverser ce gros temps ? Nous n'avons pas reçu le moindre voyageur depuis bientôt deux semaines. Les derniers s'en venaient de Compostelle. Ils nous ont appris que la peste était à Toulouse et dans d'autres villes de Provence. Le Démon est toujours où se trouve la foule. Chacun devrait savoir cela. Ici, tant que Dieu le voudra, nous serons à l'abri de ses malfaisances.

Il se redressa, remua bravement la tête.

– J'ai confiance, il ne viendra pas. Le chemin, pour ses pattes torses, est trop long et trop éprouvant.

Son bavardage emplit nos oreilles sans guère occuper nos esprits. Nous étions trop las pour être de bonne compagnie, et trop ivres encore de cet aveuglant infini où nous avions connu les effrois de la mort et l'étonnement de la renaissance. En vérité, nous éprouvions la nécessité de préserver, dans nos mémoires, le prodigieux événement qui nous avait gardés vivants. Nous n'osions croire à un miracle, nous redoutions que c'en fût un, et nous ne voulions rien en dire de crainte que ne s'efface, au bruit rude des mots, la merveille espérée. Bernard pourtant se résolut, après un instant d'embarras, à décrire à ce jeune frère la vieille étrangement revêche qui nous était venue dessus derrière la colline. Il lui demanda si la domerie abritait de ces sortes de miséreux. L'autre lui répondit que ce lieu accueillait tous les errants de la terre, mais qu'aucun n'y séjournait longtemps. Puis, haussant sa petite taille avec une fierté de maître de maison :

– Outre quarante hospitaliers, ne demeurent ici que dix nonnes infirmières, autant de filles novices, douze domestiques et quelques artisans. A moins d'une demi-journée de notre sainte maison vous ne pouvez avoir croisé personne qui ne soit de ces gens.

« Ainsi, me dis-je, c'était Elle », et le cœur faillit m'échapper. Je résistai au sombre feu qui tout à coup me submergea.

Je me mis à conter passionnément au moine comment cette méchante vieille nous était apparue sur cette pente sans chemins, et brandissant sous son nez l'index et le majeur, je lui dis que la bougresse nous avait volé deux sacs. Il me sourit froidement, remua la tête de droite et de gauche.

– Je suis ici frère portier, me dit-il. Nous craignons les pillards et les loups en maraude, surtout par mauvais temps. Je ne prends donc guère de repos. De l'aube au soir tombé, je demeure à veiller. Je vous ai observés. Vous êtes restés assis un grand moment sur la crête de la colline. Si cette femme vous avait suivis ou précédés, assurément je l'aurais vue.

Je voulus m'obstiner. Angèle me tira la manche, soupira, excédée, gémit qu'elle était fatiguée. Il y avait là quelques peaux de moutons et de gros matelas de foin. Bernard en tira trois devant la cheminée. Notre hôte nous bénit et s'en alla avec des mines de vieille mère faussement discrète. Comme il franchissait le pas de la porte, une volée de cloches emplit soudain la salle avec un entrain si débridé que nous en fûmes alertés. Nous entendîmes à peine la voix haut perchée du petit frère nous crier qu'il ne fallait point nous effrayer, que c'était là le carillon d'hiver et qu'il sonnait ainsi tous les soirs, de la Toussaint à Pâques, pour attirer à lui les voyageurs perdus.

– Si votre voleuse est de ce monde, nous dit-il, elle ne tardera guère à cogner au portail.

Son rire se perdit dehors, dans la froidure. Angèle et Bernard s'étaient déjà enfouis sous un amas de couvertures. Jusqu'à notre séjour à Saint-Rome je m'étais accoutumé à baiser le livre avant de m'endormir. Trop de peines m'avaient détourné de ce geste d'amour secret. Je le fis à nouveau, puis je dis un Ave. Le sommeil m'emporta avant l'ainsi soit-il.

Le lendemain matin je fus réveillé par des tintements de tisonnier dans la cheminée. Comme je sortais ébouriffé de mon tas de hardes je vis dans la lumière neuve la jeune nonne de la veille qui s'affairait à ranimer le feu. Elle me tournait le dos. Je lui demandai si le matin était avancé. Elle sursauta, mit la main devant sa bouche, rougit, et me pria de la pardonner pour le bruit qu'elle avait fait malgré son souci de ne point troubler notre sommeil. La porte était restée entrouverte. Un rayon de soleil illuminait les dalles de l'entrée. Je m'en fus dans la cour humer l'air et prendre des nouvelles du ciel. Quand je revins, Angèle s'était mise à l'aide de la fille. J'entendis qu'elle lui parlait de cette Lucie à qui nous devions remettre une boule de pain de la part de son père. L'autre lui répondit qu'elle était de ses bonnes amies et qu'elle allait lui demander de venir jusqu'à nous. Elle s'en alla trottinant avec son seau de cendres en nous souhaitant timidement toutes les bontés de la terre. A peine avions-nous mis de l'ordre à nos couches et nos vêtements que dans la lumière du seuil apparut la plus touchante fée du monde.

J'aimais en ce temps-là m'aventurer, la nuit, dans la chambre la plus intime de mon âme où toujours m'attendait la même jeune femme aux paroles légères, amante autant que sœur, vive comme un oiseau quand il tourne la tête pour écouter le ciel, brune, de regard bleu, dévergondée comme je n'osais l'être. Voyant Lucie venir à nous, elle me sembla sortie de moi. J'en oubliai de respirer. Je ne fus plus, soudain, qu'une forêt bruissante. J'eus vers elle un élan, la crainte me vint que sa beauté à peine découverte ne s'efface comme un songe et que son visage ne soit plus rien qu'ordinaire. Elle s'arrêta sous la lucarne. Elle nous sourit. Je la vis alors si rayonnante que je me pris à envier la lueur du matin qui baignait ses épaules. Tandis qu'allait à elle, en grand tumulte, je ne sais quoi de moi, la chaleur de mon sang, mon courage, mon souci de la protéger, Seigneur, qu'elle ne s'abîme pas, que rien ne la trouble ou l'attriste, je reculai, piteux, peureux, tout bourdonnant. Je me renfonçai dans l'ombre de la cheminée, redoutant qu'elle ne me regarde, qu'elle ne me voie bouleversé, qu'elle ne rie de moi peut-être, et je me tins là près du feu à contempler mes pieds, à écouter en moi des rumeurs de feuillages, des courses de torrents, des chansons confuses.

Angèle lui donna de bonnes nouvelles de son père, elle lui dit qu'il nous avait confié du pain qu'il avait cuit pour elle, mais que nous avions manqué de provisions, et que nous l'avions mangé. Elle joignit les mains sur sa poitrine. J'entendis son rire pour la première fois, et me vint à l'esprit que désormais, quand il me plairait d'appeler à ma mémoire la plus belle musique du monde, ne me viendrait rien de plus heureux que ce rire de Lucie. Elle répondit à ma sœur que nous avions bien fait et que son père avait eu grand tort de s'inquiéter pour elle car elle avait bien assez pour vivre en ce lieu béni où elle demeurait. Elle ne nous posa aucune question. Et comme je veillais, de mon recoin, à ses moindres gestes, avant qu'elle n'en ait rien dit je vis qu'elle allait retourner à ses occupations. Mes anges et mes démons s'insurgèrent ensemble. Je m'avançai d'un pas, pris un souffle héroïque, et m'efforçant de lui parler aussi négligemment que possible, je lui demandai si elle ou quelqu'une de ses sœurs n'avait pas recueilli, la nuit passée, une vieille errante à la porte de la domerie. Nous savions que non. En vérité, je n'avais d'autre désir que de la retenir encore auprès de nous. Ne sortirent de ma bouche qu'un flot de balbutiements rauques et fort désordonnés. Elle m'examina, rieuse.

– Notre bonne Mère vous a seule conduits à bon port, dit-elle. Nous n'avons reçu personne d'autre.

Nous restâmes tous les trois la tête baissée. Elle nous crut en souci. Elle nous offrit son aide avec une bonté si simple que ma bouche s'ouvrit sans plus pouvoir tenir l'espérance craintive qui occupait nos cœurs. Je n'eus le temps de rien lui dire. Bernard décida brusquement de retourner sur la colline. Angèle le suivit. Lucie, surprise, les regarda sortir. Alors mes peurs s'évanouirent, je lâchai la bride à mon cœur, je lui pris la main. Je lui offris de nous accompagner. Elle eut un haussement d'épaules, la tête penchée de côté. Son sourire dit qu'elle voulait. Je l'entraînai dehors. Le ciel me vint dessus comme un flot de musique. Je me sentis soudain envahi d'infini, triomphant, invincible, immense, sans plus de corps que le vent vif.

Je courus devant, la tirant au large. Elle rit, elle s'essouffla, perdit son capuchon. Sur la crête de la colline je la fis asseoir et lui désignai l'horizon, l'espace où n'était plus la trace de nos pas, puis sans rien omettre je lui dis en quelle détresse nous étions arrivés sur cette pente, l'épuisement de ma sœur, ma résignation à la mort, la révolte de Bernard, sa prière, l'apparition enfin de la vieille ogresse, sa hargne de brigande, et son effacement soudain sur la cime où nous l'avions poursuivie. Quand j'en eus fini, je lui dis encore ma peine à croire que la Vierge Marie ait pu nous apparaître ainsi vêtue de loques et de méchanceté. Elle me répondit :

– Ne lui avez-vous pas demandé la vie et ne vous a-t-elle pas donné les forces qui vous manquaient pour qu'elle soit sauvegardée ?

J'avais pensé ces mêmes mots. Je n'avais pu les mettre au monde, ils étaient demeurés enfouis dans la pénombre de mes songes. Je restai un moment à contempler son visage. Elle me regarda aussi. Je ne sais pas ce que mes yeux lui dirent. Elle baissa le front la première. Nous étions seuls. Ma sœur et mon frère d'errance cherchaient les possibles crevasses où notre épouvantable bienfaitrice aurait pu disparaître, les amas de neige qui auraient pu la dissimuler à nos regards usés par la fatigue et l'excessive lumière de ce jour béni entre tous. Ils vinrent bientôt nous rejoindre. Ils n'avaient rien trouvé qui justifie leurs doutes, et ils demeuraient pourtant indécis, sans se résoudre à l'inconcevable certitude que vous nous aviez entendus, Sainte Mère, du haut de votre paradis, et que vous étiez descendue à notre aide. J'avoue avoir été tenté moi aussi par quelque chose qui vous démontre illusoire, ou qui rassure notre foi. Je me laissai aller à vous appeler, à vous demander des réponses que seul mon cœur pouvait donner. Je cherchai, dans le ciel, un signe. Comme il était simple et limpide ! Il n'y avait même pas d'oiseaux. Lucie invita Angèle et Bernard à s'asseoir avec nous. Elle-même s'agenouilla, non point pour prier, mais pour être plus à son aise. Qu'aurions-nous pu lui confier ? Elle savait tout de nos tourments. Elle était pareille à l'air bleu, sa confiance était transparente. Nous étions au plus haut des neiges, posés là sous le soleil droit, nous trois songeurs, elle joyeuse, et le silence était si pur qu'elle n'osa parler qu'à mi-voix. Elle nous dit, Sainte Dame, que vous désiriez nous laisser libres de croire en vous ou de n'y pas croire, et que par respect pour nos vies vous ne vouliez nous enfermer en rien, même pas dans la lumière de votre présence. Elle nous dit aussi qu'il y avait de la méfiance et de l'absence d'amour à exiger de vous des preuves, et de l'impudeur à vouloir violer votre secret. Puis elle se tut, chercha un moment les mots les plus proches de son âme, et nous l'entendîmes à peine murmurer qu'il ne fallait que vous aimer sans rien attendre en retour, et vous désirer sans espoir de vous entendre nous parler, quoi qu'il en coûte de craintes, d'incertitudes et de moqueries raisonnables. Je vis alors des larmes ruisseler sur les joues d'Angèle. Bernard s'inquiéta d'elle, il la prit contre son épaule. Elle lui dit qu'elle n'était ni triste ni souffrante. Nous vint à tous un rire timide et nous nous sentîmes délivrés de tout, même du poids de cette aide céleste qui nous avait rendus au monde. Et je me pris à penser que le miracle véritable n'était peut-être pas que vous nous soyez apparue, Sainte Mère du Christ, mais que vous nous teniez à cet instant ensemble dans votre main de neige où n'était plus trace de question.

Nous retournâmes à la domerie vers l'heure de midi. Lucie entraîna ma sœur aux cuisines, Bernard s'en fut aider à la forge, et j'allai rejoindre le frère portier à la tour de guet. Le lieu était étroit. Il y faisait grand froid malgré le feu qui brûlait haut et qui ne laissait guère de place qu'au vent. Je me rencoignai contre le mur. Je lus au petit moine des contes du livre. Il me parut qu'il n'en entendait rien. Il m'interrompit souvent pour me désigner, au flanc du vallon, un renard que je ne pouvais voir, un homme avec son âne accablé de fagots, des faucons qui planaient sur des lointains déserts. Il était sans cesse attiré par le dehors. Il me dit qu'il aimait ce poste de veille parce qu'il y était plus proche que partout ailleurs de la voûte céleste, où était Dieu. Je lui demandai s'il espérait le voir apparaître comme un oiseau, ou comme un soleil au bord d'un nuage. Il me répondit qu'en effet là était son désir, car selon son opinion Notre Seigneur était une personne aussi distincte de lui-même que l'était le père hospitalier qui gouvernait la domerie. Je lui dis :

– Crois-tu vraiment que tu pourrais un jour le voir s'approcher sur le chemin, son bâton à la main et son sac à l'épaule ?

Il répondit que oui, d'un hochement de tête où n'était aucun doute. Je demandai encore :

– Que ferais-tu alors ?

Il rit. Il dit, débordant d'évidence :

– J'irais ouvrir la porte, je courrais à lui, je l'embrasserais comme j'ai fait avec vous, puis je le conduirais à l'abri de nos murs.

Je risquai :

– Ne sens-tu pas qu'il est là, avec nous qui parlons, parmi les gens aussi, dans la cour, dans la forge ?

– Certes non, me dit-il. Le maître a-t-il son logement dans la maison des serviteurs ?

Il était aussi sûr qu'un roc. Sa foi m'était déconcertante mais je vis bien qu'elle était son seul trésor. J'en eus le cœur tout remué. L'envie me vint de lui confier que la Sainte Vierge nous était apparue. Je lui en fis l'aveu hésitant. J'espérais des questions, une attention nouvelle, un élan d'amitié. Le feu nous séparait. Il ne m'entendit pas. Il me dit :

– Regarde ces corbeaux, là-bas. Qu'espèrent-ils trouver, ces fous, dans cette neige ?

Je criai :

– Et s'il ne vient jamais ?

– Qui donc ?

Je désignai le ciel. Il m'examina, vaguement moqueur, puis s'en revint à ses lointains.

– Qu'importe que l'on vienne ou qu'on ne vienne pas, dit-il. Je suis veilleur. J'aime l'attente.

Je l'avais cru faraud, remuant à l'excès. Je le vis là, sur cette tour de guet, d'aplomb comme un mât de cocagne. « Seigneur, me dis-je, moi qui vous cherche dans le regard de l'aube, dans l'ombre des arbres ou dans le silence des pierres autant que dans mon corps, suis-je plus près de vous que lui ? » Je remis le livre à l'étui, je m'accoudai au rempart et je restai avec ce moine dont je n'ai jamais su le nom, sans plus rien dire, à regarder le dehors aussi vaste et mystérieux que l'âme. Je vis naître des nuages, et je vis un aigle passer, des femmes aller et revenir, un chariot tiré par un bœuf qui s'en venait de Saint-Chély-d'Aubrac par le chemin montant. Le frère demeura muet. Était-il là, tout près de moi, ou volant avec les oiseaux jusqu'au-delà de l'horizon, s'en revenant avec le vent, soulevant çà et là la neige, flairant la trace des renards ? Il me montra au loin des choses indéfinies, des bêtes imperceptibles. La paix fut simple auprès de lui. Le soir venu il soupira, puis à regret me désigna l'échelle. Je descendis. Il me suivit. Et tandis que je rejoignais mes compagnons à la chapelle où j'avais vu aller Bernard, puis Angèle et Lucie ensemble, il s'en fut aux gens dans la cour, parlant haut, exagérant tout, gestes, services et embarras. Il était revenu sur terre. Il ne savait pas s'y conduire. Il n'était bien qu'au bord du ciel.

Je courus à l'église. Elle était humide et presque ténébreuse malgré les feux des torches qui enfumaient les hauteurs des piliers. J'y éprouvai pourtant une allégresse neuve. Frère Benoît Main d'Or avait peint en ce lieu de longues fresques saintes que je n'avais pas encore découvertes. Me revinrent à l'esprit son visage émouvant et l'éclat de ses yeux quand il nous avait dit qu'il avait travaillé deux années sous ces voûtes. Tandis que je m'accoutumais à la pénombre j'aperçus les dos courbés d'Angèle et de Lucie, et leurs visages presque joints. Elles étaient assises sur un banc près du chœur. Elles conversaient sans doute, mais elles semblaient parler à la Vierge en bois peint posée entre deux cierges sur la nappe de l'autel. Bernard errait le long d'un mur sous de maigres lueurs de meurtrières. Je le rejoignis. Il me désigna les peintures. Je mis la main devant ma bouche pour ne point gémir de tristesse. Elles étaient écaillées, mille fois délavées par les sueurs glacées qui baignaient le dallage. On y voyait Jérusalem ruinée par le salpêtre, les époux de Cana fendus par le travers et le vin de la noce ruisselant dans des jarres fantômes. Pauvre Seigneur Jésus ! Ses bras ouverts n'accueillaient que des gens aux figures moisies, et la pierre apparaissait au travers de sa robe. Je murmurai :

– Dieu veuille que notre Benoît n'apprenne jamais ce malheur.

– Peut-être le sait-il, me répondit Bernard, et peut-être n'en a-t-il pas plus de chagrin que de sa propre fin.

Il se tut, moi aussi. Nous restâmes un moment ensemble recueillis comme devant un mort. Qu'ai-je éprouvé, hors du chagrin ? Je ne sais pas. Mais aujourd'hui, penché sur ce cahier déjà épaissement couvert de signes d'encre, tandis que me reviennent ces pauvres instants de deuil il m'apparaît que ces mots que j'écris sont eux aussi promis à la poussière. Je dis cela, Seigneur, et pourtant je demeure sans crainte. En vérité, le cœur n'éprouve pas les désespoirs de l'esprit. Il sait que les œuvres sont comme des enfants livrés nus et vivants à la grâce de Dieu et aux cahots du temps. La raison, certes, nous dit que tout meurt. Mais pour l'amoureux, le scribe, l'imagier, le conteur d'histoires, les preuves de la nuit ne sauraient entamer leur confiance dans les métamorphoses de la vie. A la vie seule, qui va sans fin, sont confiés les enfants de nos désirs et de notre mémoire. Et à qui me dira : « Où donc les conduit-elle ? », je répondrai que je l'ignore mais que j'ai foi en elle, par force et par nature, car l'âme de celui qui met un fils au monde ne peut pas croire au silence du néant.

Nous rejoignîmes nos compagnes parmi les bancs qui encombraient les dalles. Angèle nous annonça qu'elle savait où demeurait Anselme de l'Aure. Lucie, riant de nos questions et de nos airs avides, nous dit qu'elle aimait cet homme autant qu'un père et qu'elle lui portait, une fois la semaine, des provisions dans son ermitage. Elle nous offrit de nous conduire dans la forêt où il demeurait. Je lui appris qu'il avait été un troubadour de grand renom, et qu'il avait écrit des histoires si belles et mystérieuses que nous en avions été enivrés. Elle ignorait tout de sa vie. Maître Anselme ne lui avait jamais parlé de son passé. Je lui dis ce que nous en savions. Elle s'en émerveilla. Je lui proposai de lui faire goûter les saveurs et les parfums de ces contes qui, malgré nos fatigues et nos trébuchements, nous avaient obstinément attirés vers ce maître dont la parole nous était aussi précieuse que l'eau du puits à l'errant du désert. Je l'entraînai sur les marches de l'autel. Bernard et ma sœur s'assirent avec nous sous la flamme des cierges qui illuminaient la statue de la Mère avec l'Enfant au creux du bras. J'ouvris l'ouvrage sur mes genoux ployés. Le froid avait durci les feuillets de parchemin. Je les lissai, et suivant du doigt les lignes je lus une histoire que nous n'avions pas rencontrée depuis notre séjour forestier dans la cabane de Vincent Chandeleur. Elle m'avait alors paru d'une énigmatique drôlerie. Cette fois, dans ce cercle de lumière indécise où nous étions ensemble penchés sur notre livre, ma voix pourtant retenue me sembla résonner si profond dans l'ombre déserte de l'église que j'en fus presque effrayé.

Il était, disait l'histoire, un pèlerin sur sa route. Le jour fuyait derrière lui. La nuit venait à sa rencontre. Depuis quel matin cheminait-il ? Il allait seul, il avait faim autant de repos que de pain. Le crépuscule, au loin, pesait sur un grand arbre. Il pensa : « J'irai jusqu'à lui, je dormirai dans son feuillage à l'abri des chiens et des loups. » Quand il y fut, plus loin encore, il vit une vaste maison. La fumée de sa cheminée se mêlait aux nuages pâles. Il dit à ses bottes : « Marchez. » Elles allèrent jusqu'au portail, franchirent le seuil de la cour. Un homme étrillait son cheval. L'errant s'approcha de lui, le chapeau sur la poitrine.

– Logeriez-vous un pèlerin fatigué par la longue route ?

L'autre lui répondit, sans cesser de lisser le poil de sa monture :

– Je ne suis pas le père ici. Il faut demander à mon père.

Il désigna la porte basse. Elle était entrouverte. On devinait, dedans, des lueurs de vie simple. L'errant entra dans la cuisine aux dalles rouges, ombreuse et tiède. Un vieillard était attablé. Il trempait son pain dans sa soupe.

– Logeriez-vous un pèlerin fatigué par la longue route ?

L'homme essuya barbe et moustache, et levant le front répondit :

– Je ne suis pas le père ici. Il faut demander à mon père.

Il revint à son bol fumant. L'errant tourna sa tête à droite, à gauche. Il ne vit ni père ni fils. Il regarda derrière lui. Sur un tabouret près du feu se tenait un aïeul pensif.

– Ancêtre, dites, par pitié, logeriez-vous un pèlerin fatigué par la longue route ?

Le vieux tendit sa canne aux poutres du plafond.

– Je ne suis pas le père ici.

Son souffle se perdit dans la rumeur des flammes. L'errant posa son sac et grimpa l'escalier. A l'étage était une chambre. Au mur il vit un manteau noir, deux sabots, un bâton noueux, sur le plancher un lit carré, sur l'oreiller un être pâle, chevelu comme un saule blanc, fripé comme Mathusalem. Il s'agenouilla, approcha sa bouche.

– Patriarche des patriarches, logeriez-vous un pèlerin fatigué par la longue route ?

Et des lèvres entrebâillées sortirent, à peine perceptibles, ces mots qu'il redoutait d'entendre :

– Il faut demander à mon père.

Un doigt de bois mort sur le drap désigna une porte close. L'errant s'en fut l'ouvrir, ne vit rien devant lui qu'un chemin qui fuyait dans la nuit sans étoiles.

– Vous qui vous tenez là, dit-il, droit sur le seuil.

Il n'eut pas à parler plus loin. Des ténèbres vint un murmure. Ce n'était qu'un froissement d'ailes, ou peut-être le bruit du vent.

– Je ne suis pas le père ici. Il faut demander à mon père.

Plus rien n'était sur le feuillet. Je me tus et fermai le livre. Lucie soupira :

– Seigneur Dieu.

Elle se signa furtivement, puis posa sa main sur la mienne. J'en fus tant ému et surpris que je faillis la retirer. Je la sentis frémir aussi, je ne vis plus partout que l'ombre, et ce fut un miracle encore d'être auprès d'elle dans ce lieu où Dieu, fuyant sans cesse, aspirait nos âmes vers ses profondeurs inconnaissables et laissait là nos corps heureux et silencieux dans nos songes aimants.

Le lendemain, elle vint nous réveiller à l'aube à peine née avec au pli du bras un panier débordant de torchons enfarinés. L'écharpe et la capuche qui l'emmitouflaient ne laissaient voir que ses yeux et les traits de ses sourcils. Son regard, quand elle me souhaita le bonjour, me parut printanier dans la buée qui sortait de sa bouche. Elle nous dit que nous ne devions pas tarder, que la maison de maître Anselme était à deux grandes heures de route malaisée, et qu'il nous faudrait rentrer à la domerie avant la nuit, car il répugnerait sans doute à nous loger. L'air du dehors nous mit d'humeur allègre. Le frère veilleur du haut de sa tour nous salua avec une bruyante vigueur. Je lui criai que nous allions au rendez-vous le plus attendu de notre vie. Bernard lui ordonna joyeusement de prier pour notre bonheur, et comme le petit moine accompagnait d'un couplet de chant de marche nos premiers pas dans la neige du chemin, Angèle prit au col l'écharpe de son homme et le tira au large comme un âne par le licou. Nous partîmes ainsi vers l'horizon de l'est où le soleil en bonnet rouge sortait à peine de son lit. Il nous fallut bientôt quitter sa lumière pour nous enfoncer dans l'ombre de la vallée. La sente qui nous vint sous les bottes était glissante, encaissée, tortueuse. Nous eûmes grand mal à suivre Lucie qui, par je ne sais quelle grâce, gambadait sans souci de rochers sournois en traînées de glace. Tandis que nous nous hâtions derrière elle en bousculade instable, Bernard lui demanda comment elle avait connu cet homme si longtemps espéré dont nous avions quelque peine à imaginer le visage. Elle lui répondit que la vieille nonne qui lui portait autrefois la farine et le sel était morte, et qu'elle bénissait le hasard qui lui avait fait prendre sa suite, car maître Anselme de l'Aure était avec elle d'une tendresse inépuisable et, selon son goût, d'une beauté sans pareille. J'en fus piqué de jalousie. J'objectai qu'il devait être de grand âge.

– Certes, me dit-elle, mais des arbres de sa forêt il est assurément le plus noble.

Elle me jeta un coup d'œil vif, eut un menu rire d'oiseau. Elle dit encore qu'il n'était guère bavard, et qu'elle doutait fort qu'il accepte de nous instruire. C'était là parole légère. Elle me fut pourtant accablante, et comme nous allions sans plus rien dire, Angèle et Bernard me parurent soudain aussi appesantis que moi.

Nous avions jusque-là naïvement pensé qu'il nous accueillerait comme des fils prodigues. Or, rien ne nous assurait qu'il fût affectueux, ni qu'il eût le désir de nous vouloir du bien. Seigneur, quel souci m'envahit ! J'imaginai nos rêves envolés comme feuilles brûlées, les choses revenues à leur froideur muette, et nous sur le chemin du retour, jetés dans une errance désormais plus obscure que nos pires nuits. Il me vint à l'esprit que même si maître Anselme nous faisait bonne figure, nous n'avions guère de questions à lui poser. Je nous vis sottement balbutiants devant lui, sans pouvoir dire ni l'état de nos âmes, ni ce que nous espérions, ni pour quelle exacte raison nous avions si ardemment désiré parvenir jusqu'à lui. La découverte de ce désert dans mon esprit me laissa si déconcerté que je m'arrêtai au bord du sentier, ôtai d'un coup de pied la neige d'un caillou, m'assis là et ne bougeai plus. Mes compagnons m'attendirent à quelques pas. Je ne voulus pas entendre leurs appels. Lucie vint à moi et me demanda ce qui me tracassait. Je ne répondis pas.

– Il craint que maître Anselme ne puisse rien pour nous,

dit Angèle. J'en ai grand-peur aussi. Nous ne sommes pas des lettrés, nous ne sommes rien qu'ordinaires.

Bernard baissa le front, remua les épaules et le col comme il faisait toujours quand le cœur lui pesait. Il dit enfin, le regard espérant, la voix cahotante :

– Il est bon, patient, il doit aimer les êtres. Il nous apprendra peut-être pourquoi nous sommes descendus en ce monde, et pour quel ouvrage.

Et se cognant le front du poing :

– Il pourrait là-dedans allumer une lampe. Je sais cela. S'il sait aussi, pourquoi ne le ferait-il pas ?

Je haussai les épaules. Je grognai :

– Il est si haut, et nous si bas. Il nous regardera comme de pauvres gens.

Il me cria, rogneux :

– Souviens-toi de Benoît Main d'Or. Il avait tant prié qu'un apprenti lui vienne.

Lucie nous écouta, regardant qui parlait avec une attention si vive que sa bouche semblait accompagner les mots que nous disions, puis comme je ne répondais pas à Bernard elle le prit à l'épaule avec Angèle et se penchant vers moi, la mine tout à coup joueuse, comme une enfant partageant un secret :

– Ne lui demandez rien, dit-elle. Quand nous serons dans sa cabane, il nous offrira de son lait et de ses galettes. Alors vous lui direz : « La paix sur vous, maître Anselme. Nous avons rencontré des contes que vous avez écrits. Nous les avons aimés, et ils nous ont aimés. Et comme nous vivions ensemble, eux et nous, le désir leur est venu de vous rendre visite. Nous leur avons demandé pourquoi ils voulaient vous revoir. Ils nous ont répondu dans leur langage silencieux qu'ils voulaient vous remercier de les avoir mis au monde, car ici-bas ils se sentaient utiles, et donc heureux. Les voici, saint homme. Ils sont tous là, dans ce livre. Par notre bouche, ils vous rendent grâces. Bénissez-nous maintenant, que nous reprenions notre route. »

– Sacré Dieu, gronda Bernard, nous ferons ainsi et nous nous en irons.

Je criai :

– Où ? Nous n'avons aucun lieu où aller.

Lucie approcha sa joue de la mienne. Seigneur, aurais-je à peine bougé la tête, mon souffle aurait baisé le sien. Dieu garde, je ne le fis pas. J'en eus chaud du front jusqu'au ventre. Elle posa la main sur ma poitrine. Je l'entendis qui murmurait :

– Tu as là un trésor, Mathieu. Ne le perds pas.

Je balbutiai que je n'avais rien au monde que mon corps et mes vêtements. Je lui demandai de quoi elle parlait.

– De ta confiance, me dit-elle. Il n'est pas de bien plus précieux sur cette terre. Il n'en est pas d'autre non plus pour aller où tu veux aller.

Elle se dressa, me prit au poignet, me tira debout. Je ne voulus pas la lâcher. Elle m'entraîna, riant, courant et bondissant. Je ne vis plus rien du chemin. Elle fit halte au bord d'un torrent. Au-delà était la forêt. Comme nous attendions ma sœur et son homme qui n'avaient pu nous suivre, je vis trois loups sous les arbres neigeux.

Je les montrai à ma compagne. Je lui dis fièrement qu'ils étaient de mes amis et qu'ils ne nous feraient pas de mal. Elle me regarda, prise soudain d'intérêt frémissant, et me demanda si j'étais sorcier. Je ne lui répondis pas, mais je m'efforçai de lui laisser entendre que j'avais des pouvoirs dont elle ignorait tout. Je franchis le gué. Les yeux clos, les mains jointes devant la bouche, j'appelai la mère de ces bêtes qui nous avaient conviés à leur messe, dans la clairière couronnée d'étoiles vivantes où pour toujours vivraient dans mon cœur Vincent Chandeleur mon père forestier et Sarah son épouse. J'entendis un jappement semblable à une plainte amoureuse, un froissement de neige alentour. Comme je m'enfonçais dans une heureuse ferveur, un claquement de bois retentit soudain près de mon oreille. Il était si sec que je fis un saut de côté. Lucie était derrière moi, ses sabots aux mains, les cognant ensemble. Elle me dit que les loups détestaient ce bruit-là et qu'elle les éloignait ainsi quand elle en voyait qui rôdaient. Je lui ordonnai de se rechausser et lui reprochai d'avoir effrayé ces fauves que j'estimais autant que des frères d'armes. Elle me parut contrite et respectueuse de mes sentiments, bien qu'elle ne sût rien de ce que j'avais vécu en leur compagnie. Elle me sourit, me demanda pardon. J'en fus touché. Je me sentis auprès d'elle comme un époux content.

Angèle et Bernard nous rejoignirent sous les grands arbres silencieux. Le ciel s'était couvert. Le temps était plus doux. Après une heure de montée nous prîmes quelque repos au bord d'une cascade que les glaces n'avaient point prise, puis Lucie nous désigna la crête de la falaise d'où dévalaient les eaux et nous dit que sans doute nous trouverions là-haut maître Anselme avec sa chèvre, s'il n'y avait pas trop de brouillard. Je m'engageai le premier sur le sentier à peine perceptible qui escaladait la paroi. Partout des branches et des racines étaient agrippées aux rochers. Elles me furent d'un grand secours. Comme j'arrivais en vue de la cime, les rires et les cris effarouchés des filles me parvinrent des profondeurs du chemin. J'aperçus Bernard qui peinait, plus éloigné encore qu'elles. J'étais seul, presque arrivé. Une vigueur enfantine et sauvage me ranima les sangs. Je me hissai sur le sommet du roc.

Je vis d'abord deux pieds chaussés de sandales de cuir, le fond d'un manteau noir et le bout d'une canne, puis me trouvai soudain debout devant une vieille et bienveillante figure qui emplissait le ciel, les arbres, la montagne.

– La paix sur toi, mon fils. Assieds-toi. Reprends souffle.

Ce furent là les premiers mots que me dit Anselme de l'Aure. Je désignai la pente où s'échinaient les autres. Je ris d'être là le premier et lui, voyant venir les filles, se prit à rire aussi.

11

J'aime les temps mélancoliques, le vent, les arbres défeuillés, le savoir des vieux jours de l'an, l'humble noblesse de la terre soumise aux nuages passants. Sur ce haut de cascade où m'apparut Anselme de l'Aure régnait cette grisaille qui de toujours plut à mon cœur. La brise, le torrent, les nuages, la lisière du bois au fond du pré neigeux, tout alentour m'accueillit comme au retour d'un long voyage. La mémoire, parfois, se joue des certitudes raisonnables. Ne nous dit-elle pas, au détour d'un chemin, connaître intimement tel être ou tel pays que l'on sait pourtant étrangers ? Même cet homme dont j'avais redouté la rencontre me fut, dès que je le vis, familier. Il me considéra, l'œil amusé, et sans se soucier autrement de ma présence inattendue sur ses terres quotidiennes :

– Que portes-tu là ? me dit-il en désignant le livre qui pendait à mon cou.

Je répondis d'un ton d'évidence, surpris qu'il ne le sache point :

– Votre œuvre, maître Anselme.

Il se détourna de moi sans prendre le temps de m'entendre, car les filles arrivaient, essoufflées et rieuses. Il embrassa Lucie. Tandis que Bernard parvenait enfin sur la hauteur elle nous présenta à notre hôte, puis elle lui prit le bras et tous deux s'en allèrent au travers du grand champ. Elle lui donna des nouvelles des moines et des nonnes de son saint refuge, de ceux qui se mouraient, d'une servante enceinte, des ravages du froid. Enfin, comme si nous n'étions pas à les suivre, elle lui apprit l'arrivée à la domerie de trois voyageurs rescapés par miracle de la première tourmente de l'hiver. Ils s'arrêtèrent au bord de l'épaisse forêt où erraient des lambeaux de brume. Ils se tournèrent vers nous.

– Voyez-les, dit-elle. Ne sont-ils pas fringants ? Ils ont failli périr sur la lande. Si notre Sainte Mère Marie n'était pas venue leur fouetter les sangs, ils seraient à cette heure dans son manteau, au paradis. Et savez-vous quelle folie les a poussés jusqu'ici ?

Elle se tut, laissa aller sa tête de côté et nous regarda avec une fierté si malicieuse et tendre que je me rengorgeai, et que me vinrent aux yeux des étoiles mouillées. Le vieil homme nous examina lui aussi avec une attention tout à coup aiguisée. Il était plus grand que Bernard, mais son dos à peine voûté semblait n'avoir jamais porté que des choses légères. Il sourit. Il nous dit :

– Venez au chaud, enfants. J'ai là-haut des galettes, un bon feu et du lait.

Il tourna les talons, s'en alla seul devant. Lucie resta en notre compagnie. Dès qu'il fut éloigné :

– N'est-il pas beau ? dit-elle en se penchant vers moi.

Je haussai les épaules et je lui répondis que ces prestiges-là n'importaient guère aux hommes.

La chèvre dans le bois broutait des branches basses. Quand le manteau de maître Anselme l'effleura, elle le suivit. Tous deux nous conduisirent par un sentier montant le long du torrent qui cascadait de rocs en gouffres sous d'inextricables broussailles. Bernard chanta pour aider notre marche, puis comme le souffle lui manquait je me sentis d'humeur assez simple et allègre pour fredonner à sa suite la chanson de l'amour lointain qu'avait autrefois composée le troubadour Jaufré Rudel, et que j'aimais entre toutes. Je n'eus pas le loisir de la mener à sa dernière note. Notre guide s'arrêta devant une haute pierre dressée parmi les arbres et là nous attendit. Comme nous parvenions où il était, nous découvrîmes une passerelle si sommaire que je me rencoignai, tout frissonnant, contre le rocher et qu'Angèle agrippa le bras de son homme.

Un tronc moussu, bancal, pourri, mouillé d'embruns enjambait un à-pic obscur d'où montaient des rumeurs furieuses. La chèvre en deux bonds le franchit. Son maître la suivit de son pas long et raide, comme il aurait marché sur une route large. Lucie, son panier sur la tête et ses sabots au bout des bras, s'en fut d'un pas de funambule, oscilla de droite et de gauche, prit pied d'un saut sur l'autre rive. Je me penchai sur la faille. Au fond lointain encombré de rocs noirs n'était qu'une lame d'écume. Maître Anselme sur l'autre bord prit Lucie par l'épaule, la serra contre lui, et dit, nous attirant d'un geste :

– Encore un effort, bonnes gens. La maison est là, toute proche.

– N'y a-t-il pas un autre chemin ? lui demanda Bernard, risquant sur le passage un bout de pied timide.

– Non, mon fils, répondit le vieil homme.

Sa voix dans le bruit sourd des eaux sonna étrangement paisible. Il fit mine de se détourner. Je craignis soudain qu'il ne s'en aille, ne nous oublie, ne nous ferme sa porte. Angèle bouscula son compagnon et poussant une de ces plaintes dont on ne peut savoir si elles sont de douleur ou de plaisir extrême elle s'en fut droit sur le tronc d'arbre. Lucie l'accueillit dans ses bras. Alors Bernard rugit, prit son bâton comme une lance, baissa le front, franchit en quatre pas l'obstacle, et poursuivit sa course aveugle jusqu'à étreindre un jeune chêne qui perdit ses feuilles sur lui.

– Ne reste plus que l'amoureux lointain, dit joyeusement maître Anselme.

Je reculai pour m'élancer mais ne pus me résoudre à aller de l'avant. Alors il me cria en agitant les bras, tout à coup impatient :

– Lance en l'air ta chanson, elle est belle et forte, elle pourrait te mener au bout du monde si tu savais l'aimer. Accroche-toi donc à son fil, laisse-toi conduire. La peur ou la vie, mon garçon, il te faut maintenant choisir. Allons, à bientôt, ou adieu.

Il s'éloigna avec Lucie. Angèle et Bernard hésitèrent à les

suivre. Je me vis seul dans la forêt, abandonné, rageur comme une bête au piège. J'insultai sourdement l'insouciant bonhomme. J'ôtai le livre de mon cou, je le lançai sur l'autre rive, puis me signai, courus à lui. J'entendis mon galop sur le bois gorgé d'eau, je ne vis plus rien ni personne que Bernard et sa main tendue. Il m'attira si violemment sur la neige du bord que j'en tombai à genoux. Angèle se pressait déjà vers l'ermitage dont on apercevait les murs au travers des arbres. Nous rejoignîmes Lucie qui nous avait attendus. Son regard s'éclaira quand elle me vit. Il me plut de penser qu'elle s'était inquiétée de moi. Maître Anselme était à sa porte avec sa chèvre qui se frottait contre sa hanche. Nous entendit-il arriver ? Il disparut dans sa maison sans le moindre coup d'œil par-dessus son épaule.

Quand nous franchîmes le seuil, il s'occupait à tisonner le feu. Une petite écritoire était sous la lucarne, j'y vis des encres, un vieux grattoir. Des oignons secs pendaient aux poutres. Un banc court était devant l'âtre et dans un coin un lit de paille. Au milieu de la salle, sur deux planches accolées posées sur des rondins étaient un bougeoir et une écuelle. Lucie rangea sur l'étagère son sel, sa farine et ses œufs puis elle sortit traire la chèvre. Je ne vis pas de croix au mur. Ce lieu n'était pas d'un ermite, rien n'y paraissait fait pour Dieu. L'air me sembla pourtant empreint d'une présence invisible, silencieuse, amoureuse du Ciel. Maître Anselme se redressa, épousseta ses longues mains.

– Prenez vos aises, enfants, dit-il. Le lait frais ne va pas tarder.

Je mis le livre sur la table et le poussai vers lui. Il en fut intrigué. Bernard l'encouragea, d'un clin d'œil, à le prendre. Alors il l'ouvrit, il lut une page, fronça les sourcils. Tout à coup captivé il s'assit, il le feuilleta. Nous restâmes tous trois sans plus bouger un doigt, attentifs à ses gestes, aux sourires furtifs qui traversaient ses yeux, à ses étonnements discrets, à sa respiration par instants retenue. Enfin il releva le front.

– Je connais ces contes, dit-il.

Bernard me regarda, surpris, embarrassé, puis il lui répondit :

– Assurément, puisqu'ils sont nés de vous.

– Non, bonnes gens, murmura le vieil homme.

Lucie, qui s'affairait à préparer notre repas, suspendit son ouvrage, un court moment, et s'y remit avec une ardeur impatiente. Me vint un agacement sourd. Je dis au vieil homme que nous savions en quelles circonstances il les avait composés. Angèle et Bernard acquiescèrent. Il en parut fort étonné.

– Vous ne pouvez pas nous mentir, lui dis-je encore, avec une vigueur retenue à grand-peine. Nous sommes venus de si loin pour apprendre de vous cet art qui les a faits tant émouvants et si proches des anges.

Il repoussa vers moi le livre, se prit à rire en silence puis esquissant un geste vague :

– Mes enfants, nous dit-il, d'aussi loin que je me souvienne, aucun ange ne m'a jamais visité, même en songe. Quand j'ai quitté la cour du vieux Gaston de Foix, j'étais un poète érudit qui désirait la paix. Mon premier hiver solitaire a réduit en lambeaux ce que je croyais être un important savoir. A quoi me servait-il, dans ce bois ? Il ne pouvait même pas me préserver du froid. Il ne fut plus bientôt qu'un vieux haillon pesant et de partout troué. Alors je l'ai jeté. Rien ne l'a remplacé. J'ai un moment espéré que la sagesse me serait donnée en échange de ce dépouillement. Ne m'est venue que l'ignorance. Je ne connais rien aux choses immortelles. Je ne médite pas, comme les moines saints. Si Dieu parfois me parle, c'est par murmures si fugaces que je ne comprends presque rien à ce qu'il veut me dire. Ces contes qui vous ont conduits jusqu'à cette maison, je les ai entendus en Terre sainte, autrefois, d'un derviche mendiant que je rencontrais tous les matins dans la ruelle où je logeais. Il les tenait d'un autre errant aveugle qui lui-même sans doute ignorait d'où ils venaient. Comment l'aurait-il su ? On prétend en Orient que les esprits du vent les portent d'être en être, et qu'ils allègent l'âme des gens afin qu'elle puisse, à son heure, monter au ciel plus simplement. Il est vrai qu'ils sont beaux. Je les avais oubliés.

Lucie, auprès du feu, faisait bouillir le lait. Elle sortit le front de l'âtre, vint s'asseoir à côté de lui.

– Il paraît que vous les avez écrits pour une noble dame que la lèpre avait défigurée, dit-elle. Je n'ai guère vécu, au contraire de vous. Je suis paysanne et novice. Sans doute serai-je bientôt nonne, puisque mon père le veut. Mais je sais qu'il n'est pas digne d'un homme de cœur d'avoir laissé s'éteindre ce souvenir de ses amours. Dieu merci, ces trois pèlerins sont venus ranimer votre mémoire. Vous devriez leur rendre grâces plutôt que de les abreuver de vos humilités. Elles ne leur sont guère nourrissantes.

Il me plut beaucoup d'entendre que Lucie n'avait pas encore prononcé ses vœux. Je la regardai, le cœur soudain ensoleillé. Elle vit briller mon œil. Elle se détourna vivement. Il me parut à son air que cette importante nouvelle n'avait été dite pour personne d'autre que moi. J'en fus tout envahi de bonheur et d'indulgence. J'appris à maître Anselme que ces contes, qui avaient assurément consolé sa dame lépreuse, nous avaient nous-mêmes arrachés, par étrange merveille, aux effrois de la peste.

– Ne voyez-vous pas, lui dis-je, que seul le pur et simple amour que vous avez mis à les écrire leur a donné la force de nous saisir le cœur et de nous attirer sur cette route où nous sommes ? Aussi hasardeux que soit notre voyage, aussi douloureux qu'il ait pu être parfois, je l'aime, grâce à vous. Pour rien au monde je ne le renierais.

Maître Anselme examina Lucie à la dérobée, puis me lança un coup d'œil aigu. Il vit à cet instant que j'étais épris d'elle. Il sourit pour lui seul en se lissant la barbe. Un feu soudain me vint aux joues.

– Il est vrai que j'ai mis à conter ces histoires le plus beau de mon art et le meilleur de ma vie, murmura-t-il, pensif.

– Sans doute est-ce cela qui a fait de vous un maître de parole, dit Bernard.

Je vis trembler sa main. Il la posa sur celle de ma sœur. Il dit encore :

– Nous aimerions être vos apprentis.

Maître Anselme resta silencieux. Il reprit le livre et se mit à caresser sa reliure avec une affection nouvelle. Lucie nous servit le lait et les galettes. Dehors, il pleuvait sur la neige.

Nous passâmes le jour auprès du feu à écouter le vieil homme nous conter ses amours avec cette dame défunte que d'un long moment il n'osa désigner de son nom, comme s'il lui était trop émouvant à prononcer. Il nous apprit enfin qu'elle s'appelait Mathilde, après quoi il se tut longtemps. Elle était l'aînée d'un seigneur de Comminges familier du comte Gaston. Il l'avait rencontrée un jour de son insouciante jeunesse dans le verger du château de Foix où il s'exerçait à la lutte avec des gens de son âge. Elle se tenait sous les feuillages en compagnie d'autres filles de noblesse à applaudir les combattants, à rire des vaincus, à fuir en grand émoi les débordements bravaches des vainqueurs. Un adversaire aussi haut et large que son père avait jeté Anselme aux pieds de Mathilde. Elle l'avait aidé à se relever. Ils s'étaient trouvés face à face. Ils n'avaient plus rien vu du monde. Et sans qu'ils sachent ce qui les avait poussés à l'écart des autres, ils s'étaient assis à l'ombre d'un figuier. Ils n'avaient pu se quitter de la journée. Au soir, comme ils marchaient ensemble le long de la rivière d'Ariège, ils s'étaient trouvés tant éblouis par leur passion naissante qu'ils en étaient venus à se convaincre qu'ils s'étaient connus dans une vie passée, qu'ils avaient été des époux inséparables et que leur amour ne s'était pas perdu dans l'obscure traversée de la mort. Ils n'avaient guère tardé à devenir amants. Anselme n'avait pourtant pu se résoudre à prendre sa bien-aimée pour femme. Il nous avoua cela comme une faute lointaine, dans un sourire à peine ébauché, mais je vis bien qu'il en éprouvait encore de la mélancolie. En vérité, il avait eu peur de perdre ce qu'il estimait être le bien le plus précieux du monde, la liberté des chemins que lui ouvraient ses chants. Il aimait une femme, et il était affamé d'espaces plus vastes qu'elle, de conquêtes plus éprouvantes que celles de son corps et de son cœur, de cieux plus lointains que son regard. Ils s'étaient séparés. Peut-être avait-il pensé qu'elle lui serait fidèle et qu'il serait toujours temps de revenir à elle, puisqu'il la gardait dans son âme. Elle s'était mariée avec un compagnon de son père. Elle avait eu de lui deux fils.

Ils s'étaient plusieurs fois revus à la cour du comte Gaston. Ils avaient parlé et plaisanté ensemble comme des amis d'enfance, mais ils n'avaient pu ignorer, à des regards furtifs ou gestes retenus, qu'ils souffraient de même blessure. Les rares moments où ils s'étaient trouvés seuls parmi les gens elle ne lui avait jamais dit qu'elle était heureuse, mais plutôt qu'il n'avait pas à s'inquiéter pour elle. Leurs vies s'étaient ainsi de loin en loin effleurées jusqu'au jour où Anselme l'avait prévenue, par lettre brève, de son départ imminent en Terre sainte. Sur l'heure, et par le même messager, elle lui avait alors répondu qu'elle désirait un enfant de lui. Elle n'avait pas autrement justifié sa requête. Elle lui avait donné rendez-vous le soir même dans le verger où ni l'un ni l'autre n'étaient jamais revenus depuis leur rupture. Elle ne s'était même pas assurée qu'il y viendrait. Ils y étaient pourtant arrivés au même instant par des chemins séparés. Ils s'étaient furieusement étreints dans l'herbe, après quoi elle s'était relevée, et sans le moindre mot ni d'amour ni d'adieu elle s'était enfuie si promptement qu'il avait eu à peine le temps de la voir disparaître dans l'ombre noire des arbres. Dès le prochain matin il était parti pour Jérusalem. Parmi ses compagnons de voyage était l'époux de Mathilde. Peu de jours après leur embarquement à Aigues-Mortes cet homme de grand corps et de piété rustique avait succombé à une épidémie de dysenterie qui avait emporté la moitié de l'équipage. Anselme s'était alors promis d'épouser enfin Mathilde, si elle voulait encore de lui et si Dieu lui faisait la grâce de le ramener sain et sauf en Ariège. Il lui avait fait parvenir un nouveau message pour lui annoncer le malheur survenu, et pour lui dire le serment qu'il s'était fait. Il n'avait eu d'elle aucune réponse. Il était demeuré trois années en Orient. Dès son retour, avant même d'aller saluer le comte il s'était rendu à la maison de celle qui lui était désormais plus précieuse que toutes les fortunes du monde. Ses deux fils et ses serviteurs l'avaient désertée. Mathilde y vivait seule, cloîtrée dans sa chambre. Elle était lépreuse. Aucun enfant n'était né de leur rencontre secrète.

Il l'avait pourtant priée de l'accepter pour époux. Elle n'en avait point paru surprise. Elle lui avait répondu qu'il l'avait été autrefois et qu'il le serait encore dans leur prochaine vie, mais qu'en celle-là elle n'avait plus assez de corps pour être une compagne fréquentable. Elle lui avait demandé de l'aider à mourir, puisqu'il n'avait pas voulu l'aider à vivre. Il était resté auprès d'elle. Un soir il lui avait raconté de ces histoires qu'il avait recueillies au cours de son voyage. Elle les avait aimées. Elle lui avait demandé de les écrire, afin qu'elle puisse les goûter à son aise. Et comme il s'appliquait à lui obéir, le sentiment lui était venu qu'au-delà des derniers mots de ces contes était un mystère qui attirait son âme vers un pays obscur, inconnu, silencieux et pourtant désirable. Il s'était alors souvenu d'un paysan de son village d'enfance qui tous les matins partait à son champ avec, dans sa chemise, le pain de sa journée. Quand la fatigue venait à cet homme, il baisait son croûton, il le lançait devant, il creusait son sillon jusqu'à le rejoindre, et dès qu'il arrivait à lui il le poussait plus loin, et s'échinait encore. Ainsi s'aidait-il de sa faim pour se donner courage. Maître Anselme nous dit qu'il s'était étonné que lui reviennent en mémoire les pauvres acharnements de ce besogneux qu'il n'avait que peu connu, et qui ne lui avait jamais inspiré que des apitoiements sans conséquence. Qu'avait-il de commun avec lui ? Rien. Il était un troubadour fortuné, et il n'avait de désir que de rendre moins abrupt le chemin d'une dame aimée. Un matin pourtant, comme il cherchait dans l'obscurité de son esprit les mots les plus légers et les plus justes pour exprimer l'émouvante obstination d'une fourmi à la poursuite des gazelles, il s'était vu lui-même appliqué à lancer au-delà de toute raison des quignons d'espérance vers cet infini d'où ne vient jamais aucun bruit. Et il avait su à l'évidence que s'il faisait ainsi, c'était autant pour Mathilde que pour lui-même car tous deux, s'ils n'étaient pas à la même heure de leur vie, étaient pourtant sur la même route. Il avait mis alors toutes les ressources de son art et tout l'amour de son être à faire qu'au bout de chacun de ses sillons d'encre soit un parfum assez attirant pour allumer dans le cœur de sa bien-aimée le désir de cheminer vers lui, malgré les fatigues du corps et la peur de la mort.

Après qu'il eut conté ce que je viens de dire, maître Anselme s'en fut dehors chercher du bois pour le feu. Tandis que nous restions à écouter pensivement la pluie qui bruissait sur les feuillages proches, il s'en revint en fredonnant la chanson de l'amour lointain que je lui avais remise en mémoire. Quand il se rassit, un vague sourire demeura sur son visage, comme si la musique de son chant poursuivait son chemin dans son esprit. Il dit enfin :

– Le soir où Mathilde s'est vue proche de sa fin, il pleuvait, comme aujourd'hui. Elle m'a pris la main, elle a fermé les yeux. Et savez-vous ce qu'elle m'a demandé ?

Bernard murmura :

– Une histoire.

Maître Anselme hocha la tête. Il dit encore :

– Savez-vous laquelle ?

J'osai lui répondre qu'à cet instant sacré, si j'avais été au chevet de ma bien-aimée, j'aurais conté celle du voyageur dans la maison aux pères infinis. Lucie se leva pour ranger les reliefs de notre repas. Elle me parut troublée. Maître Anselme m'examina, les yeux brillants. Il ne m'approuva ni ne me contredit. Il s'appuya sur mon épaule pour se dresser debout. Il s'approcha de la lucarne. Il fit la moue au mauvais temps.

– Il vous faut partir, mes enfants, dit-il.

Et se tournant vers nous il ajouta ces mots qui me remplirent d'aise :

– Revenez bientôt, s'il vous plaît. Ma porte n'est jamais fermée.

A l'instant de le quitter, j'hésitai à laisser le livre sur la table. Je décidai de ne point le reprendre, et retirai de lui ma main. Maître Anselme derrière moi s'en saisit, et comme je franchissais après les autres le seuil de la maison il le remit dans l'étui que j'avais gardé autour du cou. Après quoi il m'embrassa. Angèle et Lucie s'estompaient déjà dans les brumes errantes. Je les entendis rire au loin. Je courus à leur poursuite sous les arbres ruisselants.

Je les rejoignis au bord du torrent où elles avaient fait halte. Dès qu'elles me virent, elles s'engagèrent sur un sentier que je ne reconnus pas. Je m'étonnai. Elles me raillèrent et rirent encore. Bernard me dit alors qu'au bas de la pente était un gué praticable, et que nous n'aurions pas à traverser ce pont du diable qui nous avait tant effrayés. J'en restai stupéfait. Je voulus savoir pourquoi nous avions négligé ce passage tout à l'heure, plutôt que de risquer nos vies sur un tronc d'arbre pourri. Lucie me répondit que maître Anselme, tout vénérable qu'il paraisse, était parfois d'une espièglerie déconcertante. Bernard haussa les épaules.

– Il a voulu sans doute nous mettre à l'épreuve, dit-il.

– Il avait envie de nous voir courageux parce qu'il désirait nous aimer, dit Angèle.

Je ne fus guère convaincu. Il m'apparut que cet homme cachait peut-être d'imprévisibles intentions derrière son visage affable. Il n'avait pas embrassé les autres quand nous avions quitté sa maison. La préférence qu'il avait marquée pour ma personne, et qui m'avait grandement ému, m'inquiéta soudain. Je résolus de tenir ma confiance en bride, quand nous nous reverrions, et d'exiger une réponse précise à la question offusquée qui m'occupait l'esprit.

Nous cheminions encore au creux de la vallée quand nous entendîmes sonner au loin le carillon des égarés. Son vol débridé dans la brume ralluma nos yeux et réchauffa nos sangs. Lucie, qui marchait devant, grimpa sur un tas de cailloux pour nous attendre. Elle laissa passer Bernard et Angèle. Elle me fit un signe joyeux. Je l'aidai à descendre de son monticule, et comme elle voulait aller seule je retins sa main dans la mienne. Elle eut, pour s'en défaire, un sursaut à peine perceptible. Je savais son cœur aussi craintif qu'un moineau tombé de sa branche. Je sentis qu'elle s'effarouchait, et jugeait sans doute inconvenant son désir de rester en ma compagnie. Je resserrai mon étreinte. Elle s'abandonna presque aussitôt. Alors, Dieu me garde, une telle fierté m'envahit que je me vis plus haut de taille qu'à l'ordinaire. Le cœur chevauchant les nuées, je lui lançai un bref coup d'œil, et nos regards se rencontrèrent. Elle eut un air doux, apeuré, puis se détourna à demi. Je m'efforçai de ralentir notre marche pour nous tenir éloignés de ma sœur et de son compagnon dont les ombres bougeaient à quelques pas de nous. Elle obéit à mon désir. J'en fus plus encore exalté. Me vint sottement à l'esprit que je devais lui parler, pour sceller notre connivence nouvelle. Je lui demandai, bien que cela me fût maintenant autant indifférent que la bruine sur mon visage, si elle savait quelle avait été l'intention véritable de maître Anselme quand il nous avait imposé cet inutile franchissement de gouffre. J'entendis que ma voix tremblait. Je fis mine d'avoir froid, pour ne point lui paraître ému. Elle me répondit qu'elle l'ignorait, et je vis que cela lui importait infiniment moins que cet instant présent où nous étions ensemble dans la nuit naissante. Je me tus, elle aussi. Le temps qu'il nous fallut pour parvenir en vue de la domerie, le vent me fut une musique et notre marche un vol d'oiseaux. Quand apparurent le portail et le feu sur la tour de guet, elle retira sa main de la mienne. Je n'en fus point contrarié. Je savais que c'était par crainte que de l'autre côté des murs on ne la découvre amoureuse.

La vaste cour n'était guère plus animée qu'une place de village un soir d'hiver pluvieux. Bernard et Angèle s'attardèrent au seuil de la forge à écouter le frère portier conter merveilles, en cercle étroit, à quelques rares figures captives de son éloquence et de ses gestes véhéments. Lucie courut au logis des nonnes. Je m'en fus droit à la chapelle, car je savais qu'elle y viendrait. Je n'eus guère à l'attendre. Je m'étais assis dans la proche compagnie des peintures délabrées de Benoît Main d'Or que j'estimais belles et bienfaisantes, malgré leur misère. Le lieu était obscur et désert. J'entendis la porte grincer, des sandales trotter menu le long de l'allée, et ma bien-aimée Lucie m'apparut dans la lumière des bougies perpétuelles qui brûlaient sur l'autel. Elle s'agenouilla. Elle resta un long moment recueillie, puis elle alluma un cierge et le posa devant la statue de la Vierge. Je fis quelque bruit pour attirer son œil. Elle m'aperçut. Elle vint à moi. Sa surprise de me voir là me parut heureuse. Je me poussai pour l'inviter à s'asseoir à mon côté. Elle se posa au bout du banc, où l'ombre la prit presque toute. Je lui dis que j'avais été content et rassuré d'apprendre qu'elle était novice, et point encore nonne. Je lui demandai si son désir de l'être un jour était fermement ancré dans son cœur. Elle resta un instant silencieuse, la tête basse, les mains serrées entre les genoux, puis elle me répondit qu'on avait fait ce vœu pour elle, et qu'il n'était pas en son pouvoir de s'en défaire. Je me rapprochai d'elle. Je voulus l'interroger mais je n'en eus pas le courage malgré les questions qui se pressaient dans mes yeux autant que dans ma bouche. Elle me regarda comme si elle cherchait en moi secours et me dit que son frère aîné était tombé gravement malade, au temps où elle-même était encore enfant, et que son père avait promis de donner sa fille à la Vierge Marie si ce fils qu'il chérissait plus que tout au monde échappait à la mort. Il avait survécu. Elle avait donc été conduite à la domerie et confiée aux soins d'une vieille mère aujourd'hui défunte qui lui avait appris le soin des affections du corps et la vie des saints apôtres. Je lui demandai s'il ne lui était jamais venu à l'esprit de ne pas suivre le chemin que l'on avait tracé pour elle. Elle remua pensivement la tête de droite et de gauche. Je voulus alors qu'elle me parle de ce frère miraculé dont la présence entre nous me bouleversait. Elle me répondit, tout à coup ranimée, qu'il n'avait guère donné de satisfactions à sa famille. Il avait grandi, me dit-elle, comme ces chevaux de montagne qui ne supportent pas la bride. Ces dernières années, il en était venu à médire de ses père et mère avec une hargne de plus en plus acerbe parce qu'il les estimait trop humblement soumis à leurs maîtres. Un matin d'été, alors qu'on l'attendait à la moisson, il s'en était allé sans prévenir personne avec des pèlerins de Compostelle qui avaient fait étape à la domerie.

– Est-il mort, me dit-elle, est-il encore en vie, en Espagne ou ailleurs ? Que m'importe, je sais bien qu'il ne reviendra pas.

Tandis que Lucie me parlait ainsi, il me sembla qu'elle éprouvait pour son frère, au secret de son cœur, un amour profond et tendre autant qu'admiratif, malgré le chagrin qu'il avait fait à ses proches. Je lui demandai son nom. Elle me répondit :

– Jean.

Je lui dis alors qu'il n'était point de héros, dans les contes que Bernard m'avait appris, qui soient restés leur vie durant dans leur maison de naissance, et que son frère Jean était peut-être de ces aventureux qui n'ont de père que le ciel, et de mère que la terre. Je tentai de lui faire entendre qu'elle était elle aussi amoureuse du vent et qu'elle renierait sa nature, à demeurer cloîtrée. Mes paroles la firent sourire. Elle resta un moment rêveuse. Elle dit enfin :

– Il était turbulent, il enviait les aigles qui volaient trop haut pour ses flèches. D'aussi loin que je me souvienne, j'étais toujours en souci quand il allait à la chasse. Je craignais qu'il n'en revienne pas. Si mon enfermement dans notre domerie l'a sauvé de la mort, Dieu garde, je ne suis pas venue pour rien en ce monde.

L'obstacle qui me séparait d'elle m'apparut tout à coup insurmontable. Je me mis à trembler. Comme je demeurais muet, Lucie se rapprocha de moi, se pencha sur ma tête basse. Je me tournai vers elle et rencontrai ses lèvres. Seigneur Jésus, la chapelle et le froid aussitôt disparurent. Je ne vis plus que foudre. Je voulus étreindre son corps, et ma bouche chercha la chaleur de son cou, de ses joues, de son haleine, et mes mains coururent partout sur elle comme des bêtes affolées. Elle se mit à geindre et haleter. Ce ne fut pas moi qu'elle repoussa, mais son désir. Je vis dans ses yeux des éclats de larmes. Elle dit mon nom, le dit encore, puis elle m'échappa et s'enfuit.

Le lendemain, je retournai seul chez maître Anselme. Je laissai Angèle et Lucie en compagnie de robustes compagnes affairées dans la cour autour de trois chaudrons où bouillaient des lessives, et Bernard dans la forge à se rougir la face à la gueule du four. Je ne leur dis pas où j'allais. Seule Lucie suspendit son ouvrage pour me regarder franchir le portail. Elle me fit un signe hésitant. Je ne lui répondis qu'à peine. La neige avait fondu. Partout, comme au printemps, couraient des eaux boueuses, et nous n'étions qu'aux premiers jours de décembre. J'avais passé la nuit à ravaler mes pleurs, à maudire le monde. J'étais encore si rogneux qu'en haut de la cascade je négligeai le gué sur le torrent, grimpai dans la forêt jusqu'au tronc sur le gouffre et le franchis sans souci de mon pas, par bravade intime. Maître Anselme n'était pas à son logis. Je ranimai le feu qui n'était plus que braises, m'assis sur le banc court et savourai enfin la paix simple du lieu.

Tout y était tranquillement posé, comme la veille. La lumière de la lucarne éclairait sur la table la cruche et l'écuelle, le lit contre le mur était encore empreint de nuit ensommeillée, les choses autour de moi, dans l'air ombreux et tiède, attendaient, confiantes. Le temps semblait ici immobile et vivant. Il me vint à l'esprit que la mort même se reposerait devant ce feu de ses incessants voyages et n'aurait envie de rien prendre, si elle grimpait un jour jusqu'à cette maison. Et comme je pensais nonchalamment cela, j'entendis des pas au-dehors, et la voix essoufflée du vieil homme gronder sa chèvre et la prier de l'attendre. Je m'en allai ouvrir la porte.

– Vois comme sont ces bêtes, me dit-il sans marquer la moindre surprise de me trouver chez lui. Elle m'a fait courir tout au long du chemin, et maintenant que nous voilà rendus, elle n'a d'envie que de s'en retourner aux herbes.

Il entra, ôta son capuchon, et s'en fut caresser les flammes. Il sentait le vent frais, mouillé. Il se tourna vers moi, la figure rieuse.

– J'ai du vin vieux, dit-il.

Il prit sur l'étagère une fiole de bois, emplit deux bols, s'assit. Il but, à petits coups gourmands, les pieds au bord de l'âtre. J'épiai un moment ses gestes. Je m'enhardis enfin. Je dis :

– Maître Anselme, j'ai besoin de secours.

Il demeura songeur, puis il remua lentement la tête et murmura, les yeux perdus :

– C'est Lucie qu'il nous faut aider.

J'ouvris la bouche pour lui confier l'amour débordant que j'avais d'elle, et le goût qu'elle avait de moi. Il dit encore :

– Elle t'a, sans le savoir, attendu si longtemps ! Dieu t'a gardé, tu es venu.

Je voulus encore parler. Il posa sa main sur la mienne pour me faire taire, et nous restâmes silencieux.

J'avais espéré de cet homme des mots lumineux, des conseils, des forces nouvelles. Ne me furent données que ces quelques paroles et pourtant, je ne sais par quelle magie, ce que je devais entendre le fut sans que soient un instant troublés les doux grésillements du feu. Maître Anselme un moment me parut s'endormir. Je pris son bol sur ses genoux, craignant qu'il n'échappe à ses doigts. Il ouvrit un œil. Il me dit :

– Tu dois t'en retourner, garçon. Je la connais. Elle croit qu'elle prie à l'heure où je te parle, mais en vérité elle s'inquiète.

Mon cœur se remit à tonner. Il se leva, et moi aussi. Je demandai :

– Croyez-vous que je puisse la sauver ?

Il rit. Il me prit aux épaules.

– Qui sait cela ? Dieu seul, et il ne parle guère.

Je ris aussi. Je répondis :

– Vous non plus, et pourtant vous m'avez éclairé.

Il me regarda longuement. Je le vis heureux, fatigué, aimant et pourtant misérable. Je sentis qu'il voulait me serrer dans ses bras mais qu'il ne pouvait s'y résoudre, pas plus que je n'osais poser ma joue sur sa poitrine. Il me sourit enfin, tendit ses mains au livre, le sortit de l'étui.

– Tu n'en as plus besoin maintenant, me dit-il. Tes compagnons non plus. Va vite.

Comme je franchissais le seuil, sa chèvre vint à lui. Je m'éloignai de quelques pas. Le vent faisait la guerre aux arbres. Je me retournai, je criai :

– Il nous faudra jeter votre vieux pont au gouffre, des bêtes pourraient s'y tuer.

– Si tu veux, me dit-il. Je n'attends plus personne.

– Vous nous avez joué un tour de mauvais homme, maître Anselme. Je vous ai rudement haï.

Il ouvrit grands les bras. Une bouffée de bourrasque s'engouffra dans son manteau.

– Voir des fourmis risquer leur vie pour l'amour des gazelles, mon garçon, quel bonheur !

Nos rires se joignirent et s'envolèrent ensemble.

12

Quand je parvins en vue de la domerie, la nuit tombait. Je m'étais longuement attardé sous les nuées fuyantes par désir d'être seul avec Lucie rêvée, délivrée, épousée, accordée à mes pas, goûtant auprès de moi l'exaltante puissance du vent et la fraternité tourmentée des rocs et des torrents. J'aperçus une ombre fantomatique dans la lueur du feu perpétuel qui brûlait sur la tour de guet. Je ne la distinguai qu'à peine, mais la certitude me vint que ma bien-aimée avait passé le jour à tenir compagnie au frère portier, et qu'elle était restée à m'attendre après qu'il eut quitté son poste. A l'instant où je franchissais le seuil du portail je l'aperçus qui descendait l'échelle en si grande hâte que je craignis de la voir perdre pied. Elle courut à ma rencontre, s'arrêta à quelques pas de moi. A son élan, à son air qu'un sourire hésitant éclairait, je sus qu'elle s'était inquiétée de mon absence. J'en fus content. Je lui appris que j'avais rendu visite à maître Anselme. Elle ne me demanda rien de ce que nous avions fait ou dit, mais elle redressa la tête et sourit fièrement, pour elle seule. Elle me conduisit à la cuisine, où étaient Angèle et Bernard. Ils semblèrent eux aussi soulagés de me voir. Mon frère de route me reprocha d'être parti sans prévenir ma sœur et de l'avoir laissée en grand souci. Je m'étonnai.

– J'ai craint je ne sais quel malheur, dit-elle.

Et se tournant vers ma compagne :

– Il est si fragile, si fou.

Lucie rit et lui répondit, débordant soudain d'ardeur étourdie :

– Dieu te garde, Mathieu n'est pas ce que tu dis. Il a bon cœur et grande force.

Sa vivacité nous surprit. Nos coups d'œil furent si pointus qu'elle rougit, comme prise en faute. Elle se détourna. Je la retins, gonflai amplement ma poitrine et annonçai, ma main ferme sur son épaule, que j'avais décidé de vivre désormais dans la proche compagnie de maître Anselme de l'Aure, car là était tout ce qu'il fallait désormais à ma vie. Je dis ces derniers mots avec une gravité tant émue qu'Angèle à l'instant découvrit ce qui ne lui était pas encore apparu. Elle m'examina, les sourcils froncés, puis se perdit dans la contemplation ébahie de ma compagne. Elle voulut parler, mais des larmes lui vinrent aux yeux, peut-être de joie, peut-être par crainte de voir désormais aller ma vie sans elle. Bernard, lui, était trop occupé des désirs ombrageux de son âme pour deviner l'amour que je ne cachais plus. Il me répondit que son intention était aussi de demeurer quelque temps auprès du vieil ermite et d'apprendre de lui l'art d'écrire les contes. Comme il me disait cela, il s'aperçut que le livre n'était plus dans l'étui qui pendait à mon cou. Je lui dis que maître Anselme avait estimé que nous n'en avions plus besoin, et qu'il l'avait gardé. Il murmura, pensif :

– C'est sans doute qu'il veut nous donner des provisions nouvelles.

Lucie lui demanda :

– Que voudrais-tu, dis-moi ?

Il réfléchit un court moment, sourit comme un enfant gourmand.

– Un grand sac de paroles utiles, un bâton pour chasser le malheur loin de nous, et une lampe inépuisable pour éclairer notre chemin.

– Où donc veux-tu aller ? dit-elle.

– Qu'importe. Où Dieu voudra.

Elle eut un rire bref.

– Tu iras. Que crains-tu ?

Il répondit, buté :

– J'ai besoin de lumière.

Il se tut, nous aussi. Angèle s'en fut au dortoir. Son homme bientôt l'y suivit. Je dormis seul dans la cuisine. Lucie n'y voulut pas rester.

Le lendemain, à peine bu le lait du matin, nous n'eûmes pas à nous consulter pour décider de retourner à l'ermitage. Ma bien-aimée nous accompagna jusqu'au chemin rocheux qui s'enfonçait vers la vallée. Dès que la tour de guet eut disparu derrière la pente abrupte elle s'arrêta, nous souhaita l'au revoir et attendit pour s'en retourner de nous voir disparaître au détour du sentier. Tandis que Bernard et ma sœur s'éloignaient, je m'attardai un instant près d'elle. Je voulus lui voler une étreinte furtive. Elle me repoussa, frémissante, et s'en alla en grande hâte, mais je vis bien qu'elle avait aimé ma brusquerie. Il me parut même qu'elle l'avait espérée. En vérité elle n'avait pas fait halte innocemment hors de vue du rempart de la domerie, où étaient des regards possibles. Pensant à elle, l'esprit encore bourdonnant, je la sentis heureuse et pourtant déchirée. Peut-être s'émerveillait-elle de cet amour qui lui était donné parce qu'elle le croyait passager. Elle connaissait mal Mathieu le Tremble. Par tous les saints du Ciel, il était maintenant sûr de son cœur et prêt à franchir mille gouffres sur les pires ponts pour ne point perdre son pain d'espérance.

Nous trouvâmes maître Anselme toussant et crachant dans l'âcre fumée de sa cheminée où il cuisinait depuis l'aube des crêpes tandis que roussissait une poêlée d'oignons.

– Dieu merci vous êtes venus, nous dit-il, les yeux rougis par les flammes poussives qu'il s'échinait à ranimer. Qu'aurais-je fait de ces mangeailles si vous étiez restés à paresser chez les gens d'en bas ?

Nous ne l'avions pas prévenu de notre visite. Je ne fus pourtant qu'à peine surpris de le trouver ainsi, les manches troussées, les mains à la pâte, accueillant comme un hôte en fête. Qu'il ait deviné notre venue me semblait naturel. Nous avions amené, pour ne point embarrasser sa pauvreté, un torchon de pain noir avec du lard fumé. Voyant nos provisions offertes sur la table, il ouvrit grands les bras, s'exclama, dit encore :

– Est-ce déjà Noël ? Doux Jésus, creusez donc nos entrailles, donnez-nous une faim de loup !

Angèle alluma trois chandelles. Le festin fut long et joyeux. Nous dévorâmes tout, riant de rien, contant à trois voix débridées notre fuite d'Avignon, nos rencontres et nos aventures, puis Bernard, debout sur un banc, chanta avec force et bonheur un chant d'amour de Vidal de Provence. Quand il se fut rassis, nous restâmes longtemps abandonnés à la béatitude. Comme nous écoutions nonchalamment fredonner nos âmes repues :

– Enfants, que voulez-vous de moi ? demanda soudain le vieil homme.

Aucun de nous ne répondit mais chacun, tombé de son ciel, se mit aussitôt à l'affût de l'alentour et de soi-même. Une bouffée de vent fit frémir la toiture. J'entendis un corbeau croasser au loin et la chèvre frotter ses cornes à la porte. Angèle enfin risqua :

– J'ai la vie, je respire, j'aime. Que pourrais-je bien désirer de plus ?

– Dieu, dit Bernard, d'un grognement.

Maître Anselme ne bougea pas un cil, mais du soleil lui vint aux yeux.

– Ce mot, dit-il, est comme un sac que l'on aime à remplir de songes. Quels sont les tiens, garçon ?

Le regard de mon compagnon s'en fut dehors par la lucarne. Il répondit, la voix errante :

– J'imagine un être dont l'amitié me serait si désirable que j'oublierais pour elle les misères du monde. Je voudrais aller à sa rencontre, librement, lui offrir le meilleur de moi, travailler à lui faire un nid dans mon esprit et nourrir notre affection de ce silence que laissent derrière eux vos contes.

Le vieil homme se tint un moment tête basse puis il m'examina, les sourcils haussés. Sans doute voulut-il qu'à mon tour je parle. Je me sentis sot. Je restai muet. Alors il se leva et s'en fut ouvrir à la chèvre. Elle s'engouffra dedans avec des feuilles mortes. Il la prit au collier, il s'assit près du feu. Il dit :

– Je connais le Dieu de Bernard. Il vit dans un hameau proche de Saint-Chély.

Mon compagnon dressa sa haute taille, espérant, méfiant aussi. Angèle s'en alla contempler le dehors par la lucarne.

– Maître Anselme, dis-je, il serait mal de nous tromper. Notre cœur est tant assoiffé que nous aimerions vous croire, mais comment Dieu pourrait-il habiter un hameau, fût-il le plus retiré du monde, sans que personne n'en sache rien ? N'est-il pas seulement dans l'âme des vivants ?

– Dans l'âme et le regard, répondit le vieil homme.

Il posa une main sur mes cheveux et contemplant les braises crépitantes qu'Angèle était venue nourrir d'une brassée de branches :

– Écoute-moi, Mathieu, et en toi-même aussi écoute. Sens ce que je te dis. Si ton œil se tient dans la lumière froide, si tu ne veux de lui rien que ce qu'il sait voir, s'il constate, impassible, qui suis-je ? Un corps vêtu, de tel poids, telle taille, un vieillard que tu peux écouter, contredire, approuver ou moquer selon ton humeur du moment. Si rien n'est dans ton regard, rien n'est dans ce qu'il voit, qu'une forme sans âme. Mais si plus que tes yeux ton être me regarde (ton être, mon fils, cœur et sens !), avec je ne sais quelle attente, je ne sais quelle envie d'offrande et de retour, voilà tout à coup mis au monde quelqu'un que tu n'avais pas vu. Quelque chose s'éveille. Quelque chose de plus qu'une épaisseur de chair est en moi perceptible. Éprouves-tu cela ? Et il en va de ma personne comme de tout vivant, herbes, bêtes, cailloux mêmes. Ce quelque chose-là, on l'appelle la vie. On peut l'appeler Dieu. Notre regard le crée ou le laisse en sommeil, c'est selon son désir. Allez donc visiter mon maître, mes enfants, et si vous savez voir, Dieu vous apparaîtra.

Je protestai, frémissant, incrédule :

– Votre maître ? Seigneur ! Est-il donc plus savant que vous ?

– N'oublie pas, Mathieu. Ce que tu cherches et que cherche Bernard n'est pas dans le savoir, mais dans les créatures. Cela se tient caché et pourtant nous attend, nous espère, peut-être souffre aussi de notre indifférence. L'être dont je vous parle, mes fils, a la transparence d'un ange. Aussi loin que je sois allé, jamais il ne me fut donné de rencontrer un homme où Dieu soit à ce point visible. Je l'aime tant que je n'ose le dire, et si je vis paisible dans cet ermitage, c'est de le savoir proche. Je vais le visiter, de temps en temps, quand je sens qu'il m'appelle. Il n'est jamais surpris de me voir. Il me sent venir. Vous trouverez Saint-Jude à une heure d'ici. C'est le nom du hameau où il demeure. Demandez la maison de Marthe Paramour. C'est sa mère. On l'a ainsi nommée parce qu'elle met ce mot à toutes ses phrases, quoiqu'elle ne parle guère. Allez maintenant. Et revenez s'il vous plaît me porter de bonnes nouvelles de mon ami.

Au soir de ce jour, quand je demandai à Lucie si elle connaissait cet ami de maître Anselme qui vivait à Saint-Jude, elle me regarda, aimante, tourmentée. Elle murmura :

– Mon Dieu, oui. Est-ce à lui qu'il vous envoie ?

Elle baissa aussitôt la tête et me dit en hâte qu'elle ne pourrait pas nous accompagner, car elle avait à s'occuper des premiers malades de l'hiver. Elle me parut retenue par je ne sais quelle crainte sacrée. Je n'osai l'interroger plus avant.

Le lendemain matin, nous quittâmes la domerie avec un marchand d'ânes qui se rendait au marché de Saint-Chély. Il nous permit de chevaucher ses bêtes. Le voyage nous fut pourtant malaisé. L'homme nous apprit en route que la peste avait fait étape dans quelques villages de l'Aubrac qu'il désigna d'un geste vague vers le sud.

– Elle nous poursuit, dit Angèle.

Elle battit les flancs de sa monture et s'en fut en galop si débridé que nous ne pûmes la suivre. Nous la retrouvâmes au sommet d'une butte où était une chapelle abandonnée. Elle avait mis pied à terre et nous attendait à la porte. Elle nous fit signe d'entrer avec elle. Au-dedans n'étaient que gravats, bancs brisés et brèches de toiture. Dans le chœur une croix à demi abattue portait un Christ décapité. Sa tête avait été posée sur la pierre de l'autel, dans un nid d'herbe sèche. Elle était misérable, salie de fientes, et quoique ses yeux fussent grossièrement peints il me parut qu'ils nous regardaient avec une intimidante insistance. Nous restâmes un moment à distance sans pouvoir ni les fuir ni nous approcher. Angèle enfin osa. Elle prit la pauvre figure contre sa poitrine, frotta ses souillures d'un pan de manche, la reposa droite sur la paille, l'épousseta encore, revint à nous. Je l'entendis prier à mi-voix le Ciel de prendre soin de notre mère et de nos frères morts, comme elle faisait d'ordinaire avant de se coucher, puis elle se tut, hésita et dit au visage de bois :

– Vous n'êtes pas tout-puissant, n'est-ce pas ?

Elle se pencha vers lui, elle demanda encore :

– N'est-ce pas ?

Un oiseau s'envolant dans un grand froissement par un trou de charpente lui fit lever le front.

– Allons, grogna Bernard. Les ânes doivent être loin.

Je sortis avec lui. Nous ne vîmes alentour que la lande, les rocs, un lièvre bondissant sur des traînées de vieille neige. Le marchand et ses bêtes avaient suivi leur route. Quand Angèle nous rejoignit, elle nous prit tous deux par la main et tête basse contre le vent elle nous entraîna avec une ardeur furibonde.

Le temps nous fut vivifiant et rude. Bernard chanta, ma sœur aussi. Elle était joyeuse, ses yeux brillaient et ses joues étaient rouges. Vers midi, dans un creux de vallon, nous aperçûmes le hameau de Saint-Jude entre des arbres aux branches nues. Seigneur, quand à la fin de ma vie il me sera donné de fermer les yeux et de voir enfin votre face, par pitié, accordez-moi de me souvenir de ce jour et de vous en dire les impalpables merveilles, car il fut autant prodigieux que simple. Au sortir d'un gué de torrent, une fille occupée à frotter un chaudron au bord de l'eau nous désigna d'un coup de torchon noir la maison de Marthe Paramour. Elle était plantée sur un rebond de pente à l'écart des autres, auprès d'un arbre mort où pendaient des chiffons. A cent pas d'elle ma sœur et son homme cessèrent peu à peu de rire et de parler. Partout alentour n'étaient qu'ordures dispersées par la bourrasque jusque sur le toit de pierres plates où s'échevelait une fumée lourde et noire. Bernard dut se courber pour frapper à sa porte, tant elle était basse. Elle n'était pas fermée, elle s'entrebâilla seule. Nous vint du dedans une suffocante odeur de tanière. Une femme apparut sur le seuil. Elle était haillonneuse, maigre, courbée comme une vieille, mais les cheveux qui cernaient ses joues creuses sous sa coiffe en lambeaux étaient aussi noirs qu'un plumage de corbeau. Elle ouvrit sa bouche aux dents rares. Elle nous examina, l'air inquiet. Angèle lui dit que nous venions de la part de maître Anselme de l'Aure, et qu'il nous avait priés de lui porter le bonjour. L'entendit-elle ? Elle jeta un coup d'œil par-dessus nos épaules, nous bouscula soudain, empoigna un bâton, courut à quelques pas chasser un chien errant, s'en revint dans son antre. Nous entrâmes à sa suite.

Je ne pus voir d'abord, tant l'ombre était épaisse, que la lueur du feu dans un angle éloigné. Puis quelque chose remua près de l'âtre, et mes yeux s'accoutumant à la pénombre je découvris une apparence humaine affalée parmi de gros sacs. C'était un être à peine vêtu d'une toile grossière d'où sortaient ses bras nus, où se perdait son corps. Sa taille était d'un homme jeune, mais sa carrure était maigre, sa tête dodelinait sans cesse de droite et de gauche et ses jambes me parurent tant informes et fluettes qu'il ne pouvait en avoir l'usage. Comme je m'approchais il fit effort pour se dresser à demi. Son regard me sembla d'un enfant étonné. Il s'effraya soudain, nous voyant tous les trois immobiles entre le feu et lui. Sa mère vint s'agenouiller à son côté, caressa rudement son crâne et son échine en bafouillant des bontés inaudibles, puis se tournant vers nous, l'air attendri, elle haussa une épaule comme pour s'excuser d'être aux soins d'un idiot. Elle nous dit :

– Par amour.

Le garçon l'approuva d'un grognement béat. Bernard s'avança jusqu'à lui, s'accroupit et lui tendit les bras. Alors l'être prit dans les siennes les mains de mon frère d'errance, les posa sur ses genoux, et les tenant serrées il le regarda, nous regarda aussi, Angèle et moi. Il voulut balbutier quelque chose, il s'appliqua, gémit à peine, mais il n'y avait rien dans son souffle qu'un désir éperdu de parler, et dans ses yeux son désarroi de ne point y parvenir. Ses lèvres tremblèrent, il parut un instant au bord des larmes. Bernard bravement lui sourit. Alors il s'apaisa, sourit aussi, se pencha en avant et se mit à lui caresser la joue comme un père aurait fait à son petit enfant, puis il se tourna vers ma sœur, fit de même avec elle et me caressa aussi le visage. Je frissonnai, j'eus froid et chaud. Mon cœur roula dans ma poitrine. Sainte Vierge, de ma vie on ne m'avait fait aussi simple et bonne tendresse. Si ce pauvre vivant n'était pas votre Fils, dites-moi, qui était-ce ? Le désir me prit de le serrer sur ma poitrine, de m'enfouir en lui et d'y demeurer à jamais, mais son regard me tint à distance, il était trop éblouissant. En lui étaient une grandeur rieuse, une innocence d'aube, un bonheur de soleil et la pure amitié des êtres qui n'ont rien, même pas la grâce de se tenir debout sur la terre des hommes. Et comme je me perdais dans sa lumière, Sainte Mère, je vis offert le fond limpide de son âme, de la mienne aussi et de toutes les âmes du monde, car en toutes les âmes du monde est cette tranquillité de lac que rien au monde ne saurait troubler, ni même atteindre, sauf le reflet du songe que l'on appelle Dieu. Des paroles confuses se bousculèrent dans ma bouche, des sanglots, des prières. « Tant de livres, me dis-je, tant de paroles et tant d'errances quand tout ce que l'on a désespéré de voir est là, qui nous contemple, dans l'œil désarmé d'un idiot ! » J'entendis à peine la femme rire à petits coups pointus près de lui, et couiner encore :

– Par amour.

Des tisons s'effondrèrent sur la pierre de l'âtre. Une bouffée de fumée envahit la pénombre. Aussi soudainement qu'il s'était éclairé l'enfant se détourna de nous et revint à sa somnolence. Il laissa aller sa grosse tête ronde dans le giron de sa mère, ferma les yeux. Elle le tint embrassé, posa le menton sur ses cheveux et se mit à lui chanter une berceuse rauque. Ni l'un ni l'autre ne nous virent plus. Alors je me sentis intrus dans ce taudis, voleur de vie sacrée, de mystères intimes. Je reculai. Angèle tira par la manche son homme qui demeurait fasciné par l'embrassement de cette femme et de son fils. Il nous suivit enfin, à pas de loup. Je vis, pendus au mur, une pelisse d'homme et des bottes éculées. Un père avait vécu, peut-être, dans ce lieu. Nous prîmes garde de sortir sans bruit. Comme nous retrouvions le vent, Bernard s'agenouilla sur le pas de la porte. Il resta un moment les mains sur la figure, puis tira du sac le pain et les fruits secs que nous avions emportés pour la route, les déposa sur le seuil et nous rejoignit à grands pas.

Notre chemin de retour fut paisible et silencieux. Ma sœur ne quitta pas la main de son homme. A les voir marcher côte à côte, loin devant, je pressentis que notre séparation était proche. Je n'en eus pas de peine, je me sentais l'esprit lavé de tout nuage. Ils ne m'avaient rien dit de ce qu'ils comptaient faire, mais dès notre retour à la domerie je sus que nous ne vivrions pas le prochain jour ensemble. Nous errions dans la cour, cherchant partout ma bien-aimée que nous n'avions pas trouvée à nous attendre sur la tour de guet. Angèle me sembla plus affectée que moi par son absence. Elle s'efforça de me rassurer, bien que je n'eusse aucun besoin de l'être. Bernard me parut alourdi. Il me fut pourtant plus fraternel que jamais. Il se tint sans cesse à mon côté, et plusieurs fois me prit l'épaule. Assurément il voulait me confier sa peine de devoir s'en aller sans moi, mais les mots d'affection allaient mal à sa bouche. Il ne put rien me dire. Quand nous fûmes retirés dans notre dortoir il installa ma couche près de celle de ma sœur, et longtemps après le carillon des égarés je vis qu'elle restait les yeux ouverts dans le noir. Au matin, elle n'était plus là. Bernard était couché au travers de sa litière. Elle avait ranimé le feu avant de sortir. Je m'en fus à la cuisine. Je la trouvai avec Lucie. Comme je franchissais le seuil, elles se turent et me regardèrent. Leurs yeux me dirent qu'elles parlaient à l'instant de moi. Je bus mon lait en hâte et m'en fus au puits où mon frère de route se débarbouillait d'un seau d'eau. Il s'ébroua, se redressa. Il me dit, la figure ruisselante :

– Nos sacs sont bouclés.

Je lui demandai, le cœur poigné, s'ils reviendraient bientôt. Il s'essuya la face, il ne répondit pas, et tandis que j'aspergeais, moi aussi, ma figure :

– Je suis un voyageur, me dit-il. J'ai besoin de chemins, de villes. J'emporte ma maison avec moi. C'est Angèle. Elle ne t'oubliera pas. Elle est plus forte que nous.

Je les accompagnai jusqu'au sommet de la colline où la Vierge Marie nous était apparue. Nous fîmes halte ensemble sur la crête, comme si nous étions convenus de nous séparer en ce lieu même où la vie nous avait été par miracle rendue. Bernard avant de m'embrasser me recommanda de dire à maître Anselme que notre visite à Saint-Jude lui avait été profitable, qu'il y avait vu ce qu'il voulait voir et qu'il savait désormais pour quel regard chanter et conter des histoires. Angèle fut brave. Elle me dit qu'elle prierait tous les soirs pour ma sauvegarde et me promit de ne point me laisser sans nouvelles. Puis, tout à coup éperdue de chagrin, elle prit à deux mains mon visage, me baisa violemment la bouche, me repoussa, empoigna la manche de son homme et l'entraîna. J'attendis qu'ils aient disparu au loin, espérant un dernier signe d'au revoir, mais ils allèrent droit sans le moindre coup d'œil par-dessus leur épaule. A voix haute, tant qu'ils furent visibles, je dis l'Ave Maria au vent qui les poussait. Quand je me retournai pour rejoindre la domerie, je vis Lucie à quelques pas de moi. Elle avait couru. Je crois qu'elle avait craint que je ne m'en aille avec ces êtres aimés qui m'avaient conduit jusqu'à elle. Son air me l'avoua, et son pâle sourire. Nous restâmes un moment face à face, les yeux fuyants, puis je ravalai les sanglots qui m'étouffaient et lui dis qu'un jour nous quitterions aussi l'Aubrac et son refuge, elle et moi. Elle baissa la tête. Quand elle la releva, je vis dans son regard une grande espérance.

Je retournai le lendemain chez maître Anselme. Il fut surpris de me voir seul. Il espérait Lucie. Sa déception fut brève mais étrangement vive. Comme il ronchonnait sur le pas de sa porte, et se tracassait à l'imaginer dans sa domerie, courant sans cesse de servitudes en prières obligées :

– L'aimez-vous tant ? lui dis-je.

Un rire d'évidence éclaira sa figure. Il répondit, ouvrant les bras au monde :

– Elle est ma terre et mon soleil !

Il m'étreignit, m'attira dedans puis d'un moment ne me parla que d'elle. Il me dit son courage obstiné, le désespoir muet qu'elle éprouvait à honorer le serment de son père à la Vierge, son désir d'aimer, sa joie naturelle. Je l'écoutai, je le poussai béatement à m'abreuver encore d'elle, mais tandis que nous déjeunions, devant le feu, de lait de chèvre et de quelques poignées d'amandes, il se tut tout à coup, m'examina, l'œil moqueur, et me demanda de lui conter notre voyage à Saint-Jude. Je lui rapportai les paroles que Bernard m'avait confiées. Il en fut content. Il estima que les chants de mon compagnon bateleur, désormais, seraient doués de vie plus haute et plus ardente qu'autrefois. Je lui répondis que je l'avais vu souvent à l'œuvre, qu'il était un conteur d'envergure enviable et que ses histoires et ses musiques étaient toujours allées de sa bouche aux oreilles avec une droiture d'épée. Le vieil homme alors se pencha vers moi, ferma le poing devant sa face, et se prenant de passion lumineuse :

– Certes, fils, me dit-il, mais il manquait sans doute à ton ami cet incessant désir de l'âme qui attire la voix au plus près possible de l'inexprimable. Sur ce rivage-là se tiennent ces êtres rares que l'on nomme les maîtres du silence. Le fils de Marthe Paramour en est un. Il a fait pour notre Bernard ce que ne pouvait aucune parole. Il a éveillé dans la chambre haute de son cœur la soif inapaisable d'aller jour après jour plus loin que les mots et les découvertes de la veille. Il a chevillé dans son corps l'espoir d'atteindre un jour ce savoir simple et nu qui ne peut être dit et qui lui est apparu dans le regard immobile qui le contemplait. En vérité, il a enraciné en lui la folie sainte et douloureuse de la fourmi poursuivant les gazelles.

Je répondis, tout exalté, et pourtant vidé de courage :

– Ce que vous dites de lui est aussi vrai de moi, maître Anselme. Hélas, je ne sais pas chanter.

Il posa son bol sur la pierre de l'âtre, et rejetant parmi les flammes quelques brindilles éparpillées :

– Écris donc, me dit-il.

Le sang me bondit au visage. J'eus un mouvement de recul si désordonné que je mouillai mes mains de lait.

– Écrire, moi ? Seigneur ! Pour qui ?

Le vieil homme rit doucement. Il dit en tisonnant les braises :

– Que Dieu te protège, mon fils. Ce n'est pas là une question de fourmi amoureuse.

Je demeurai muet à contempler le feu. Il s'en alla mener sa chèvre aux herbes.

Je ne le revis pas de la journée. Mieux valut, j'avais besoin de solitude. Je m'en fus errer dans le bois. Je n'en vis rien. Je me perdis, m'en revins sans savoir par où, rêvant sans cesse d'œuvres vastes, magnifiques et fantomatiques. Au soir, comme je restais enfoncé dans mes songes, maître Anselme me dit de ne point m'inquiéter, car je portais en moi un livre inépuisable. Je lui demandai si c'était là celui qu'il me fallait écrire. Il me répondit que non.

– L'un, me dit-il, s'il voit le jour, sera semblable à ce que le creux de tes mains peut contenir d'une eau de source. L'autre est la source même. Comme les eaux profondes, nos mémoires sont infinies.

Il alla se coucher au fond de la cabane et souffla la chandelle. Je m'endormis pelotonné dans le ronronnement des flammes.

Le froid de l'aube me réveilla. Le vent mouillé faisait frémir le toit. Maître Anselme dehors sous son grand manteau noir s'occupait à traire sa bête. Je le rejoignis, grelottant. Son air malicieux m'intrigua.

– As-tu vu ? me dit-il. Tu as un cahier neuf.

Je m'étonnai. Il finit posément d'emplir son pot de lait, me prit le bras, m'entraîna dedans, me mena devant l'écritoire. Là, sur un chiffon blanc, était un petit mont de poudre, et près de lui le livre qui nous avait conduits jusqu'à son ermitage. Il me fit signe de l'ouvrir. J'obéis, je le feuilletai. Je crus que mes yeux me trompaient. Les pages étaient blanches. Plus un mot n'y était, plus une enluminure. J'eus un gémissement. Une larme tomba sur ce silence nu. Je regardai, bouche bée, le vieil homme. Je balbutiai :

– Qu'avez-vous fait ?

Il plia le linge sur la poussière grise, le prit, l'enferma dans son poing. Il répondit enfin :

– Pendant que tu dormais, j'ai travaillé pour toi. J'ai tout gratté. C'est du bon parchemin, il n'en est que plus souple. Tu as maintenant place nette. J'ai les encres. Les plumes manquent. Nous les taillerons tout à l'heure. Ton œuvre t'attend, mon garçon.

Et brandissant sa main fermée entre sa figure et la mienne :

– Mes histoires sont là-dedans. Elles ne parlent que d'infini, pourtant elles tiennent peu d'espace. Viens avec moi, Mathieu, nous allons les remettre au monde.

Je voulus protester, refuser de le suivre, crier ma rage et mon chagrin de voir à jamais perdues ces merveilles qui m'avaient fait si grand bien. Il grogna, impatient, et saisit mon poignet si fermement que les mots me restèrent en gorge. Il me tira dehors, me tendit le sachet sur le pas de la porte.

– Fais confiance au vent, me dit-il. C'est de lui que j'ai reçu ces contes. C'est par hasard qu'ils te sont parvenus. Ils ont fait en toi leur ouvrage. Rends-les au ciel, qu'il les reprenne et les porte vers d'autres vies.

Je répondis en reniflant mes pleurs :

– Faites d'eux ce que vous voudrez. Qu'importe, ils ne sont plus rien que poussière.

– Tu t'aveugles, mon fils, en eux sont des secrets, des élans, des silences féconds, du pollen de nos âmes. Ils germeront ailleurs. Libère-les, tu seras libre aussi.

– Libre ? Misère ! Ce livre était mon bienfaiteur. Le voilà vide, muet, mort. Et il faudrait que je me réjouisse ? Qui le lira là-haut ? Dites-moi, qui nourrira-t-il ? Les oiseaux ? Même pas. Il n'y a plus rien dans cette poudre. Êtes-vous fou pour l'ignorer ?

– Ton corps sera ce rien, un jour. Le mien aussi. Ta vie est plus que ton poids de poussière. Ne sens-tu pas cela ? Les livres eux aussi sont des êtres vivants. Rends à celui-là le bien qu'il t'a fait. Laisse-le libre, fils, sois une cage ouverte, ne crains pas de le voir s'envoler. On n'oublie jamais ce qu'on aime.

Il me prit la main, l'éleva, l'ouvrit. Le linge s'en alla au vent. Je tombai à genoux. Alors mon maître se pencha, me prit par l'épaule et me dit que les contes vivaient en moi désormais. Je renâclai encore, refusai de l'entendre, mais il m'apparut soudain que c'était vrai. Ils n'avaient plus que mon corps pour abri. Je m'approchai d'eux, les yeux fermés, j'allai de l'un à l'autre. Ils étaient là, dans mon esprit, en foule confuse et tranquille. Je les appelai. Je voulus qu'ils viennent docilement, comme des enfants sous la lanterne. Certains m'obéirent. D'autres restèrent à rôder, presque indiscernables dans l'ombre. Je m'efforçai de les poursuivre et de leur passer le licou. Je les comptai, craignant d'en perdre. J'étais encore un père inquiet.

Voilà aujourd'hui une année que jour après jour je m'assieds à l'écritoire, taille mes plumes et conte mon voyage. Je me suis souvent émerveillé que les histoires envolées à peine offertes à l'espace sans visage soient aussitôt devenues comme des fils dans ma maison intime. Les ruses de la vie, je crois, sont infinies. Un matin de l'été passé, je me suis réveillé avec Angèle en tête. Jusqu'à l'heure de midi, elle s'obstina dans mon esprit avec tant d'insistance que j'en vins à redouter les moindres signes de mauvais augure. Or, ce jour même, Lucie conduisit à notre porte un pèlerin de Clermont qui avait fait étape à la domerie. Il m'annonça avec une joie bégayante qu'il avait rencontré ma sœur et son homme sur une place publique de village, et qu'ils l'avaient chargé de me porter de leurs bonnes nouvelles. Je ne sais si je les reverrai en ce monde. Je les remets à Dieu tous les soirs, avec mon ouvrage du jour. Il en sera ainsi jusqu'à mon dernier souffle. Et peu m'importe d'ignorer si ce Père invisible à qui souvent je parle n'est qu'un songe sans avenir. Sa présence m'est un secours et un bienfait. Je suis trop pauvre pour ne point y tenir.

La peste, pour l'instant, est demeurée lointaine. On dit qu'elle vient. Deux enfants en sont morts à Saint-Chély. Maître Anselme ne lit pas ce que j'écris. Il chante des chansons à sa chèvre. Il prétend qu'elle les aime et qu'elle en fait du meilleur lait. Il ne se préoccupe guère de m'instruire, mais il me ramène de temps en temps des cailloux bleus dont il dit qu'ils sont des aides fort savants. Parfois, quand je m'attarde trop à chercher mes phrases, il m'ordonne d'en serrer un dans ma main gauche. Je lui obéis toujours volontiers. Il reste à m'observer. Il ne s'éloigne, satisfait, qu'au retour des mots sous ma plume. J'aime cet homme. Depuis que je vis dans sa maison, Lucie et moi ne nous sommes guère quittés. Je ne saurais dire le miracle de nos retrouvailles presque quotidiennes. Quand nous sommes ensemble la lumière s'avive, les pluies sont amicales, les vents joueurs, les arbres fraternels et nos paroles simples. Un jour, dans le bois, elle a pleuré. Je l'avais suppliée plus vivement qu'à l'ordinaire de ne point prononcer ses vœux et de me confier sa vie. Elle a mis la main sur ma bouche. Elle m'a dit :

– Prends patience jusqu'à la veille de Noël. Ce jour-là, je saurai.

– Que feras-tu, dis-moi ?

– Je viendrai pour toujours, ou je ne viendrai plus.

C'est demain, Sainte Mère, que votre Fils revient au monde, et que Lucie doit être ordonnée parmi vos filles si elle et vous le décidez ainsi. J'attends.

Depuis l'aube, maître Anselme est assis devant la porte malgré le mauvais temps. Il attend lui aussi, enfoui dans son manteau. J'ai décidé de cesser aujourd'hui d'écrire, quoi qu'il arrive, et de partir, si je dois vivre seul. Je n'aurai plus peur de rien. Si la peste ne me prend pas en route, je marcherai jusqu'à Paris et j'ouvrirai une échoppe d'écrivain public près de la cathédrale Notre-Dame, dont on dit qu'elle est la plus belle du monde. Je raconterai aussi des histoires sur les places, et je sais que je le ferai comme il faut, car on ne parle jamais aussi bien qu'aux visages inaccessibles. Ce soir je souffrirai peut-être, mais Dieu veuille que mon cœur n'en soit pas gâté. Qu'ai-je appris depuis notre fuite d'Avignon ? A ne point maudire la vie, quoi qu'il lui plaise de me donner. Cette certitude même est pourtant d'une fragilité d'oiseau sur une branche d'hiver. Chaque épreuve est une naissance, et je crains celle de ce jour.

Maître Anselme pousse la porte, avec lui entrent le vent et le froid. Je serre mon col sur ma gorge. Je ne me retournerai pas.

– Il y a du brouillard, me dit-il. On ne distingue presque rien, mais quelqu'un vient par la montée. Peut-être un loup, ou une femme.

Noël 1997

Du Même Auteur

AUX ÉDITIONS DU SEUIL

Le Grand Partir
roman, 1978
Grand prix de l'Humour noir
et « Points Roman » nº R537

L'Arbre à Soleils
1979
et « Points » nº P304

Le Trouveur de Feu
roman, 1980

Bélibaste
roman, 1982
et « Points » nº P306

L'Inquisiteur
roman, 1984
et « Points » nº P66

Le Fils de l'Ogre
roman, 1986
et « Points » nº P385

L'Arbre aux Trésors
1987
et « Points » nº P361

L'Homme à la Vie Inexplicable
roman, 1989
et « Points » nº P305

L'Expédition
roman, 1991
et « Points Roman » n° R575

Départements et Territoires d'Outre-mort
« Points Roman » n° R456

L'Arbre d'Amour et de Sagesse
1992
et « Points » n° P360

La Bible du Hibou
1994
et « Points » n° P78

Les Sept Plumes de l'Aigle
1995

Le Livre des Amours
1996

Les Dits de Maître Shonglang
1997

chez d'autres éditeurs

La Chanson de la Croisade albigeoise
(traduction)
Le Livre de Poche, coll. « Lettres gothiques », 1989

Les Cathares et l'Éternité
Éditions Bartillat, 1996

Paroles de Chamans
Albin Michel, 1997

RÉALISATION : IGS CHARENTE-PHOTOGRAVURE À L'ISLE-D'ESPAGNAC
IMPRESSION : SOCIÉTÉ NOUVELLE FIRMIN-DIDOT AU MESNIL-SUR-L'ESTRÉE
DÉPÔT LÉGAL : AVRIL 1998. N° 30741 (42281).